KB056399

시묘일기

孝子松山洪公實記

시묘일기

孝子松山洪公實記 序
머리말

송산(松山) 홍공(洪公), 휘(諱) 승준(承俊)은 비(鄙) 조고(祖考) 심석공(沁石公)과 막역의 벗으로 종축(從逐)함에 나아가 뵈면 백체(百體)가 효성으로 뭉쳐 그 정성이 가히 하늘에 격하고 귀신에 통할만 하더니, 여묘(廬墓) 육상(六霜)에 범이 보호해 주고 샘물이 솟으며 식량(食糧)이 불고 수박이 열려 익으며 자주(慈主)의 안질(眼疾)에 현몽(現夢)으로 약(藥)을 구하였으니 이런 지행(至行)의 자취를 조고(祖考)께서 목도하시고 감격하셔 말씀하신 것이 아직도 가슴에 사무친다.

그런데, 혹 지성(至誠)의 묘(妙)와 신명불측(神明不測)의 이(理)를 깨닫지 못하고 "그러할 수가 있을까?" 하고 의심하는 이가 있을진대, 역(易)에 중부돈어(中孚豚魚)라 하였으니, 부신(孚信)이 쌓이면 돈어(豚魚)라도 능히 감동한다는 것이다. 그러므로 옛날 왕상(王祥)의 약리(躍鯉)와 맹종(孟宗)의 읍순(泣筍)이 그러한 것이니 사지(私智) 협견(狹見)으로 판단하지 말아야 한다.

그래서, 겸산(謙山) 이선생(李先生)을 위시하여 모든 장덕(丈德)의 신필(信筆)과 숙유(宿儒)의 찬사가 쏟아지고 향교(鄕校), 장관(掌管), 반궁(泮宮)의 천장(薦狀)이 이어지며 촌부(村婦) 가동(街童)이라도 '효자'라 칭하고 이름과 아호(雅號)를 부르지 아니하며 또한 경향(京鄕)의 각 신문과 방송이 일을 전파하니, 그야말로 "나라를 화치(化治)함이 효에 근본한다." 함은 이를 두고 한 말이다.

아! 담적(湛寂)에 어려 있는 지성(至誠)은 형상(形象)이 없어 말로 표현하기 어렵고, 현묘(玄妙)에 흐르는 이치(理致)는 소리가 없어 글로 나타내기가 어렵거늘 숙고하여야 이 일의 소이연을 구경(究竟)할 수 있을 것이다.

　윤우(胤友) 갑식보(甲植甫)가 이 실기(實記)를 수집, 번역하여 간행할새 눈물로 변문(弁文)을 청하는데 효심이 말과 용모에 넘쳐 영석이류(永錫爾類)의 감탄이 절로 자아나거늘 불문(不文)으로 사양하지 못하고 삼가 서(序)하는 바이다.

무인(戊寅 - 서기 1998년) 동지절(冬至節) 세생(世生)
봉기종(奉奇鍾) 근서(謹書)

목차

9

목차

효자(孝子) 송산(松山) 홍승준(洪承俊) 옹
(1896년 7월 19일 ~ 1973년 10월 19일)

홍승준 옹과 부인 나주 나씨

홍승준 옹 고택

홍승준 옹 회갑연

풍산 홍씨 유택을 품은 나주지방의 명산 - 금성산   시묘지 표지석

거려일기, 고감록, 애감록 등의 저본

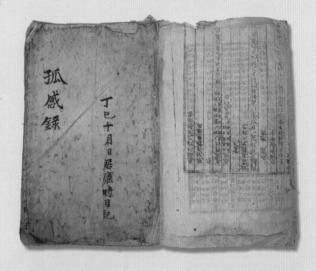

홍승준 옹 서거 신문기사 (한국일보, 전남일보)

◇6년동안 부모의묘에 시묘했던 洪承俊옹.

父母 묘소옆서 6년을 侍墓

孝列錄에 기록된 羅州孝子 洪承俊옹

全南日報
THE CHON NAM IL BO

11月15日 木曜日
(西紀1973年)

「韓國孝烈錄」의 살아있는 證人
羅州孝子 洪承俊옹 死去

父母무덤곁에 6年동안 시묘

◇洪承俊옹

홍승준 옹 장례식에서의 이모저모

홍승준 옹 묘소(앞) 및 홍우연 옹 묘소(뒤)

홍승준 옹의 묘역 이장식

효자마을 금안동 전경

송산을 기념하는 송산정사와 현판

송산을 기리는 효자각과 제막식 광경

고당 김규태 선생이 기증한 병풍과 그 내용

회수가 동백산에서 출원하여 동쪽으로 멀리멀리 흘러서	淮水出桐栢山東馳遙遙
천리를 쉬지 못하고 비수가 그 곁에서 출원하여	千里不能休淝水出其側
천리를 흐르지 못하여 백리에서 회수로 들어가 흐르는구나	不能千里百里入淮流
수주의 속현에 안풍이 있으니 당나라 정원 때에	壽州屬縣有安豊唐貞元年時
고을사람 <동소남>이 숨어 살면서 의로운 행동을 행하였다	縣人董生召南隱居行義於其中
자사가 능히 천거하지 못하였으니 천자가 그의 명성을 듣지 못했다	刺史不能薦天子不聞名聲
벼슬과 봉록이 집 문에 이르지 않고 문 밖에는 오직 아전이 나타나	爵祿不及門門外惟有吏
날마다 몰려와 조세를 물리며 또 돈을 빼앗아 가네	日來徵租更索錢
슬프다 동생이여 ! 아침에 나가서는 밭을 갈고	嗟哉董生朝出耕
밤에 돌아와서는 옛사람의 글을 읽네	夜歸讀古人書
종일 쉬지 않고 산에서 땔나무를 하며 물에서 물고기를 잡는구나	盡日不得息或山而樵或水而漁
부엌에서 맛좋은 음식을 마련하고 마루에 올라 부모의 안부를 물으니	入廚具甘旨上堂問起居
부모는 근심하고 슬퍼하지 않으며 처자는 탄식하고 원망하지 않네	父母不慼慼妻子不咨咨
슬프다 동생이여 효도하고 또 인자함을 사람들은 알지 못하고	嗟哉董生孝且慈人不識
오직 하늘만은 알고 있어 상서를 내고 내리기를 때도 없이 하였네	唯有天翁知生祥下瑞無時期
집안에 새끼 낳은 개가 있어 나가 먹을 것을 구하니	家有狗乳出求食
닭이 와서 그 새끼에게 먹이는데	雞來哺其兒
뜰에서 쪼아다 벌레와 개미를 주어서 먹여도	啄啄庭中拾蟲蟻
먹지 않으니 우는 소리 슬퍼서 차마 가지 못하고	哺之不食鳴聲悲
그 주변에서 머뭇거리며 서성거리고	彷徨躑躅久不去
날개로써 와 덮어주면서 어미 개가 오기를 기다렸다네	以翼來覆待狗歸
슬프다 동생이여 뉘와 장차 더불어 짝하리오	嗟哉董生誰將與儔
시속의 사람들은 부부가 서로 학대하며 형제가 원수가 되어	時之人夫妻相虐兄弟爲讐
봉록을 먹으면서도 부모를 근심하게 하니 또한 홀로 무슨 마음일까	食君之祿而令父母愁亦獨何心
슬프다 동생이여 ! 함께 짝할 사람이 없구나	嗟哉董生無與儔

- 辛丑(1961년) 菊秋節(국추절)에 松山老兄을 위해 顧堂金奎泰(고당 김규태)

19

성균관장 답통문

전라남도 도지사로부터 효행상으로 받은 찻잔

나주 유림들이 강학을 논하고 풍류를 즐기던 쌍계정 (전남 유형문화재 제 34호)
송산은 이 쌍계정을 문화재로 지정받고자 많은 노력을 기울였다.

孝子松山洪公實記

시묘일기

卷之一

居廬日記 序
시묘일기 서문

　저번 보발을 금(禁)함이 크게 행해져 옛 상투를 한 사람이 두려워 해가 진 뒤 길을 나와 행하다가 두발이 드러나면 따라오는 사람이 있을 정도였다. 내가 이런 때에 일이 있어 길을 나섬에 금성(錦城)을 지나는 차 속의 사람들이 다 내 보발에 눈길을 하며 괴이하게 여기고, 한 선비가 자리에 앉아서 담소하고 있는데 기상이 양미간에 서려있어 읍(揖)하고 물으니 바로 홍군(洪君) 백원(伯源)이었다. "보발로 욕을 먹은 적은 없었는가?" 물으니, "관리의 성냄을 자주 당했노라." 하거늘 반드시 다른 사람과 다르다는 생각이 들어 그 고을사람에게 물어서야 비로소 시묘의 일을 자세히 들을 수 있었다.

　아! 세속 사람이 아니로다. 그가 전후 시묘 육년을 한 곳을 사람이 가리킴에 내게 깊은 산의 절벽, 언 눈의 차가움, 골짜기 바람에 찬비, 귀신이 밤사이 우는소리가 떠오르니, 이러한 것은 진실로 천하의 지극히 고생스러운 것이거늘 능히 편안히 하여 바위 사이에 샘물이 솟고 맹수가 화하고 물건이 스스로 이룸이 누가 보내주기라도 한 것 같은, 이러함은 인력으로 되는 바가 아니로되 능히 이르니, 바로 옛 전기(傳記)에 칭한 바 '순효(純孝)'가 어찌 이보다 더 하리오?

　무릇 시묘가 예(禮)의 바른 도(道)는 아니라, 이는 영위(靈位)가 당(堂)에 있어 중요함이 여기 당에 있다는 것을 말함이지 효자의 정을 막아 하여금 정성 다하지 못하게 함은 아니다. 그러므로 옛날 군자(君子)가 왕왕히 행함이 있었기로 비록 문명이 순후(淳厚)하던 예속(禮俗)의 세상에도 또한

하기 어렵거늘 하물며 오늘날 어버이가 흙에 들자마자 최마(衰麻)를 벗어 입지 않고 내실(內室)에 들어 종세(終歲)토록 전식(奠食)을 받들지 않음에 있어서랴? 깊은 정과 지극한 성품을 가져 돌아가셨어도 생각하기를 살았을 때와 같이 하는 독실함이 아니라면 어찌 능히 천하의 지극한 고통에 거(居)하여 여섯 해를 하루같이 했으리오? 하늘과 땅이 바뀌고 세상의 도가 패(敗)하여도 사람의 이치가 사라지지 않음을 내가 그에게서 믿겠나니, 어떻게 그의 지극한 행실을 퍼뜨려 세상 널리 고할꼬?

　박군(朴君) 중해(仲海)가 그가 날마다 기록한 것을 보여줄 새, 문득 내가 처음 그에게서 느낀 바를 펴나니 그 절개와 뛰어난 행실을 봄이 다만 한 가지 일로서일 뿐 아니다.

기축(己丑- 서기 1949년) 저문 봄 친구 광산(光山) 김문옥(金文鈺) 씀

往時髮禁大行 古巾鬐人咸惴惴匿景 出行于塗 毛髮晰然 若有人追之者 余時以事 出道 過錦城車中人 咸目屬於余 盖怪之也 有一士人 踞床談笑 氣勃勃眉宇間 揖而 問焉則 洪君伯源也 問無辱之者乎則 云被吏人詰屢矣 意思必異于人者 叩請其鄉人 始得居廬事甚詳 嗟乎 非世俗人也 君前後廬墓六年 人指處 余想深山絶崖 氷雪慘冽 陰風凄雨 鬼魅夜啼 此誠天下之至苦也 而能安之 嚴泉湧而猛獸化 育物自至若有饋 之 此非人力之所爲也 而能致之 卽古傳記所稱純孝 何以過此 夫廬墓非禮之正 此謂 象設在堂 重在此耳 非禁孝子之情 俾不得自盡也 故古君子往往有行之 雖在文明樸 厚 禮俗之世 亦以爲難 況在今日 有親纔入土 釋衰不服矣 有偃于私室 而終歲不奉 奠饋者矣 非有深情至性 慕死如生 君之篤者 豈能天下之至苦六載如一日哉 天壤易 世道敗 而人理有未泯 吾於君信矣 思安得播其至行 以告夫世之滔滔者 而朴君中海 示君所爲日記 輒敍余始之所感於君者 以見其介志特行 非一事已也

己丑 暮春 友人 光山 金文鈺 書

孤感錄 - 孤子承俊泣血書
아버지를 잃고 승준은 울며 시묘의 일을 적다

정사(丁巳 - 서기 1917년) 10월10일, 시묘를 시작하다. 이에 앞서 8월15일 아버님이 병으로 팔다리가 굳어짐에 밤이 되어 목욕하고 옷을 고쳐 입고 머리를 숙여 하늘에 비니 조금 차도가 있었다.

17일, 심히 곤란해 하심에 곧 손가락을 잘라 피를 넣어드리니 또한 조금 차도가 있었다.

18일, 심히 굳어져 큰형님이 손가락을 잘라 피를 넣어드림에 또한 조금 차도가 있었다.

19일, 신시(申時)에 상(喪)을 당하여 사흘 만에 권여(權輿)하여 노안면(老安面) 기동(基洞) 선영(先塋) 아래 신좌(辛坐)의 언덕에 장사지내니 이 뒤로부터는 비록 영위(靈位)를 모시고 아침저녁으로 받드나 마음은 항상 묘 앞에 있어 밤중이면 홀로 묘를 찾아가 호곡하고 오다.

밤마다 이와 같음이 수십 일이라 늙은 어머님께서 그 상황을 점차 아시고 간절히 책하며 말리시기를 "산길이 험악한데 어둔 밤에 왕래함이 어찌 위험하지 않으랴?" 하시다. 불초(不肖) 무릎을 꿇고 아뢰기를 "감히 명을 따르지 않으리오. 그러나 마음이 놓이지 않습니다." 하였다.

하루는 큰형께 고하기를 "형님은 영위를 떠날 수 없으리니 아우가 마땅히 묘의 곁에 있으리다." 함에 큰형이 눈물을 흘리며 이르기를 "네가 잘 알아서 하라." 하셨다.

이에 드디어 움막을 짓고 작은 솥 하나, 자리 한 장, 동이 하나, 화로 하나, 향합 하나, 주발 셋, 접시 다섯을 갖추니 이 날이 바로 시월 초열흘이었다.

丁巳十月初十日 始居廬 前此八月十五日 先考患候 末疾臨革 卽夜 沐浴改衣 稽
顙禱天得小差 十七日孔革 卽斷指灌血 又得小差 十八日孔革 伯兄主斷指灌血 又
小差 至十九日申時 丁憂越三日 權葬于老安面基洞 先塋下辛坐之原 自是之後 雖
侍靈筵 奉昏晨而 心常在於 墓下中 夜獨往 墓下 省視號哭而來 夜夜如是者 已過數
旬 老慈主秒知其狀 切責禁之曰 山路險 惡 黑夜來往 豈不危哉 不肖跪告曰 敢不惟
命 然而心則 未嘗小解焉 一日告于 伯兄主曰 兄主不離几筵 弟當廬于 墓側云 伯兄
主泫然曰 汝可裁處焉 於是遂結廬 給以小鼎一座 拜席一張 盆一 爐一 香盒一 椀三
楪五 而寔十月初十日也.

정사(丁巳) 1917년 10월

11일, 늙은 어머님께서 친히 오셔 묘의 사이와 소나무의 우거짐과 시냇
물의 흐름과 여막의 협소함을 두루 살피시고 누차 이르시기를 "삼년의 해
와 달이 적지 않은데 너의 연약한 몸으로 어떻게 견디리오." 하시며 백미
(白米) 두 되, 청장(淸醬) 한 병을 두어 조석으로 상식(上食)함을 갖추어 주
셨다.

12일, 월정 마을 사람 대여섯 노소 남녀가 찾아와 위로하다.

15일, 월정 마을사람 노소 십여 명이 와 위로해주다.

17일, 석정리 이씨 대여섯 분과 박계선(朴啓善) 숙질이 와 위로해주다.

18일, 소학동에 사는 칠팔 인이 와 위로해주다.

20일, 처음 산에 와서 먹는 물이 먼 곳에 있음이 걱정되었다. 이에 산의 북
쪽 한 작은 도랑을 만들어 시냇물을 여막 밖에 끌고 와 웅덩이를 파고 모아
마셨다. 오늘 묘 서북쪽 아래 빈터에 물의 흔적이 은은히 나타나기에 파보
니 네다섯 마디쯤에 이르러 원천(源泉)이 용솟음치고 나와 끌어왔던 웅덩
이 물을 메우고 이 샘물을 마셨다.

22일, 한마을에 사는 모든 종씨(宗氏)와 타성(他姓)의 알았던 노인들이
함께 와 위로하다.

25일, 조석으로 상식할 때 연일 까마귀 한 쌍, 까치 한 쌍이 날아와 묘 앞
소나무 가지에 앉아 '악악' '까까'하며 함께 곡하다. 그러다 곡이 그치면 까

마귀와 까치도 또한 그쳤다.

27일, 무안군 기동에 사는 삼종매부 오상열(吳尙烈)씨가 위문하고 한 꿰미의 돈을 부의하고 떠났다.

29일, 본면 구축리에 사는 족형(族兄) 승란(承欄)씨가 와 위로하다.

十一日 老慈主親臨 周視墟 墓之間 松杉之茂 澗泉之潔 廬幕之陜 累論曰 三年日月不爲不多 而汝軟軟弱質 何以支將耶 且以白米貳斗 淸漿一壺 以備朝夕上食之具
十二日 月丁村人 五六男女老少 幷來慰
十五日 月丁村人 老少十餘人 幷來慰
十七日 石亭里 李丈五六員 朴啓善叔姪 幷來慰
十八日 巢鶴洞居人 六七員 幷來慰
二十日 始來山下 患食水之遠 乃於山之北 浚一小溝 引溪水於幕外 鑿井而飮 至今日 墓西北下空閒地 有水痕 隱隱而見 鑿及四五寸 源泉湧出 遂廢引水之井 因飮此泉
二十二日 本洞居諸宗 及他姓故人老少 幷來慰
二十五日 朝夕上食時 連日 烏一雙 鵲一雙 來集于墓門松之上 啞啞喳喳 與共哭 然哭止 烏鵲亦止焉
二十七日 務安郡基洞居 三從妹夫 吳尙烈氏慰問而 以一緡銅 致賻而去
二十九日 本面九丑里居 族兄承欄氏 來慰

11월

1일, 문평면 소학동 삼종매부 나춘경(羅春京)씨가 와 위로하고 고구마 한 자루를 부의하다.

3일, 본양면 신촌리 전진성(全鎭成)씨가 위문하다.

4일, 눈이 쌓인 깊이가 한 자 남짓 됐다. 날씨가 또한 매우 추웠다. 새벽에 일어나 뜰을 쓸고 상식을 준비하는데 문득 한 무리의 꿩들이 여막 안으로 들어왔다. 날씨가 차 먹이 찾기가 힘들 것을 헤아려 쌀을 약간 주었다. 꿩들이 먹으며 놀라 날지 않았다.

6일, 본군 군청 서기 구자선(具滋善)과 이곳 면서기 박준식(朴準植)이 함께 와 위문하다. 이 두 사람은 나의 시묘가 심히 남다른 일이라 이르고 지난 일과 앞으로 일을 물음에 내가 극구 말할 모양이 못 된다 하였다. 두 사람이 누누이 굳게 청하거늘 내가 모양이 못 된다 하여 사양하다.

8일, 날씨가 차고 큰눈이 내렸다. 몸이 추울까 두려워 이에 큰 화로에 숯불을 담아 묘의 섬돌 아래 받들어 두었다.

9일, 삼도면 방축리 오석봉(吳石峰) 어른 장수(璋洙)씨가 와 위문하다.

11일, 문득 한 마리 꿩이 포수에 놀라 여막 안으로 날아 들어오다. 손으로 어루만져 주어 잠시 후 포수가 산등성이를 넘어간 것을 보고 놓아주었다.

13일, 삼도면 대야리 김사숙(金士淑)씨가 와 위문하다.

15일, 새벽에 일어나 눈을 쓸고 숯불을 화로에 담아 묘의 섬돌 아래에 받들어 두다.

20일, 낮에 몹시 추웠다. 한 어린아이가 문을 두드리며 불을 청하여 내가 여기에 온 뜻을 물으니 "사는 곳은 성내(城內)인데 외가가 있는 고개 넘어 소학동에 가는 도중 젖먹이 아이가 얼어 거의 죽을 지경이다." 운운하여 급히 나가 보니 옷이 남루하고 얼굴이 사색이라 이에 여막 안으로 들라 청하고 이불을 덮어 추위를 가시게 하고 더운물을 마셔 속을 따습도록 했다. 얼마 후 아이와 어머니가 다 평상의 기운을 얻더니 떠났다.

23일, 북풍이 매섭게 불고 하늘이 어두웠다. 행인의 자취가 끊어지고 밤에는 눈이 수 척이나 쌓였다. 새와 짐승이 많이 처마에 들어와 자다.

27일, 햇볕이 들어 언덕에 눈이 녹기 시작하다. 겨울 날씨가 매우 따뜻했다. 본면 금곡리의 정우선(鄭遇善)씨가 와 위로하다.

29일, 월정리에 사는 오길중(吳吉仲)이 그 어버이 기일(忌日)을 지내고 난 떡 한 사발을 가지고 와 나의 고로(苦勞)를 위로하다.

初一日 文平面巢鶴洞 三從妹夫 羅春京氏來慰 以苩子一斗 致贈
三日 本良面新村里 全鎭成氏 來問
四日 雪深尺餘 天又甚寒 乃晨起掃庭 炊飯上食 忽有一群飛雉 來投幕中 余知其天寒乏食 以米小許飼之群雉 食之而不驚不飛
六日 本郡郡廳書記具滋善 與本面書記朴準植 來慰問 蓋此二人 以余居廬 謂甚異事探問履歷行事 余極言無狀 二人累累固請 余以無狀辭焉
八日 天寒大雪 恐親軆之寒 乃以大爐 儲炭火 奉置階下
九日 三道面防築里 吳石峯丈璋洙氏 來問
十一日 忽有一隻飛雉 劫於砲手投入幕中 余以手按之 食頃以後 知砲手越嶝而去

乃放之
　十三日 三道面大也里 金士淑氏 來問
　十五日 晨起掃庭 儲炭火於爐 奉置階下
　二十日 午大寒 有一小童 叩門請火 余問來意 云去城內而其外家 在於嶺外巢鶴洞
與其母一乳兒往巢鶴洞 於路中乳兒寒侵體膚 幾至死境云云 急出視之則 衣裳襤褸
形容死灰矣 乃請入幕中 擁衾以禦寒 飲湯以熱 中食頃後 兒及母皆得平氣而去
　二十三日 北風大作 天色陰昏 行人路絶 其夜雪來數尺 鳥獸多入簷牙而宿
　二十七日 陽坡始雪消 冬日甚暖 本面今谷里 鄭遇善氏 來慰
　二十九日 月丁里居人吳吉仲 經其親忌齋 餠一椀而來 以慰余之孤露

12월

1일, 새벽에 일어나 뜰을 쓸고 밥을 하여 상식하는데 까마귀와 까치가 함께 참여하였다.

2일, 낮에 구축리의 족숙(族叔) 우설(祐卨)씨가 와 위로하고, 상에 거하는 삼년에 반드시 <예기(禮記)>를 읽는 것이라 권면하다.

4일, 수각리 삼종질(三從姪) 언식(彦植)이 그 조부 소상(小祥)을 지내고 여러 남은 음식을 가지고 와 위로하다. 상복을 입고 있음으로 극구 사양하였다. 재당숙 님의 영위에 참배하지 못하니 일반의 정과 예가 함께 멸(滅)함이다.

6일, 장성군 삼서면 두곡리 이우헌(李佑憲)이 와 위문하고 돈 한 꿰미를 부의하다

7일, 본양면 사정리 삼종형 승희(承禧)씨가 와 위문하고 한 꿰미 돈을 부의하다.

9일, 본면 원당리 김기수(金基洙)씨가 와 위로하고 돈 한 꿰미를 부의하다. 김성숙(金性淑)씨도 함께 임하여 위로하다.

10일, 산지기 신태금(申太金)이 그 아버지 소상(小祥)이라 칭하고 축(祝) 지어주기를 간절히 하는 고로 축문을 지어 보내다.

11일, 본면 인천리 정우동(鄭遇湩)이 와 위문하고 돈 한 꿰미를 부의하다.

12일, 본면 영안리 김기우(金基禹)가 와 위로하다.

13일, 오후에 눈이 차갑더니 저녁이 되어서 그쳤다.

14일, 경상도 함양군 서하면 거평리 강내희(姜乃熙)씨가 와 위로하다.

15일, 집에서 고기와 채소, 과일을 갖추어 보내와 상식하다.

16일, 월정리에 사는 김창식(金昌植)이 곶감 다섯 줄을 가져와 부의하다.

18일, 때때로 내린 눈이 산골짜기에 가득했다. 밤이 이미 깊어서 한 노루가 급히 뛰어 여막 앞에 이르러 문을 열고 보니 범이 그 뒤를 쫓고 있었다. 노루가 죽게 됨을 차마 보지 못하겠기에 범에게 잡아먹지 말라 경계하니 노루가 달아날 수 있었다. 범은 여막 앞에 쭈그려 앉아 있다가 닭이 운 뒤에야 떠났다.

19일, 오후에 일인(日人) 몇 사람이 와 여막 안에 들어와 공경히 절하고 이어 묘 아래에 절하며 엎드리다. 두루 여막의 앞뒤와 자고 먹는 곳을 살펴보고는 놀라며 "대단하다. 대단하다." 하였다. 서로 연초(煙草) 한 갑을 주는데 피지 못 한다 굳게 사양하고 마침내 받지 않다.

20일, 본면 영안리 김기호(金基鎬)씨가 위로하다.

22일, 짙은 안개가 사방에 가득하더니 한참 동안 북풍이 크게 일다.

24일, 본면 광곡리 정순규(鄭淳圭) 정윤채(鄭允采)가 함께 와서 위로해주다.

26일, 일인(日人) 서너 명이 산을 뒤져 꿩을 사냥하는데 갑자기 큰 꿩 한 마리가 포수에 놀라 여막 가운데 날아 들어왔다. 이부자리 사이에 숨겨주었다가 포수들이 떠난 뒤에 꿩을 놓아주자 날아갔다.

27일, 약간 비.

28일, 월정리 김난삼(金瀾三)이 북어(北魚) 열 마리와 부석어(富石魚) 한 마리를 가져와 부의하다. 과세(過歲)에 쓰기 위하여 집으로 보냈다.

29일, 집에서 고기와 채소, 과일을 가지고 와 정월 초하루에 쓸 준비를 하는데 월정리 황상현(黃相玄)이 떡 한 그릇을 가져와 위로하였다. 이날 밤에 떡국을 묘 앞에 차려놓고는 곧 집에 돌아가 영위를 모셨다. 닭이 운 뒤 제사가 끝남에 바로 여막에 이르니 동쪽 하늘이 아직 밝지 않았다. 그리고 떡국과 여러 음식을 상식하였다.

十二月初一日 晨起掃庭 炊飯上食 烏鵲與我共之
二日 午 九丑里族叔祐峝氏 來慰 勉以居喪三年 必須讀禮云
四日 水閣里三從姪彦植 徑其祖父小期 齎各種餕餘 來慰 余極醉以身負衰麻 未得
參 再堂叔主几筵 常事情禮俱滅云云
六日 長城郡森西面斗谷里 李佑憲 來問 以銅一緡致賻
七日 本良面沙亭里 三從兄承禧氏 來問 以一緡銅致賻
九日 本面元堂里 金基洙氏 來慰 以銅一緡致賻 而金性淑氏 並臨慰
十日 山直申太金 稱以其父小祥 而題祝事來 懇故爲之 題祝文送之
十一日 本面仁川里 鄭遇渾 來問而 以銅一緡致賻
十二日 本面永安里 金基禹 來慰
十三日 午後雪寒 至夕而止
十四日 慶尙道咸陽郡西下面巨平里 姜乃熙氏 來慰
十五日 自本第備魚肉菜果 而來上食
十六日 月丁里居人金昌植 以乾柿五串來賻
十八日 時雪滿山壑 夜已深矣 有一獐急走至幕前 開戶視之則 虎逐其後 不忍獐之
將死 戒虎以勿食 獐得脫去 虎則蹲在幕前 鷄鳴後乃去
十九日 午後 日人三人來入幕次 丞拜仍拜伏於墓下 遂周察幕之前後 及寢啖之所
咄嗟相謂曰大哉大哉 相與餽烟草一匣 余固辭以不知吸烟 而終不受
二十日 本面永安里 金基鎬 來慰
二十二日 大霧四塞 數食頃後 北風大作
二十四日 本面光谷里 鄭淳圭 鄭允采 並來慰
二十六日 日人三四人 搜山獵雉 忽有一大雉 驚砲飛入幕中 藏匿於寢衾間 已而砲
人去後 乃放雉飛去
二十七日 天小雨
二十八日 月井里 金瀾三 以北魚十尾 富石魚一尾 來賻 爲過歲之需 故送于本第
二十九日 自本第 具魚肉菜果來 爲元朝上食之需 及月丁里黃相玄 以餅一器 來慰
是日夜半 具餅湯於 墓前 旋卽還家 侍几筵 鷄鳴後祭奠畢 卽到廬次 東方未曙矣 遂
以餅湯庶品上食

무오(戊午) 1918년 1월

1일, 안동(安洞) 종족(宗族) 노소가 함께 와 위문하였다. 자못 백여 명이
되었다.

2일, 본면 수각리 족형(族兄) 승권(承權)씨와 승대(承大)씨가 함께 와 위
문하다.

3일, 월정리 황정원(黃正元) 황도일(黃道一) 정창업(鄭昌業) 박덕원(朴德源)이 함께 와 위로하다.

4일, 눈보라.

6일, 광주군 서창면 구룡리 오석원(吳碩源)이 와 위로하고 양초 한 갑을 부의하다.

7일, 화순군 화순면 이양오(李良五)가 와 위로하다.

9일, 본군 다시면 송촌리 이민철(李敏哲)이 와 위로하다.

12일, 비.

13일, 본군 문평면 국동리 족인(族人) 문희(文憙)가 고구마 한 광주리를 가져와 부의하고 위로하다.

15일, 재당숙 님 우찬(祐瓚)씨가 와 위로하고 유과(油果) 한 광주리를 부의하다.

17일, 늙은 어머니께서 친히 오셔 묘 앞에 곡하시고 불초(不肖)에 먹기를 잘하고 슬픔을 절제하라 권면하시며 효를 상하지 말라 경계하여 위로하시다. 오직 자식을 걱정하는 마음에 간곡히 말하시고 돌아서 가심에 모시고 행하여 집에 이르다. 네 시가 되어서야 여막이 있는 곳으로 돌아오다.

20일, 갑자기 매가 작은 새를 공격하여 공중에서 여막 앞에 떨어지거늘 가서 보니 매는 이미 멀리 날아가고 작은 새가 땅에 엎어져 날지 못하며 슬피 울었다. 그 상처를 살펴보니 왼쪽 다리가 다쳐 송진을 발라주고 소나무 껍질로 싸 이불 속에 놓아 돌보았다.

23일, 전날 그 작은 새가 능히 나는 고로 놓아주자 날되 떠나지를 않고 묘 앞 소나무에 머물며 때론 여막 안까지 들었다.

24일, 본면 석정리 박을선(朴乙善)이 와 위로하고 짚신 한 컬레를 부의하다.

26일, 본면 월산리 윤덕진(尹德進)이 와 위로하고 생밤 한 되를 부의하다.

29일, 본 마을 족대부(族大父) 윤주(崙周)씨가 와 위로하고 돈 한 꿰미와 김 한 톳을 부의하다.

戊午正月一日 安洞宗族老少 幷來慰問 殆近百餘人
二日 本面水閣里 族兄承權氏 與承大氏 幷來慰問
三日 月丁里 黃正完黃道一鄭昌業朴德源 幷來慰

四日 風雪

六日 光州郡西倉面舊龍里 吳碩源 來慰 而肉燭一匣 致賻

七日 和順郡和順面 李良五 來慰

九日 本郡多侍面松村里 李敏哲 來慰

十二日 天雨

十三日 本郡文平面國洞 族人文憙 以甘藷一筐 來賻慰

十五日 再堂叔主祐瓚氏 來慰而 以油果一筐 致賻

十七日 老慈主親臨 哭於墓前 勉以不肖加餐節哀 戒勿傷孝 以慰 惟憂之心 諄諄敎
諭 旋爲返次故 陪行至家而 哺時卽掃廬所

二十日 忽有鷙鷚擊小鳥于空中 落於墓前 卽往視之 則鷙已遠去 小鳥仆地 將死未
飛哀鳴 詳其傷處則 左脚折矣 松液以塗之 松皮以裹之 置諸衾中

二十三日 前日小鳥 能飛故放 飛而不去 捿于墓前松樹 有時飛入于幕中

二十四日 本面石井里 朴乙善 來慰 而草鞋一對 致賻

二十六日 本面月山里 尹德進 來慰 而以生栗一升 致賻

二十九日 本里 族大父崙周氏 來慰 而銅一緡 海衣一吐 致賻

2월

1일, 본군 문평면 기동 족형(族兄) 승일(承馹)씨가 위문하다.

2일, 본 마을 족대부(族大父) 순주(淳周)씨 족숙(族叔) 우희(祐喜)씨가 와
위로하다.

4일, 눈.

7일, 영광군 백수면 김홍규(金洪奎)씨가 와 위로하다.

10일, 본군 나신면 송현리 임기성(林基成)씨가 와 위로하다.

12일, 영광군 삼서면 하백리 심영택(沈鈴澤)이 와 위로하다.

15일, 본 마을 이준서(李畯緒)씨가 와 위로하고 떡과 과일을 부의하다.

19일, 비.

23일, 본군 나신면 도청리 이영헌(李泳憲)이 위로하다.

24일, 본면 인천리 오맹근(吳孟根)이 와 위로하다.

28일, 본군 봉황면 장성리 임기상(林基常)씨가 와 위로하다.

29일, 본군 나신면 석현리 나갑선(羅甲善)이 와 위문하다.

二月初一日 本郡文平面基洞 族兄承馴氏 來問
二日 本里 族大父淳周氏 族叔祐喜氏 來慰
四日 天雪
七日 靈光郡白水面 金洪奎氏 來慰
十日 本郡羅新面松峴里 林基成氏 來慰
十二日 靈光郡森西面下白里 沈鈴澤 來慰
十五日 本里 李晙緒氏 來慰 而以餅果 致贈
十九日 天雨
二十三日 本郡羅新面道清里 李永憲 來慰
二十四日 本面仁川里 吳孟根 來慰
二十八日 本郡鳳凰面長城里 林基常 來尉
二十九日 本郡羅新面石峴里 羅甲善 來問

3월

2일, 본군 문평면 만년동 나정일(羅正一)씨가 와 문안하다.

3일, 이른 아침 집에서 채소와 과일 등 여러 물품을 가져와 상식하는데 쓰다.

4일, 새로 개간한 빈터에 각종 채소와 오이 등을 심었다.

8일, 본군 삼도면 대야리 김광수(金銧洙)씨가 와 문안하다.

11일, 묘지 근처 소나무에 벌레가 크게 일어 걱정이 그치지 않더니 문득 까치 떼 수 천 마리가 일시에 날아와 모두 쪼아 먹으니 이후 송충이 걱정이 사라지다.

13일, 화순의 김형후(金亨垕)가 와 위로하다. 이때에 비 때문에 유숙(留宿)하는 바가 되어 겨우 저녁밥을 올리고 다음날 아침 상식할 쌀이 걱정되다. 밤이 지나고 항아리를 열어 보니 홀연 흰쌀이 항아리에 가득 차 있어 어떻게 된 영문인지 알 수 없었다. 손과 더불어 놀랐다. 밥을 하여 상식하고 또 손을 대접하여 보낸 후 조금 있으니 어머님이 쌀을 이고 와 이 사실을 알리다. 오후에 소학동 사는 이치수(李致洙), 심상국(沈相國)이 나무를 하여 나주읍으로 나가는 길로 이곳을 지나기에 불러 쌀을 주어 보내니 각각 두

되가 넘었다. 이는 뜻밖에 쌀이라 그래서 지극히 가난한 자를 위하여 쓴 것
이다.

14일, 본군 삼도면 대야리 김선호(金善鎬)씨가 와 위문하다.

15일, 본군 다시면 동백정(冬栢亭) 이사헌(李史憲)씨가 와 위문하다.

16일, 본군 문평면 삽치리 김윤수(金渝壽)가 와 위문하다.

19일, 본군 문평면 도장리 이봉상(李鳳相)씨가 와 위로하다.

20일, 광주군 임곡면 박산리 양지하(梁志夏)가 와 위로하고 돈 한 꿰미를
부의하다.

24일, 함평군 식지면 내동 양국묵(梁國黙) 양희묵(梁禧黙)씨가 함께 와
위문하다.

28일, 큰비.

29일, 비.

三月初二日 本郡文平面萬年洞 羅正一氏 來問
三日 早朝 自本第 具菜果庶品來 以爲上食之需
四日 新墾空閒處基址 種菜蔬瓜果等物
八日 本郡三道面大也里 金絖洙 來問
十一日 時墓地近處 松蟲大起 深憂不已 忽有鵲群數千 一時飛集哺盡無餘 此後永
無松蟲之患
十三日 和順人金亨厓 來慰 時爲雨所滯留宿 食糧僅供夕飯 余憂明朝上食之米矣
過夜後 開缸視之 忽然白米盈缸實 未知何以得之也 與客相互驚異而 炊飯上食 且待
客而送之 小頃後 老慈主戴米而來 告白此事 午后 巢鶴洞李致洙 沈相國以柴商往羅
州邑 回路過此 余呼而致之 以米分給而送之 各二升餘 此意外之米 故憐諸極貧而爲
之也
十四日 本郡三道面大也里 金善鎬氏 來慰問
十五日 本郡多侍面冬栢亭 李史憲氏 來慰問
十六日 本郡文平面插峙里 金渝壽 來慰問
十九日 本郡文平面道長里 李鳳相氏 來慰
二十日 光州郡林谷面薄山里 梁志夏 來慰 以銅一緡 致賻
二十四日 咸平郡食知面內洞 梁國黙 梁禧黙氏 幷來慰問
二十八日 天大雨
二十九日 雨

4월

1일, 본군 반남면 후산리 나도언(羅燾彦)이 와 위문하다.

2일, 함평군 식지면 복동리 김화숙(金化淑)씨가 와 위문하다.

5일, 본군 노안면 장림리 박년균(朴年均)이 와 위문하다.

6일, 화순군 회덕면 광사(廣思) 김형운(金亨雲)이 와 위문하다.

9일, 장성군 삼서면 소룡리 안재순(安在純)씨가 와 위문하다.

10일, 바람이 밤낮으로 몹시 불다.

12일, 본면 영안리 정경남(鄭璟南) 정우관(鄭遇官)이 함께 와 위문하다.

14일, 관리 네 사람이 와 말하기를 "이는 특별한 행실로 신문에 내리다." 하기에 대답하여 이르기를 "사람이 스스로 그 어버이를 위하여 하는 것이 거늘 어찌 신문에 나기를 바라요?" 하다. 그 사람들이 누차 청하였으나 화 내어 못하게 하니 안타까워하고 떠나다.

28일, 본군 문평면 도장리 이한상(李漢相)씨가 와 위문하다.

29일, 본면 성산리 김준배(金準培)씨가 와 위문하다.

四月一日 本郡潘南面後山里 羅燾彦 來慰問
二日 咸平郡食知面伏洞里 金化淑氏 來慰問
五日 本郡老安面長林里 朴年均 來慰問
六日 和順郡懷德面 廣思金亨雲 來慰問
九日 長城郡三西面小龍里 安在純氏 來慰問
十日 大風一晝夜
十二日 本面永安里 鄭璟南 鄭遇官 幷來慰問
十四日 有官吏四人來言如此特異之行 可出於新聞云 余應曰 人自爲其親而爲之 何關於新聞乎 其人累累請之 余艴然抑止之 嗟歎而去
二十八日 本郡文平面道長里 李漢相氏 來慰問
二十九日 本面星山里 金準培氏 來慰問

5월

4일, 본군 반남면 대월리 박영찬(朴泳贊)씨가 와 위문해주다.

5일, 함평군 평릉면 사산리 이재경(李載耕)씨가 와 문안하고 북어(北魚) 열 마리를 부의하다

7일, 광주군 하남면 신원리 이형우(李亨宇)씨와 이봉우(李鳳宇)가 함께 와 위문하다.

10일, 본군 나신면 석현리 나형균(羅亨均)이 와 위로해 주다.

11일, 본면 금암리 신의정(申宜正)이 와 문안하다.

13일, 본면 회룡리 임성묵(林聖黙)이 와 문안하고 돈 한 꿰미를 부의하다.

14일, 본군 나신면 삼영리 김봉선(金奉善)이 와 위문하다.

15일, 비.

17일, 경기도 진위군 오성면 오성리 박전원(朴塡遠)이 위문하다.

18일, 광주군 동곡면 본동리 이재만(李在萬)이 와 위문하다.

20일, 본 군 평동면 연산리 정관숙(程寬叔)이 와 위문하다.

21일, 광주군 비아면 도천리 김용정(金容正)이 와 위문하다.

25일, 장흥군 유치면 단산리 족질(族姪) 위식(緯植)이 와 위문하다.

26일, 함평군 월야면 죽산리 정종인(鄭鍾仁)씨가 와 위문하다.

28일, 함평군 월야면 죽동리 김낙중(金洛仲)이 와 위문하다.

五月四日 本郡潘南面大月里 朴泳贊氏 來慰問
五日 咸平郡平陵面射山里 李栽耕氏 來問 而北魚十尾 致賻
七日 光州郡河南面新院洞 李亨宇氏 李鳳宇 幷來慰問
十日 本郡羅新面石峴里 羅亨均 來慰問
十一日 本面金岩里 申宜正 來問
十三日 本面回龍里 林聖黙 來問而 銅一緡 致賻
十四日 本郡羅新面三榮里 金奉善 來慰問
十五日 天雨
十七日 京畿道振威郡梧城面梧城里 朴塡遠 慰問
十八日 光州郡東谷面本洞里 李在萬 來慰問
二十日 本郡平洞面連山里 程寬叔 來慰問
二十一日 光州郡飛鴉面道川里 金容正 來慰問
二十五日 長興郡有治面丹山里 族姪緯植 來慰問

二十六日 咸平郡月也面竹山里 鄭鍾仁氏 來慰問
二十八日 咸平郡月也面竹洞里 金洛仲 來慰問

6월

1일, 집에서 채소와 여러 물품을 가져와 상식하는데 쓰다.

3일, 극히 가뭄. 앞들에서 두 사람이 싸우기를 머리채를 잡아끌며 서로 밀다 구덩이 속에 빠지다. 곁에 있는 사람에게 물으니 답하여 이르기를 "누구누구가 서로 물대기를 다투다가 이 지경에 이르렀습니다." 하기에 듣고 심히 딱하여 바로 목욕하고 네 번 절하고 하늘에 비니 잠깐 만에 한 조각의 검은 구름이 일어나 그 곳에 비를 쏟아 마른 구덩이가 넘치다.

이를 본 곁의 사람이 달려가 비가 내린 이유를 알리자 서로 싸우던 두 사람이 손뼉을 치며 기뻐하며 와서 하늘에서 비를 내리도록 정성을 모아준 것을 하례하기에 불연히 응하여 말하기를 하늘이 마땅히 함을 사람이 어찌 간여하리요? 삼가 이 말을 내지 말라 하였다.

5일, 장성군 삼서면 보생리 김상환(金尙煥)씨가 와 위로하다.

7일, 화순군 청풍면 한지리 정윤채(鄭潤采)씨가 와 위안하다.

8일, 본군 나주면 본정(本町) 김인숙(金仁淑)이 와 위문하다.

10일, 남평군 다도면 송계리 족인(族人) 영희(英憙)가 와 문안하다.

12일, 본군 세지면 산계리 김영횡(金榮橫)이 와 위로하다.

15일, 강진군 암천면 영산리 채동훈(蔡東勳)이 와 문안하다.

16일, 보성군 노동면 오동리 박우현(朴祐鉉)씨가 와 위로하다.

20일, 장흥군 유치면 관동리 송명선(宋明善)씨가 와 문안하다.

21일, 경기도 고양군 귀이동면 성산촌(城山村) 족형(族兄) 승언(承彦)씨가 와 위로하다.

23일, 영암군 신북면 월지리 정학찬(鄭鶴燦)이 와 위로하고 돈 네 꿰미를 부의하다.

25일, 함평군 식지면 덕림리 양지성(梁志誠)이 와 위문하고 곶감 한 접을 부의하다.

26일, 본군 반남면 대월리 박수채(朴守彩)씨와 박수창(朴守昌)씨가 함께 와 위로하다.

28일, 바람이 세게 불다.

六月一日 自本第 具菜蔬庶品來 以爲上食之需
三日 時天極旱 前郊二人爭鬪 扶曳頭髮 互相推納于溝中 問諸在傍人 答曰 某與某 相爭灌漑 至於此境云 聞甚憫然 卽沐浴四拜禱天 須臾南來黑雲一片油作 霈注其處 乾溝盈溢 參見傍人 奔告雨下之由 相爭二人 鰲抃歡喜來 賀格天雨注之誠 艴然應之 曰 天當爲之 人何與焉 愼勿以此發言也
五日 長城郡森西面保生里金尙煥氏 來慰
七日 和順郡淸豊面閒池里 鄭潤采氏 來問
八日 本郡羅州面本町 金仁淑 來慰
十日 南平郡茶道面松溪里 族人英憙 來問
十二日 本郡細枝面山溪里 金榮橫 來慰
十五日 康津郡唵川面永山里 蔡東勛 來問
十六日 寶城郡蘆洞面梧桐里 朴祐鉉氏 來慰
二十日 長興郡有治面冠洞里 宋明善氏 來問
二十一日 京畿道高陽郡歸耳洞面城山村 族兄承彦氏 來慰
二十三日 靈岩郡新北面月池里 鄭鶴燦 來慰而 以銅四緡 致賻
二十五日 咸平郡食知面德林里 梁志誠 來問而 乾柿一貼 致賻
二十六日 本郡潘南面大月里 朴守彩氏 朴守昌氏 幷來慰
二十八日 大風

7월

1일, 이른 아침 집에서 제를 올릴 여러 물품을 갖추어 삭일(朔日)을 지낼 준비를 하는데 굵은 비가 그치지를 않다. 시간이 늦추어짐이 두려워 묘 앞에 진설하는데 사방이 다 비가 내리고 묘 앞만이 한 점의 빗방울도 없었다. 제사를 마치고 상(床)을 거둠에 비가 쏟아졌다.

3일, 본군 다시면 동백정(冬栢亭) 이계성(李啓性)이 글로 위문하다.

4일, 함평군 월야면 백야리 정충원(鄭忠源)씨가 와 위로하다.

6일, 본군 나주면 남문정(南門町) 김한규(金漢奎)가 와 문안하다.

9일, 본군 문평면 국동리 최봉운(崔奉云)이 감자 한 광주리를 가지고 와 위안하다.

11일, 함평군 식지면 나산리 안덕화(安德和)씨가 와 위안하다.

14일, 본군 평동면 연산리 정봉숙(程奉叔)이 와 위안을 해주다.

15일, 큰형수 씨가 오셔 묘 앞에 음식을 올리고 또 위문하다.

18일, 본군 본양면 지산리 족숙(族叔) 우성(祐成)씨가 와 위로하다. 마침 심어 두었던 참외가 알맞게 익어 따서 대접하다.

20일, 본군 문평면 덕산리 나종옥(羅鍾玉)이 와 위로하고 양초 한 갑과 백지(白紙) 한 묶음을 부의하다.

21일, 광주군 서창면 만호곡(晚湖谷) 이열우(李烈宇)씨가 와 위안하다.

22일, 본군 나주면 북정(北町) 남용술(南鏞述)이 와 위안하다.

24일, 짙은 안개가 사방에 자욱했다.

26일, 본 마을 재당숙 님 우담(祐潭)씨가 와 위로하고 백지(白紙) 한 묶음과 돈 다섯 꿰미와 우린 감 수십 개를 부의하다.

28일, 본군 나신면 삼영리 김두인(金斗仁)이 와 위문하다.

29일, 본군 삼도면 내동리 김덕희(金德禧)씨가 와 위안하다.

七月一日 早朝 自本第 具祭奠庶品 以爲朔參之需 時大雨不止 恐其時晚 卽陳設于墓前 四方皆雨而 獨墓前無一點雨 祭畢將掇 雨注下

三日 本郡多侍面冬栢亭 李啓性 以書慰問

四日 咸平郡月也面百野里 鄭忠源氏 來慰

六日 本郡羅州面南門町 金漢奎 來問

九日 本郡文平面國洞里 崔奉云 以甘藷一筐 來問

十一日 咸平郡食知面羅山里 安德和氏 來問

十四日 本郡平洞面連山里 程奉叔 來問

十五日 伯兄嫂氏 來致奠于墓前 又以慰問

十八日 本郡本良面池山里 族叔祐成氏 來慰 時所種西瓜 適熟摘而待之

二十日 本郡文平面德山里 羅鍾玉 來慰 而以肉燭一匣 白紙一束 致賻

二十一日 光州郡西倉面晚湖谷 李烈宇氏 來問

二十二日 本郡羅州面北町 南鏞述 來問

二十四日 大霧四塞

二十六日 本里 再堂叔主祐潭氏 來慰 而以白紙一束 銅五緡 水柿數十顆 致賻

二十八日 本郡羅新面三榮里 金斗仁 來慰問

8월

1일, 외숙모 님 김씨(金氏) 부인께서 여러 물품을 갖추어 와 제를 올리다.

2일, 본군 문평면 백동리 정우현(鄭遇炫)씨가 와 위문하다.

5일, 함평군 식지면 월현리 배영언(裵永彦)이 와 위문하다.

6일, 함평군 해보면 모평리 윤공근(尹公根)이 와 위문하다.

8일, 본군 삼도면 광암리 송재식(宋在軾)씨가 와 위문하다.

9일, 장성군 삼서면 보생리 나상소(羅相紹)씨가 와 위문하다.

10일, 밤 꿈에 어머님께 병환이 있으셔 깨어나니 이마가 땀에 젖었다. 새벽을 타고 집에 돌아가 보니 과연 오한으로 크게 앓고 계셨다. 곧 처방을 하니 이내 차도가 있으셨다. 네 시가 되어 여막이 있는 곳으로 돌아왔다.

12일, 비.

14일, 함평군 식지면 월현리 진봉옥(陳奉玉)이 와 위안하다.

15일, 본면 영안리 김기석(金基錫)이 글을 지어와 제를 올리다.

18일, 소상(小祥)이다. 이에 앞서 3월4일 수박을 심고 익음에 미쳐 삭망에 쓰고, 7월이 되어 넝쿨이 시들었다. 7월4일 그 씨를 취하여 한 화분에 심어 놓고 오는 달 소상에 쓰기를 바랐더니, 과연 한 덩이가 둥근 박만큼이나 크게 잘 익어 따서 집에 보내 제수에 쓰게 하였다.

19일, 그 새벽에 제사를 모시고 바로 여막이 있는 곳으로 돌아왔다.

22일, 강진군 암천면 영산리 채동섭(蔡東燮)이 와 위안하다.

25일, 본군 석정리 이기헌(李基憲)이 와 문안하다.

27일, 본군 반남면 대월리 박수보(朴守保)씨가 와 위안하다.

30일, 장성군 삼계면 이곡리 심춘택(沈春澤)이 와 위안하다.

八月一日 表叔母主 金氏夫人 具庶品來 致奠
二日 本郡文平面白洞里 鄭遇炫氏 來慰問

五日 咸平郡食知面月峴里 裵永彦 來慰問
六日 咸平郡海保面牟平里 尹公根 來慰問
八日 本郡三道面廣岩里 宋在軾氏 來慰問
九日 長城郡森西面寶生里 羅相紹氏 來慰問
十日 夜夢 老慈主有疾 覺悟㳙顙乘晨還家 果然以寒減大痛 卽以方聞試之 乃得差
哺時還歸廬所
十二日 天雨
十四日 咸平郡食知面月峴里 陳奉玉 來問
十五日 本面永安里 金基錫操文 致奠
十八日 卽小期正齋也 前此三月四日 種西瓜 爲及時朔望之用矣 至于七月 瓜蔓將
盡 故七月四日 取其種種一盆而 庶望來月小祥朞之需矣 果有一顆 大如圓匏而爛熟
摘取歸家 以用祭需
十九日 厥明行常事後 卽歸廬所
二十二日 康津郡唵川面永山里 蔡東燮 來問
二十五日 本郡石井里 李基憲 來問
二十七日 本郡潘南面大月里 朴守保氏 來問
三十日 長城郡森溪面狸谷里 沈春澤 來問

9월

1일, 산지기 신태금(申太金)이 땔감 한 짐을 지고 오다.

2일, 함평군 식지면 나산리 강응오(姜應五)가 와 위안하다.

3일, 비.

5일, 본군 문평면 소학동 나춘경(羅春景)이 와 위로하고 떡과 고구마를 부의하다.

9일, 조카 우식(宇植)이 제물을 여러 가지 갖추어 와 제를 올리고 곡하는 데 몹시 슬퍼했다.

10일, 빙모님 민씨(閔氏)부인이 와 위안하고 유과(油果)와 좌반(佐飯) 등의 물품을 부의하다.

13일, 본군 문평면 덕산리 나종옥(羅鍾玉) 형이 글로 위문하다.

15일, 광주군 하남면 신원동 이회승(李會升)이 와 위안하다.

18일, 본군 나신면 흥용동 이환훈(李煥薰)이 와 위로하다.

19일, 본군 반남면 신촌리 정순규(鄭淳奎)가 와 문안하고 돈 두 꿰미를 부의하다.

20일, 어머님께서 아파 죽을 끓여 드신다는 것을 듣고 집에 돌아갔다가 병환이 조금 나으심에 바로 여막으로 돌아오다.

23일, 본면 남산리 김낙여(金洛汝)가 와 위안하다.

25일, 본군 반남면 후산리 나운채(羅雲彩)가 와 위로하고 양초 두 갑과 곶감 한 접을 부의하다.

29일, 본면 영안리 김기석(金基錫)이 글로 위문하다.

九月一日 山直申太金 負薪四束而來
二日 咸平郡食知面羅山里 姜應五 來問
三日 天雨
五日 本郡文平面巢鶴洞 羅春景 來慰 而以餅甘藷 致賻
九日 家姪宇植 具祭物庶品而來 致奠哭盡哀
十日 聘母主閔氏夫人 來問而 油果佐飯等物 致賻
十三日 本郡文平面德山里 羅鍾玉兄 以書慰問
十五日 光州郡河南面新院洞 李會升 來問
十八日 本郡羅新面興龍洞 李煥薰 來慰
十九日 本郡潘南面新村里 鄭淳奎 來問而 銅二緡 致賻
二十日 聞 老慈主不豫煮粥還家矣 患候小差 故卽歸廬所
二十三日 本面南山里 金洛汝 來問
二十五日 本郡潘南面后山里 羅雲彩 來慰而 肉燭二匣 乾柿一貼 致賻
二十九日 本面永安里 金基錫 以書慰問

10월

1일, 본군 나신면 면촌(免村) 박영수(朴永洙)가 와 위로하다.

3일, 본군 나신면 내 영산리 이정문(李正文)이 와 위안하다.

4일, 늙은 어머니께서 안질로 심히 고생하시다. 마음이 항상 무겁던 차 꿈에 한 노인이 나타나 이르기를 "안약이 함평 '산태머리' 임기옥(林基玉)의 집에 있으니 네가 가서 구하라." 하여 놀라 일어나니 깊은 밤이었다. 바로 '뱃재'를 향하는데 길이 험하고 비가 내려 지척도 분간하기 어려웠다. 문득 큰 호랑이가 있어 두 눈에 불을 켜 앞에서 인도하다. 임씨 집에 이르러 안약을 얻어 바로 집으로 돌아오니 동쪽이 아직 어두웠다. 약을 씀에 어머니의 병이 차도를 보였다.

7일, 본군 나신면 마제촌 양태일(梁泰一)이 와 위안하다.

10일, 본군 다시면 동백리 이묵헌(李黙憲)이 와 위로하다.

11일, 본군 문평면 백동 정재회(鄭在會)가 와 위안하다.

12일, 이치수(李致洙) 심상국(沈相國) 두 사람이 봄에 쌀과 그 이자를 가지고 왔다. 극구 사례하여 돌려보내다.

14일, 본군 반남면 후산리 나도의(羅燾毅)가 와 위로하고 양초 두 갑을 부의하다.

15일, 집에서 채소와 과일, 반찬을 가져와 보름의 제수로 쓰다.

17일, 비.

20일, 함평군 월야면 죽산리 정영봉(鄭永奉)이 와 위로하고 돈 한 꿰미를 부의하다.

21일, 본군 삼도면 광암리 한승옥(韓承玉)이 와 위안하다.

25일, 본군 반남면 후산리 나운채(羅雲彩)가 글로 위문하다.

28일, 본군 나주면 북문정(北門町) 이성채(李成采)가 와 위안하다.

十月一日 本郡羅新面免村 朴永洙 來慰
三日 本郡羅新面內榮山里 李正文 來問
四日 老慈主 眼疾甚劇 心方憂慮 夢有一老人來曰 藥在於咸平山大里 林基玉家 汝往求之 驚起夜深矣 卽向梨峙 路險天雨咫尺難辨 忽有大虎 兩目引火 前導至于林家 得眼藥 卽旋歸家 東方未曙矣 試用之 親疾得差
七日 本郡羅新面馬蹄村 梁泰一 來問
十日 本郡多侍面冬柏里 李黙憲 來慰
十一日 本郡文平面白洞 鄭在會 來問
十二日 李致洙沈相國二人 持所與春米幷利而來 極謝而反送之
十四日 本郡潘南面后山里 羅燾毅 來慰而 肉燭二匣 致賻
十五日 自本第 具菜果庶羞來 爲望參之需
十七日 天雨
二十日 咸平郡月也面竹山里 鄭永奉 來慰 而銅一緡 致賻
二十一日 本郡三道面廣岩里 韓承玉 來問

二十五日 本郡潘南面后山里 羅雲彩 以書問慰
二十八日 本郡羅州面北門町 李成采 來問

11월

1일, 본군 문평면 도장리 이권상(李權相)씨가 와 위로하다.

3일, 함평군 식지면 문암리 오명규(吳明奎)가 와 위안하다.

5일, 광주군 서창면 구룡리 오석일(吳碩日)이 와 위로하고 양초 한 갑을 부의하다.

9일, 본 마을 삼종질 언식(彦植)이 글을 지어 위문하다.

11일, 눈.

13일, 남평군 봉황면 송촌리 족인(族人) 남식(南植)이 와 위안하고 돈 두 꿰미를 부의하다.

15일, 집에서 나물 과일 등을 준비해 와 상식에 쓰다.

17일, 북풍이 매우 불다.

20일, 본 마을 삼종질(三從姪) 천식(千植)이 글을 지어 위문하다.

24일, 본군 삼도면 도림리 오선근(吳善根)이 와 위안하다.

28일, 눈이 세 자나 쌓였다.

十一月一日 本郡文平面道長里 李權相氏 來慰
三日 咸平郡食知面文岩里 吳明奎 來問
五日 光州郡西倉面旧龍里 吳碩日 來慰 而肉燭一匣 致賻
九日 本里 三從姪彦植 以書慰問
十一日 雪
十三日 南平鳳凰面松村里 族人南植 來問 而銅二緡 致賻
十五日 自本第 具菜果庶品來 爲上食之需
十七日 北風大作
二十日 本里 三從姪千植 以書慰問
二十四日 本郡三道面道林里 吳善根 來問
二十八日 雪深三尺

12월

1일, 본 마을 재당숙 우담(祐潭)씨가 와 위로하고 홍시(紅柿) 한 광주리를 부의하다.

2일, 눈이 산골짜기에 가득하고 북풍이 매섭게 불다. 꿩 무리 수십 마리가 여막 가운데로 날아들어 처마에서 자다.

5일, 본군 삼도면 도림리 오필선(吳必善)이 와 위안하다.

10일, 함평군 월야면 죽산리 정종섭(鄭鍾攝)씨가 와 위로하다.

11일, 본군 나주면 북정(北町) 박지강(朴芝釭)이 와 위로하다.

15일, 광주군 하남면 신원동 이봉우(李鳳宇)가 와 위안하다.

19일, 큰형님께서 식량을 눈을 무릅쓰고 가지고 오시다.

23일, 본군 본양면 금천리 나옥현(羅玉鉉)씨가 와 위로하다.

25일, 눈을 쓸고 상식하다.

26일, 몹시 추워 화로에 숯불을 담아 묘 앞에 받들어 두다.

27일, 본군 김천면 암석리 정시혁(鄭時赫)씨가 와 위로하다.

28일, 본군 삼도면 내동 송상기(宋相基)가 와 위안하고 돈 두 꿰미를 부의하다.

29일, 함평군 식지면 덕림리 양지원(梁志元)이 와 위안하다.

30일, 집에서 고기와 채소, 과일을 갖추어 와 정월 초하루에 쓸 준비를 하다. 밤에 떡국을 올리고 나서 곧장 집에 가 영위를 모시다. 닭이 울고 제사가 끝남에 바로 여막에 이르니 아직 동쪽이 어두웠다. 이에 떡국과 여러 음식을 상식하였다.

十二月一日 本里 再堂叔主 祐潭氏 來慰而 紅柿一筐 致賻
二日 時雪滿山壑 北風寒冽 群雉數十飛入幕中 宿於簷牙
五日 本郡三道面道林里 吳必善 來問
十日 咸平郡月也面竹山里 鄭鍾攝氏 來慰
十一日 本郡羅州面北町 朴芝釭 來慰
十五日 光州郡河南面新院洞 李鳳宇 來問
十九日 舍伯主 以糧米 冒雪而來
二十三日 本郡本良面錦川里 羅玉鉉氏 來慰
二十五日 掃雪上食

二十六日 天甚寒冽 以大爐貯炭火 奉置墓前
二十七日 本郡金川面岩石里 鄭時赫氏 來慰
二十八日 本郡三道面內洞 宋相基 來問而 銅二緡 致賻
二十九日 咸平郡食知面德林里 梁志元 來問
三十日 自本第 具魚肉菜果來 爲元朝上食之需 是日夜半具餠湯於墓前 旋卽還家
侍几筵 鷄鳴後祭奠畢 卽到廬次東方未曙 遂以餠湯庶品上食

기미(己未) 1919년 1월

1일, 안동 종족(宗族) 내외노소가 함께 와 위안해 주다.

2일, 본 마을 족숙(族叔) 우석(祐碩)씨가 와 위로하다.

4일, 본 마을 족대부(族大父) 민주(敏周)씨가 와 위안하다.

7일, 본면 월정리 김창식(金昌植)이 떡국을 가져와 위안하다.

10일, 본면 석정리 이민선(李敏璿)씨와 이민우(李敏愚)씨가 와 위로하다.

11일, 본면 야산리 김연홍(金延弘)이 와 위로하다.

15일, 집에서 찰밥과 채과(菜果)의 제수를 가져와 상식을 하다.

17일, 한 마리 산 꿩이 사냥개에 쫓겨 막 안으로 들어오다. 이부자리 사이
에 숨겨주었다가 개가 떠난 후에 놓아주다.

18일, 아우 승재(承才)가 채소와 과일을 가지고 오다.

20일, 본군 삼도면 방축리 오(吳) 어르신 장수(璋洙)씨가 와 위로하다.

25일, 많은 눈이 내림.

27일, 본군 나신면 삼영리 김두인(金斗仁)이 와 위로해 주다.

29일, 본군 삼도면 대산리 임동선(任東鮮)이 와 위로해주다.

己未正月一日 安洞族 內外老少幷來 慰問
二日 本里 族叔祐碩氏 來慰
四日 本里 族大父敏周氏 來問
七日 本面月井里 金昌植以餠湯 來問
十日 本面石丁里 李敏璿氏 李敏愚氏 來慰
十一日 本面野山里 金延弘 來慰
十五日 自本第 具蒸飯菜果之需 以爲上食

十七日 有一山雉 爲佃犬所逐 入幕中 匿寢衾間 犬去後 乃得放去
十八日 舍弟承才 具蔬果而來
二十日 本郡三道面防築里 吳丈 璋洙氏 來慰
二十五日 大雪
二十七日 本郡羅新面三榮里 金斗仁 來慰
二十九日 本郡三道面大山里 任東鮮 來慰

2월

1일, 본군 동강면 군지리 임종철(林鍾喆)이 와 위로하다.

3일, 본면 회룡리 임반묵(林斑黙)이 와 위안하고 돈 한 꿰미를 부의하다.

6일, 본 마을 족숙(族叔) 우희(祐喜)씨가 배 세 개를 가져오셔 위로하다.

10일, 밤에 범이 여막 앞을 지키다가 닭이 울자 떠났다.

11일, 본군 도천면 족인(族人) 방희(方憙)가 와 위로하다.

15일, 본면 월정리 안윤겸(安允兼)이 술과 떡, 채소와 과일 등 물건을 가지고 와 위로하다.

16일, 본군 삼도면 송내리 서양인(西洋人)이 와 위안하다.

20일, 본군 삼도면 광암리 송흥진(宋興鎭)이 와 위안하고 북어 다섯 마리를 부의하다.

25일, 큰형수 나씨(羅氏) 부인이 제전(祭奠)을 갖추고 곡하는데 몹시 슬펐다.

30일, 본군 공수면 내동 정경선(鄭景善)씨가 와 위로하다.

二月一日 本郡洞江面軍池里 林鍾喆 來慰
三日 本面回龍里 林斑黙 來問而 銅一緡 致賻
六日 本里 族叔主 祐喜氏 以梨三顆 來慰
十日 夜虎守幕前 鷄鳴而去
十一日 本郡道川面 族人方憙 來慰
十五日 本面月井里 安允兼 以酒餅蔬果等物 來慰
十六日 本郡三道面松內里 洋大人 來問
二十日 本郡三道面廣岩里 宋興鎭 來問而 北魚五尾 致賻

二十五日 伯兄嫂羅氏夫人 具祭奠而哭 盡哀
三十日 本郡公樹面內洞 鄭景善氏 來慰

3월

1일, 늙은 어머님께서 제수와 양식을 가지고 몸소 오시다.

3일, 본면 월정리 김난삼(金瀾三)이 와 위안하고 백미(白米) 두 되를 부의하다.

5일, 본군 문평면 소학동 진재중(陳在中)이 여막 앞을 지나는데 굶주림이 심하여 제대로 걷지를 못하기에 밥을 지어 먹이다.

10일, 큰바람.

11일, 영광군 불갑면 봉동리 강천수(姜天秀)가 와 위안하다.

15일, 기동(基洞) 선산(先山) 시제(時祭) 날이다. 제사를 지내고 여러 가지 남은 음식을 산지기를 시켜 보내고 종족(宗族) 노소가 시간을 내어 함께 오다.

16일, 박경순(朴京淳)이 산고사리를 한 광주리를 캐오다.

20일, 낮 북풍이 몹시 차가웠다. 또 눈이 조금 내렸다.

23일, 본군 나신면 마제리 이채환(李彩煥)이 와 위안하다.

24일, 비.

27일, 채소 과일 등 물건을 심다.

29일, 본면 오류촌 김영선(金永善)이 와 위로하고 돈 한 꿰미를 부의하다.

三月一日 老慈主 具祭需與糧米而躬臨
三日 本面月井里 金瀾三 來問而 白米二升 致賻
五日 本郡文平面巢鶴洞 陳在中過幕前 飢渴滋甚不能行步 故爲之炊飯飼之
十日 大風
十一日 靈光郡佛甲面鳳洞里 姜天秀 來問
十五日 卽基洞先山時祀日也 祭庭齋各種餕餘 命山直來饋幕次 宗族老少間幷來
十六日 朴京淳 採山蕨一筐而來
二十日 午時北風甚寒 又有雪少許

二十三日 本郡羅新面馬蹄里 李彩煥 來問
二十四日 天雨
二十七日 種菜蔬瓜果等物
二十九日 本面五柳村 金永善 來慰而 銅一緡 致賻

4월

1일, 본면 월정리 김창운(金昌云)이 과일을 가져와 위안하다.

3일, 동족(同族) 동문(同門) 생도(生徒) 십오 명이 함께 와 위안하다.

8일, 보성군 노동면 오동리 박우현(朴祐鉉)이 글로 위안하다.

12일, 본군 반남면 상두리 나철집(羅哲集)이 와 위로하고 한 꿰미 돈을 부의하다.

19일, 본면 석정리 이대헌(李大憲)이 와 위안하다.

24일, 본군 삼도면 도림리 오태수(吳泰洙)가 와 위로하다.

29일, 본군 다시면 용흥리 정윤채(鄭潤采)씨가 와 위로하다.

四月一日 本面月井里 金昌云 以果物 來問
三日 同族同門生徒十五人 幷來問
八日 寶城郡蘆洞面梧洞里 朴祐鉉 以書問
十二日 本郡潘南面上斗里 羅哲集 來慰而 一緡銅 致賻
十九日 本面石亭里 李大憲 來問
二十四日 本郡三道面道林里 吳泰洙 來慰
二十九日 本郡多侍面龍興里 鄭潤采氏 來慰

5월

1일, 집에서 채소와 과일 등 여러 물품을 보내 와 상식하다.

2일, 본군 다시면 누이가 와 제를 올리고 곡하며 몹시 슬퍼했다.

5일, 제수(弟嫂) 임씨(林氏) 부인이 제수물품과 앵도(櫻桃) 등을 가져와 곡하며 몹시 슬퍼했다.

10일, 본 마을 족질(族姪) 만식(萬植)이 곶감 다섯 줄을 가져와 위안하다.

15일, 본 마을 재종수(再從嫂) 정씨(鄭氏) 부인이 제물과 여러 물품을 가져와 제를 올리다.

17일, 비.

20일, 본군 문평면 신광리 신학구(申學龜)가 와 위안하다.

24일, 비.

26일, 본면 인천리 정참봉(鄭參奉) 해일(海鎰)씨가 와 위안하다.

30일, 본면 월정리 김원여(金元汝)가 와 위안하다.

五月一日 自本第 具菜果庶品 而來上食
二日 本郡多侍面 舍妹氏來 致奠哭盡哀
五日 舍弟嫂氏 林氏夫人 具祭需及櫻桃等物 致奠而哭盡哀
十日 本里 族姪萬植 以乾柿五串 來問
十五日 本里 再從嫂鄭氏夫人 具祭物庶品 而來致奠
十七日 天雨
二十日 本郡文平面新光里 申學龜 來問
二十四日 天雨
二十六日 本面仁川里 鄭參奉海鎰氏 來問
三十日 本面月井里 金元汝 來問

6월

1일, 본 마을 이민옥(李敏玉)이 곶감 세 줄을 가져와 위안하다

5일, 본 마을 족대부(族大父) 민주(敏周)씨가 시 두 수를 지어 위로해주다.

시 왈(曰),

돌아가심을 살았을 때와 같이 함을 여기에서 보았네.

삼년을 피눈물 흘리니 사람을 감동케 함이 깊구려.

누구 때문에 소나무와 잣나무는 슬픈 빛을 띠는가.

너로 인하여 시냇물은 슬픈 소리를 내도다.

나물 과일을 심어 새로운 맛을 올림에 슬픈 눈물이 일고

향을 불살라 삭망을 고함에 엄숙한 자태로 임하도다.

집에 있는 형제들도 능히 이와 같나니

영위를 모심, 한결같은 마음이라!

  또, 왈(曰)

마을거리마다 효자의 칭송소리 전해지니

시묘 삶, 이는 명성을 취하려 해서가 아니다.

곡 속에 해와 달이 흘러 세 번 세월이 지나고

눈물 속에 봄가을 보내어 다시 꽃이 피었네.

풀을 맺어 은혜를 갚음으로도 다할 수 없고

까마귀도 어미를 먹이는데 어찌하지 못함을 한하도다.

마음을 수고로이 하고 힘을 다하여 아침저녁으로 받듦에

나물 캐고 물 길러 돌아오니 눈물 흐름이 물결 같도다.

  8일, 본군 보통학교 생도 기응오(奇應五) 김석순(金碩順) 등 여러 사람이 와 위로하다.

  10일, 비.

  11일, 비.

  12일, 비.

  13일, 본면 월정리 박춘식(朴春植)이 붓 두 자루를 가져와 위안하다.

  15일, 심어둔 각색 채소와 과일을 따 천신(薦新)하다.

  17일, 함평군 내동리 양국묵(梁國黙)이 와 위로하다.

  18일, 재당숙모 기일(忌日)이다. 심어둔 수박 한 통, 참외 일곱 덩이와 글을 대필(代筆)하여 보내드리다.

  20일, 광주군 하남면 신원동 외숙부 이회만(李會萬)씨가 와 위안하다.

  23일, 장성군 삼서면 하백리 심의한(沈宜漢)씨가 와 위안하다.

  25일, 본면 석정(石亭) 전태규(全太圭)가 와 위안하다.

  28일, 비.

  29일, 본면 인천리 김지호(金志湖)가 와 위로하다.

六月一日 本里 李敏玉 以乾柿三串 來問
五日 本里 族大父敏周氏 以二首詩贈慰 詩曰,
事死如生始見今 三年泣血感人深
爲誰松柏含悽色 由汝溪泉帶咽音
種果薦新哀淚漏 焚香告朔儼容臨
在家昆季能如此 奉侍靈筵一乃心
又曰,
里巷盛傳孝子歌 居廬非是取名多
哭除日月三經歲 泣送春秋兩見花
寸草報恩思罔極 林鳥反哺恨無何
勞心竭力晨昏奉 採汲歸來淚似波
八日 本郡 普通學生徒 奇應五 金碩順等諸人 幷來慰
十日 天雨
十一日 天雨
十二日 天雨
十三日 本面月井里 朴春植以筆二柄 來問
十五日 手種菜果各色 薦新
十七日 咸平郡內洞里 梁國默 來慰
十八日 卽再堂叔母主忌日也 手種西瓜一 甘瓜七 替書奉進
二十日 光州郡河南面新院洞 表叔主李會萬氏 來問
二十三日 長城郡森西面下白里 沈宜漢氏 來問
二十五日 本面石亭 全太圭 來問
二十八日 天雨
二十九日 本面仁川里 金志湖 來慰

7월

1일, 본군 나신면 삼영리 김치정(金致程)이 와 위로하다.

5일, 본군 나주면 북정(北町) 이운연(李雲衍)이 와 위로하다.

10일, 본군 나신면 흥용리 이병해(李炳海)가 와 위로해 주다.

15일, 집에서 제사의 물품을 갖추어 와 상식하다.

17일, 본군 나신면 삼영리 박원근(朴元根)이 와 위로해 주다.

19일, 서쪽 바람이 몹시 불다.

20일, 비.

25일, 본군 문평면 국동리 정치운(鄭致雲)이 여막 앞을 지나는데 굶주리고 목마름이 심하여 능히 걷지 못하는지라 위하여 밥을 지어주다.

29일, 목포 남교정 김덕화(金德華)가 참외를 가져와 위안해 주다.

七月一日 本郡羅新面三榮里 金致程 來慰
五日 本郡羅州面北町 李雲衍 來慰
十日 本郡羅新面興龍里 李炳海 來慰
十五日 自本第 具祭品而來 上食
十七日 本郡羅新面三榮里 朴元根 來慰
十九日 西風大吹
二十日 天雨
二十五日 本郡文平面國洞里 鄭致雲過幕前 飢渴滋甚 不能行步 故爲之炊飯飼之
二十九日 木浦南橋町 金德華以甘瓜 來問

윤(閏) 7월

1일, 당숙모 님 정씨(鄭氏) 부인이 참외를 가져와 제를 올렸다.

3일, 본군 나신면 석현리 나정집(羅正集)씨가 시를 지어 위로해주다.

시 왈(曰),

슬하의 은정(恩情)을 다 이루지 못하고
삼년을 슬피 우니 효심이 밝구려.
비오는 저녁이면 나아가 살피느라 호랑이 발자국을 이웃하고
바람 부는 새벽이면 귀를 기울여 닭울음소리 듣네.
절기마다 채과를 거두어 때에 맞게 공양하고
몸소 불을 지펴 해가 저묾을 한하노라!

5일, 본군 구축리 정(鄭) 어른 무회(武會)씨가 와 위로하다.

7일, 큰비.

10일, 본면 인천리 정우남(鄭遇南)씨가 와 위로하고 돈 다섯 꿰미를 부의하다.

15일, 본면 원당리 김기수(金基洙)씨가 와 위로하고 돈 한 꿰미와 5전(五

錢)을 부의하다.

　18일, 비바람.

　20일, 본군 문평면 동막동 재종형 승태(承泰)씨가 과일을 가져와 위로하다.

　21일, 짙은 안개.

　24일, 산지기 신태금(申太金)이 가져온 새 쌀밥으로 상식하다.

　26일, 비.

　27일, 우박.

　29일, 본군 문평면 덕산리 나종옥(羅鍾玉)이 시를 지어 위로해주다.

　시 왈(曰),

그대 같은 독실한 효는 타고난 정성으로

고을마다 그대 따라 윤리가 밝아지리니

게으름에 어찌 부끄러운 빛이 없으리오.

탄식하나니 나뭇가지를 흔드는 바람의 말을 알겠도다!

나물 캐고 나무하여 마을에 들어오니 푸른 산이 저물고

아침저녁으로 계단에 오르니 밝은 달이 기울도다.

수풀의 나무도 슬픔을 머금고 금수마저 감동하니

신을 감격케 한 효, 인정에 달해서라.

閏七月一日 堂叔母州 鄭氏夫人以甘瓜來 致奠
三日 本郡羅新面石峴里 羅正集氏以詩贈慰 詩曰,
膝下恩情未盡成 三年泣血孝心明
雨夕趨省隣虎跡 風晨側耳聽鷄聲
節收蔬果供時薦 躬執炊餐恨日傾
萬口喧騰天出者 似君初見我生平
五日 本面九丑里 鄭丈武會氏 來慰
七日 大雨
十日 本面仁川里 鄭遇南氏來慰而 銅五緡致贈
十五日 本面元堂里 金基洙氏來慰而銅一緡五戔 致贈
十八日 大風雨
二十日 本郡文平面東幕洞 再從兄承泰氏以果物 來慰
二十一日 大霧
二十四日 山直申太金以新米飯來 上食

二十六日 天雨
二十七日 雹
二十九日 本郡文平面德山里 羅鍾玉以詩贈慰 詩曰,
如君篤孝出天誠 鄕里從今倫理明
懶惰寧無含愧色 稱歎可見樹風聲
採樵入巷靑山暮 定省升堦皓月傾
林木含悽禽獸感 恪神孝思達人情

8월

1일, 싸리버섯이 묘 아래 돋아 따 상식하고 그 나머지는 집에 보내어 어머니를 드시게 하다.

4일, 큰형님께서 쌀을 지고 오다.

5일, 본면 석정리 장사하는 할머니가 감 열 다섯 개를 주고 가다.

7일, 본면 인천리 정(鄭) 어른 우현(遇賢)씨가 와 위로하다.

9일, 본면 수각리 정득채(鄭得采), 정봉채(鄭奉采) 형제가 와 위로하다.

13일, 본면 월산리 김난삼(金瀾三)이 와 위로하고 석어(石魚) 두 묶음과 수어(水魚) 한 마리를 부의하다.

14일, 짙은 안개.

15일, 본 마을 족숙모(族叔母) 목씨(睦氏) 부인이 각종 나물과 과일을 가져와 부의하고 위안하다.

16일, 본면 수각리 삼종수(三從嫂) 이씨(李氏) 부인이 곶감 한 접을 가지고 와 부의하고 위안하다.

17일, 본면 원당리 재당숙모 염씨(廉氏) 부인이 송편과 나물과 과일을 가지고 와 부의하고 위안하다.

18일, 대상(大祥)이다. 이른 아침에 상식하고 내려올 즈음 산지기 박경순(朴景淳)이 북어 한 포대를 가지고 와 부의하고, 신태금(申太金)이 닭 한 마리를 부의하다.

八月一日 米菌生於墓下 摘而上食 其餘歸本第 奉養老慈

四日 舍伯主 負粮米而來

五日 本面石亭里 商嫗 出柿十五顆而去

七日 本面仁川里 鄭丈遇賢氏 來慰

九日 本面水閣里 鄭得采 鄭奉采兄弟 來慰

十三日 本面月山里 金瀾三來慰而 石魚二束 首魚一尾 致賻

十四日 大霧

十五日 本里 族叔母睦氏夫人 以各種菜果來 賻問

十六日 本面水閣里 三從嫂李氏夫人 以乾柿一貼 來賻問

十七日 本面元堂里 再堂叔母主 廉氏夫人 以松餠菜果 來賻問

十八日 卽大期也 早朝上食而 將下來之際 山直朴景淳 以北魚一隊 來賻 申太金 以鷄一首 來賻

哀感錄 - 哀子承俊泣血書居廬事
어머님을 잃고 승준은 울며 시묘의 일을 적다

　기사(己巳- 서기 1929년) 1월9일, 시묘를 시작하다. 이에 앞서 무진(戊辰) 12월23일 상을 만나 7일 만에 노안면 남금성산 서쪽 기슭 임좌(壬坐)의 언덕에 장사를 지내고 삼우(三虞) 날 큰형님과 식구들이 움막을 엮고 솥 하나, 자리 한 장, 향로 한 개, 술잔 한 쌍, 사발 하나, 접시 다섯 개, 동이 하나를 두니 이 날이 정월 초구일(初九日)이다.

　10일, 큰형님이 쌀 세 되, 장 한 병, 연료 네 묶음을 지고 와 두루 좌우를 돌아보다. 마을 입구에서부터 이곳에 이르기까지 삼리 남짓 되고 바위가 험하고 수목이 우거져 햇빛을 보려면 기울어 보아야 겨우 엿볼 정도였다. 마을과의 거리는 오리 남짓 되어 닭이 울고 개가 짖는 소리가 한 번도 들리지 않았다. 이는 궁벽하여 세상 사람이 알지 못하고 살기 어려운 곳이라, 형님께서 깨우쳐 이르기를 "몸을 잘 보존하여 효를 마치도록 하라. 이것이 사람 일의 제일이다. 내 말을 잊지 말라!" 하고, "나는 돌아가 영위를 모실 책임이 있으니 집에 가도다." 하였다.

己巳正月初九日 始以居廬而 前此戊辰十二月二十三日 丁憂越 七日葬于老安面 南錦城山西麓壬坐之原 三虞日 伯兄主與家族 遂結廬 以土鼎一座 苦席一張 香爐一器 酒盞器一雙 香椀一沙 楪五介 盆一介 設置而寔正月初九日也
十日 伯兄主以粮米三升 醬一壺 燃料四束 連領而來 周視左右 自洞口至是處爲三里許 石險樹密 欲見天光怳若側爰窺也 村隣隔在五里許 鷄鳴狗吠之聲 一不耳聞 此地僻幽 世人無聞難行之處也 兄主論曰 善以保身終孝 爲人事第一則 不忘我言 吾則歸而奉几筵爲責故還第也云耳

기사(己巳) 1929년 1월

15일, 밤에 한 마리 범이 여막 곁에 울기를 세 번하였다. 놀라 나가보니 범이 머리를 숙이고 왔다갔다하기를 한참 하더니 엎드려 자다가 새벽빛이 든 뒤에 떠났다. 그래서 뒤를 따라 발자국을 찾아보니 열 걸음을 지나지 않아 큰 바위가 첩첩이 쌓인 굴이 있었다.

20일, 당내(堂內) 숙질(叔姪) 노소가 와 위로하였다.

25일, 영안리 김기석(金基碩)씨가 채소와 과일 한 광주리를 가져와 위로하다.

28일, 광곡리의 노소 네댓 사람이 와 위로하다.

30일, 세동(細洞)의 산지기 김행서(金行西)가 채소 한 광주리와 누런 밤 한 되를 가져와 위로하다.

十五日 夜有一虎來幕側聲喊三次 忙步出見 虎乃低首彷徨 良久偃臥假睡矣 晨曙後去故 隨後索跡則 不過十步內 大岩疊層中
二十日 堂內叔姪老少 來慰
二十五日 永安里 金基碩氏以菜果一筐而 來慰
二十八日 光谷里 老少四五人 來慰
三十日 細洞 山直金行西以蔬菜一筐 黃栗一升 來慰

2월

3일, 삼종숙(三從叔) 우담(祐潭)씨가 와 위로하다.

10일, 본군 문평면 나종옥(羅鍾玉)씨가 와 하룻밤을 지내고 갔다.

17일, 삼종형(三從兄) 승은(承殷)씨가 위로의 글 한 장을 지어 와 경계하여 이르기를 "슬프다. 삼년을 잘 마치도록 하라." 하였다.

28일, 본군 문평면 신광리 족숙(族叔) 우봉(祐奉)씨 형제가 와 위로하다.

二月初三日 三從叔祐潭氏 來慰
十日 本郡文平面 羅鍾玉氏來 經一宿去
十七日 三從兄承殷氏 以慰文一度來而 戒曰 兢悵必志揮然三載焉
二十八日 本郡文平面新光里 族叔祐奉氏兄弟 來慰

3월

3일, 시객(詩客) 여남은 명이 봄날을 즐겨 산봉우리에 올라 시를 읊고 해질 무렵 내려와 위로하고 가지고 온 술과 과일을 권한 뒤에 각각 시를 지어 주고 가다.

8일, 저녁이 되어 저녁밥을 지으려 이미 끌어온 물을 뜨려 하니, 오랫동안 가문 나머지 샘이 말라 있었다. 때문에 사방으로 구하기 어려움에 마음이 답답하여 어떻게 해야 할지 알 수가 없어 한 산등성이를 넘어 겨우 반 표주박 물을 얻어 밥을 지어 상식하였다.

다음날 아침 반드시 다시 그 물 길을 것을 생각하고 스스로 헤아리며 자다 일어나 새벽에 표주박을 끼고 가니 십여 걸음에 이르러 한 험한 바위 아래 작은 웅덩이에 물기 있는 흙이 있었다. 손으로 잎을 걷어내고 어떠한가 보니 과연 물의 흔적이 있고 자갈들이 뒤섞여 있었다. 손가락으로 긁어 한 자 정도에 이르니 약간의 샘물이 솟았다. 끌어가고자 자세히 보니 손가락 피가 섞여 있어 잠깐을 기다렸다가 물을 길었다. 이로 인해 깊이 파 샘을 얻으니 계속 물을 먹을 수 있게 되었다.

15일, 선조 묘의 시제(時祭)다. 제를 올린 뒤 종족(宗族) 노소가 남은 음식을 싸 가지고 와 주었다.

18일, 김의관(金議官) 종섭(鍾燮)씨가 돈 다섯 냥을 부의하고 위로해주다.

21일, 한 마리 꿩이 앞에 떨어져 감싸 안고 자세히 보니 왼쪽 다리가 꺾여 다쳐 있었다. 바로 송진을 긁어 발라주고 이불 속에 두었다가 밤이 지난 뒤에 하늘에 날려 보내다.

25일, 족장(族丈) 경식(暻植)씨가 돈 한 꿰미를 가져와 위로하다.

三月初三日 詩客十餘人 以賞春之樂 登山峰而吟詠矣 斜陽來慰而 以其携持酒果 勸後 各有贈詩焉

初八日 夕以炊夕飯次 汲于已汲之水則 久旱之餘源渴故 四難求得悒鬱之心 不知 方向矣 踰越一岌脊 纔得半匏而 炊飯上食後 念在明朝則 必更汲其水自量而 睡起晨 曙 携匏而行至十餘步 當一哨岩下小陷處 有混土沒履 以手捲葉試看 果有水痕而 礚 石綜結矣 自指鑿穿 至一尺許 少有源出 乃欲因汲而詳視則 指血 混雜故 經時而汲 之 因是而鑿 斯得源永爲食水

十五日 先祖墓時祭 妥享後 諸宗老少裹餕餘而來

十八日 金議官鍾燮氏 錢五兩 賻慰

二十一日 有一雉墮前 抱撫詳視則 左足折傷 卽剋松脂塗之 置于衾中 過夜後飛空 而送之

二十五日 族丈暳植氏 以錢壹文 來慰

4월

10일, 나주읍 이노당(頤老堂)의 네 노인이 와 위로하고 각각 시를 지어 주다.

19일, 삼종형 승은(承殷)씨가 와 위로하고 효경(孝經) 일부(一部)를 주며 이르기를 "이를 따르도록 힘쓰며 게으르지 않게 하라." 하였다. 충심으로 받아 읽은 뒤 사람이 오면 반드시 더불어 강(講)하는 일이 많아졌다.

28일, 지금 농사 때인데 날의 가뭄이 지독하여 고을사람이 곡식을 태우 거나 혹은 땔감을 불 질러 비를 빌며, 혹은 금산(錦山)을 뒤져 무덤을 파헤 치는 일이 연일 벌어진다고 한다. 나도 또한 농사꾼이라 답답함을 이기지 못하여 마침내 정화수 한 그릇과 향 한 갑을 가지고 산봉우리 가장 높은 곳 에 올라가 정성으로 빌다가 내려오니 이미 닭이 새벽을 재촉하였다. 아침 이 되어 잠깐 조각구름이 뭉게뭉게 일더니 단비를 촉촉이 내림에 만물이 다 소생하여 들에 곡식과 산에 나물이 발연이 흥하지 않음이 없었다. 이날 밤, 영안리 김기석(金基碩)과 동반한 다섯 사람이 횃불을 잡고 올라와 말 하기를 "우리들이 함께 봉우리 위에 한 점의 불이 오랫동안 사라지지 않는 것을 보고 그대가 행하는 바라 헤아리고 와 보았다." 하였다.

四月十日 羅州邑頤老堂四老 來慰 各有贈詩

四月十九日 三從兄承殷氏 來慰 授孝經一部曰 從事于斯勉勉不懈云 輪衷受讀而自後來人 必有與講者多耳

四月二十八日 方今農時日罕太甚 州之人弋聞甚穀焦 或燔柴而祈雨 或掘錦山偸塚 連日爲事 我亦農人不勝盍聞 卒然以華水一椀 香一匣 登山峰最高處 誠禱良久下來 時已鷄催晨也 朝後頃時 片雲油然作甘霈浹洽 萬物皆蘇 野稼山種莫不勃然興也 是夜 永安里 金基碩與同伴五人 執炬上來曰 吾等共與見峯上 一點燈火長時不滅 推知君之所行而來

5월

16일, 본 면장과 및 서기와 더불어 주재소 관리 7인이 술과 과일 조금을 가져와 위로한 후 이르기를 "이제 비가 내린 공이 농부들이 다 이르기를 그대가 빌어서라 하니, 하늘이 때가 미쳐 내림인지 실지로 그대가 정성을 드려 그러함인지는 감히 비록 능히 단언하지 못하겠으나, 옛말에 지성이면 감천이라 하였으니 어찌 그대 정성의 지극함으로가 아니리요?"하였다.

18일, 충남 논산군(論山郡) 이종태(李鍾泰)씨가 와 위로하고 돈 다섯 냥을 내어 부의하다.

20일, 아침에 한 마리 노루가 포수에 쫓긴 바가 되어 여막 속으로 들어오거늘 가만히 어루만지다가 포수가 떠난 뒤에 문을 열고 놓아주다.

五月十六日 本面 面長及書記與駐在所官吏七人 以酒果少許來慰後曰 今雨之功 農人皆謂君之所禱也 天其亦雨之時而 然敢實君今致誠而 然敢雖不能斷言 古之傳語至誠感天 今雨者 豈不爲君之誠極乎

十八日 忠南論山郡 李鍾泰氏來慰而 錢五兩出賻

二十日 朝一獐爲砲手所逐 走入幕中徐持 砲手去後開門放送

6월

13일, 9세 된 여식(女息)이 오이 다섯 개를 이고 와 여러 날 상식에 썼다.

19일, 나무꾼 수십 인이 돈과 재물(財物) 약간을 가져와 각각 부의하고 가다.

26일, 본군 군수와 서기와 경찰서 사람 아홉 명이 각각 배와 능금 한 상자를 가져와 위로하다.

28일, 가족 여럿이 내가 더위 먹었다는 말을 듣고 나무들을 함부로 베려 하자, 내가 이르기를 "무더운 때에는 휴식을 취하면 그만이니, 비록 나무의 가지나 잎이라 하더라도 내가 아끼는 물(物)이나니 함부로 자르지 말라." 하였다.

六月十三日 九歲女媳 戴水瓜五箇而來 以爲數日上食莫需
十九日 樵軍數十人 以錢財多少 各購而去
二十六日 本郡 郡守及書記警署人九名 各以梨與檎一封 而來慰
二十八日 家族數人聞吾署盇 斫鬪樹林少許 余戒曰 酷炎時取休可也 則雖枝葉 爲吾愛物 愼勿剪伐焉

7월

4일, 우물을 깨끗이 하니 물이 더욱 맑아졌다. 하루는 함평의 응선암(應仙菴) 김 노인이 와 갓끈을 씻고 뒤에 드디어 '창랑가(滄浪歌)' 한 곡조를 부르더니 하루 낮 하룻밤을 머물렀다. 이별할 때에 시 한 수를 지어주었다.

14일, 상식할 반찬이 거의 바닥이 드러나게 되다. 걷다가 낭떠러지의 곳에 이르니 새 고사리가 돋아 한 움큼 꺾어 며칠간 상식에 쓰다.

七月初四日 整頓飮井水源漸淸 一日咸平應仙菴金老人來而 濯纓後遂滄浪歌一曲 留連一晝夜 臨別時贈詩一首
十四日 上食之需幾至於乏匱 行至陰崖谷處 有新蕨美生 折取一掬 以爲數日上食之需

8월

6일, 나주 다보사(多寶寺)의 노승 석연혜(釋蓮蹊)와 그 무리 두 사람이 와서 조과(造菓) 한 포대를 들인 후 승속(僧俗)의 이야기로 한나절을 주고받다. 소낙비가 쏟아져 여러 시간을 머무르니 뜻하지 않게 한가한 시간을 갖게 되었다.

18일, 선고(先考)에 제향(祭享)하는 일로 집에 돌아가 먼저 어머니 영위를 뵙고 장차 제례를 기다려 오경(五更)에 이르러서 최마(衰麻)의 관(冠)과 띠를 벗고 길복(吉服)으로 갈아입다. 혹, 예에 어긋나는지 두려워 땀이 등을 적시다. 장차 예를 아는 이가 분별해 주었으면 한다.

19일, 새벽머리에 다시 최마를 입고 길을 오는데 바야흐로 장대비가 내려 천지가 어두워 지척을 분별하지 못하는데 낯익은 범이 앞에서 이끌어 울퉁불퉁하여 험한 길을 미끄러지지 않고 여막에 도착하다.

24일, 영암군 갈곡리 민도민(閔道民)씨가 와 위로하고 또 돈을 부의하다.

28일, 도림(道林) 오승수(吳昇洙)씨가 와 위로하다.

八月初六日 羅州多寶寺老釋蓮蹊 携其徒二人來 納造菓一苞後 僧俗之說問答半日 驟雨注降 爲數時留連而 偶作閒人事

十八日 以先考祭享事 還往本第 先審先妣几筵 將俟享禮而至五更後 除衰冠帶着吉服行祀 恐或違禮 則騂汗添背 將欲向卞于禮家耳

十九日 曉頭更着衰麻而行 天方大雨昏黑 天地不辨咫尺中 有友虎前導崎嶇險路 竟不聽跌而到廬

二十四日 靈岩郡葛谷里 閔道民氏來慰 又有錢賻

二十八日 道林吳昇洙氏 來慰

9월

14일, 나종옥(羅鍾玉)씨가 초 두 갑과 곶감 다섯 줄을 가져와 위로하다. 비가 오랫동안 그치지 않음으로 인하여 투숙하여 효경(孝經) 일부를 강론하여 새벽이 되도록 잠들지 못하다.

19일, 도림(道林)의 오기선(吳冀善)씨가 곶감 다섯 줄을 가져와 위로하다.

20일, 영안리 정우경(鄭遇慶)씨가 와 위로하다.

25일, 나주읍 정복기(鄭福基) 양현식(梁鉉植) 두 사람이 와 위로해 주다.

29일, 삼도면 세동의 이옥산(李玉山) 조연(肇衍)씨가 와 위로하다.

九月十四日 羅鍾玉氏以燭二匣 乾柿五串 來慰 雨久不晴 因爲投宿 講論孝經一部
不眠達曉
　十九日 道林吳冀善氏 持乾柿五串 來慰
　二十日 永安里鄭遇慶氏 來慰
　二十五日 羅州邑鄭福基 梁鉉植二人 來慰
　二十九日 三道面細洞 李玉山肇衍氏 來慰

10월

6일, 본양면 양산리 김낙선(金洛善)이 와 위로하다.

11일, 미평리 강호은(姜湖隱) 정희(正熙)씨가 와 위로하다.

16일, 도천리 족형(族兄) 승민씨(承泯)씨, 화순(和順) 천태리(天台里) 족형(族兄) 승박(承泊)씨, 족손(族孫) 기면(起勉)이 함께 오다.

17일, 함평 벽류동 족질(族姪) 우철(祐喆)씨, 우창(祐暢)씨, 족형(族兄) 승석(承碩)씨가 오다.

23일, 본군 동강면 대야리 임사규(林社奎)씨가 와 위로하고 황촉(黃燭) 두 갑을 두다.

27일, 공산면 월비리 이학상(李學相)씨가 와 위로하고 돈 열다섯 냥을 내어 부의하다.

十月初六日 本良面良山里 金洛善 來慰
十一日 未平里 姜湖隱正熙氏 來慰
十六日 道川里 族兄承泯氏 和順天台里 族兄承泊氏 族孫起勉 同來
十七日 咸平碧柳洞 族姪祐喆氏 祐暢氏 族兄承碩氏 來
二十三日 本郡洞江面大池里 林社奎氏 來慰 而有黃燭二匣
二十七日 公山面月飛里 李學相氏 來慰而 以錢十五兩 出賻

11월

3일, 함평 고산동 김윤행(金允行)씨가 돈 세 냥을 부의하고 위로하다.

11일, 함평 나산면 송암리 김도심(金道心)씨가 초 두 갑과 과자 한 근을 부의하고 위로하다.

16일, 삼도면 오룡근(吳龍根)씨가 글 한 장과 돈 두 냥을 부의하고 위로하다.

20일, 삼도면 광암리 송규(宋圭)씨가 과자 두 근을 가져와 위로하다.

25일, 영평리 김기우(金基禹)씨가 50전(錢)을 부의하고 위로하다.

30일, 장성군 비아면 수월리 이수룡(李洙龍)이 와 위로하다.

十一月初三日 咸平高山洞 金允行氏 以錢三兩 賻慰
十一日 咸平羅山面松岩里 金道心氏 燭二匣 菓子一斤 賻慰
十六日 三道面吳龍根氏 以慰文一度 錢二兩 賻慰
二十日 三道面光岩里 宋圭氏以菓子二斤 來慰
二十五日 永平里 金基禹氏以五十錢 賻慰
三十日 長城飛鴉面水月里 李洙龍 來慰

12월

8일, 장성 진원면 산동리 이경우(李敬宇) 이상우(李相宇) 이회동(李會同)씨 모두가 오다.

13일, 영암 갈곡리 민도민(閔燾民)씨가 오다.

15일, 다시면 동촌 최윤구(崔潤九)가 오다.

18일, 수각리 정득채(鄭得采)씨가 위로의 글 한 장을 지어 오다.

21일, 군내 이노당(頤老堂)의 네 노인이 소주 한 병과 물고기 포 두 마리, 황촉 두 쌍을 가져오다.

22일, 읍내의 나한석(羅漢錫)씨가 향(香) 두 톳, 초 네 갑을 가져와 위로하다. 어머니 소상(小祥) 날이므로 저뭄을 타고 집에 돌아가 제사를 마치고 남은 음식을 싸 가지고 돌아오는데 평류재 바위 아래 낯익은 범이 땅에 엎드려 있었다. 나를 기다리고 있는 듯하였다.

25일, 군내 정두옥(鄭斗玉)씨가 오십 전을 가져와 부의하다.

29일, 세동의 산지기 김행서(金行西)가 김 두 톳과 곶감 세 줄, 떡국 한 동이를 가져와 위로하다.

十二月初八日 長城珍原面山東里 李敬宇 李相宇 李會同諸氏 來
十三日 靈岩葛谷里 閔燾民氏 來
十五日 多侍面東村 崔潤九 來
十八日 水閣里 鄭得采氏 以慰文一度 來
二十一日 郡內 頤老堂四老 以燒酒一壺 魚鱐二尾 黃燭二雙 來慰
二十二日 邑內 羅漢錫氏 香二吐 燭四匣 來慰而 以先妣小祥之期 乘暮還本第 成
享事 苞携餕餘 至平柳嶝峭岩下 有友虎伏地 似有待我歸也
二十五日 郡內 鄭斗玉氏 以五十錢 來賻
二十九日 細洞 山直金行西 以海衣二吐 乾柿三串 餠湯一樽 來慰

경오(庚午) 1930년 1월

1일, 가족들이 떡국과 채소와 과일을 가져오다.

14일, 광주 정봉채(鄭璿采)씨 정윤채(鄭允采) 정순혁(鄭淳赫) 박병회(朴炳會)씨 등이 함께 오다. 봉채씨는 시 한 수와 글 한 장을 남겼다.

29일, 인천리 정우선(鄭遇善)씨 정우동(鄭遇東)씨 모두 오다.

庚午正月初一日 家族以餠湯各菜果 來
十四日 光州鄭璿采氏 鄭允采 鄭淳赫 朴炳會諸氏 來而璿采氏有詩一首 文一度焉
二十九日 仁川里鄭遇善氏 鄭遇東諸氏 來

2월

10일, 족형(族兄) 승달(承達)씨 족손(族孫) 정희(鄭憙)가 각각 과자 한 근을 가져오다.

14일, 문평면 오룡리 나장환(羅璋煥)씨가 오다.

18일, 금천면 원태리 김동환(金東煥)씨가 오다.

24일, 나종옥(羅鍾玉) 김기석(金基碩) 두 벗이 와 효경(孝經)의 본지(本旨)를 문답하다. 이틀을 머문 후 떠나다.

27일, 영평리 정우림(鄭遇琳)씨가 오다.

二月十日 族兄承達氏 族孫鄭憙 各以菓子一斤而 來
十四日 文平面五龍里 羅璋煥氏 來
十八日 金川面元台里 金東煥氏 來
二十四日 羅鍾玉 金基碩 二友來 問答孝經本旨 信宿後去
二十七日 永平里 鄭遇琳氏 來

3월

4일, 장사리 신봉환(辛琫煥)씨가 시(詩) 한 수를 지어 오다.

12일, 영평리 김의관 종섭(金議官 鍾燮)씨가 시 한 수를 지어 오다.

16일, 모산리 유희갑(柳希甲)이 과자 두 근을 가지고 오다.

20일, 금천면 임경순(任璟淳)씨가 오다.

25일, 나주 본정(本町) 이재영(李在榮)씨가 오다.

三月初四日 長沙里 辛琫煥氏 以詩一首 來
十二日 永平里 金議官 鍾燮氏 以詩一首 來
十六日 茅山里 柳希甲 以菓子二斤 來
二十日 金川面 任璟淳氏 來
二十五日 羅州本町 李在榮氏 來

4월

6일, 다시면 동촌 최윤노(崔潤魯) 최윤덕(崔潤德) 최윤오(崔潤五)씨 모두가 오다.

13일, 다시면 가흥리 정덕찬(鄭德燦)이 오다.

19일, 도천리 족질(族姪) 전식(典植)이 오십 전을 가지고 와 위문하다.

23일, 다시면 초동 이동범(李東範)이 위로의 글 한 장을 지어 위문하다.

25일, 본양면 남동리 심한구(沈翰求)가 조사(弔辭) 한 장을 가져와 위로하다.

28일, 함평군 월야면 용정리 장주사 우식(張主事 佑植)씨가 오다.

四月初六日 多侍面東村 崔潤魯 崔潤德 崔潤五諸氏 來
十三日 多侍面佳興里 鄭德燦 來
十九日 道川里 族姪典植 以五十錢 來慰
二十三日 多侍面草洞 李東範 以慰文一張 來慰
二十五日 本良面南洞里 沈翰求 以弔狀一度 來慰
二十八日 咸平郡月也面龍亭里 張主事 佑植氏 來

5월

2일, 함평군 식지면 송암리 이문옥(李文玉) 양기만(梁奇萬)씨 모두가 각각 초 한 갑을 가져와 위로하다.

9일, 삼도면 내동 오기운(吳奇云) 이호경(李鎬京)씨 모두가 오다.

16일, 본양면 송림리 이언교(李彦敎)씨가 오다.

20일, 신암리 심춘택(沈春澤)이 초 두 갑을 가져와 위로하다.

22일, 계림리 심인택(沈仁澤) 심상균(沈相均)씨 모두가 각각 황촉 두 자루를 가져와 위로하다.

25일, 문평면 덕산리 나종업(羅鍾業)이 백지 두 묶음을 가져와 위로하다.

30일, 봉황면 송촌리 족손(族孫) 인희(仁憙)씨가 오십 전을 가지고 와 위로하다.

五月初二日 咸平郡食知面松岩里 李文玉 梁奇萬諸氏 各以燭一匣 來慰
九日 三道面內洞 吳奇云 李鎬京諸氏 來

十六日 本良面松林里 李彦教氏 來
二十日 新岩里 沈春澤以燭二匣 來慰
二十二日 桂林里 沈仁澤 沈相均諸氏 各以黃燭二柄 來慰
二十五日 文平面德山里 羅鍾業 以白紙二束 來慰
三十日 鳳凰面松村里 族孫仁憙 以五十錢 來慰

6월

1일, 장성 진원면 대동리 이상회(李相會)씨가 오다.

5일, 동강면 군지리 임복규(林伏圭)씨가 오다.

16일, 함평 대동면 고산리 김양선(金良善)씨가 오다.

20일, 다시면 동백정 이계성(李啓性)이 위로의 글 한 장과 초 다섯 자루를 가져와 위문하다.

29일, 안산리 윤덕진(尹德珍)이 초 두 자루를 가져와 위로하다.

六月初一日 長城珍原面大洞里 李相會氏 來
五日 洞江面君池里 林伏圭氏 來
十六日 咸平大洞面高山里 金良善氏 來
二十日 多侍面冬栢亭 李啓性以慰文一張 燭五柄 來慰
二十九日 安山里 尹德珍以燭二柄 來慰

7월

7일, 군내 구자선(具滋善)이 위로의 글 한 장을 가져오다.

13일, 영평리 김기주(金基柱)가 곶감 한 접, 황육(黃肉) 두 꿰미를 가져와 위로하다.

14일, 다도면 은사리 족손(族孫) 석희(錫憙)가 초 두 갑을 가져와 위로하다.

19일, 함평 월야면 지변(池邊) 정문모(鄭文謨)가 오다.

23일, 읍내 이해연(李海衍) 손기봉(孫奇峯) 승명호(昇明浩) 세 분이 각각 편지로 위로하다.

七月初七日 郡內 具滋善 以慰文一張 來
十三日 永平里 金基柱以乾柿一帖 黃肉二串 來慰
十四日 茶道面銀沙里 族孫錫憙 以燭二匣 來慰
十九日 咸平月也面池邊 鄭文謨 來
二十三日 邑內 李海衍 孫奇峯 昇明浩三氏 各以一封 來慰

8월

9일, 반남면 대월리 나연균(羅連均) 나판하(羅判河)씨가 함께 오다.

12일, 본양면 과우(過隅) 유상기(柳相基)가 오다.

16일, 문평면 동막리 오기업(吳琪業)씨가 오다.

21일, 장성 삼서면 우치리 나상호(羅相浩)씨가 오다.

25일, 덕산리 송낙중(宋洛仲)씨가 밤 반 되를 가지고 와 위로하다.

30일, 삼서면 하백리 심영택(沈鈴澤)이 다섯 냥을 가지고 와 위로하다.

八月九日 潘南面大月里 羅連均 羅判河諸氏 來
十二日 本良面過隅 柳相基 來
十六日 文平面東幕里 吳琪業氏 來
二十一日 長城森西面牛峙里 羅相浩氏 來
二十五日 德山里 宋洛仲氏 以栗半升 來慰
三十日 森西面下白里 沈鈴澤 以五兩 來慰

9월

9일, 영평리 김기석(金基碩)이 술 한 병, 배 한 광주리를 가지고 와 위로하다.

12일, 금안리 김수곤(金繡坤)씨가 환약(丸藥) 한 묶음을 가지고 와 위로하다.

16일, 광주 대촌면 대야리 송안은(宋垵銀)이 오다.

18일, 은사리 족손(族孫) 문희(文憙)가 두 냥을 가지고 와 위로하다.

20일, 식지면 송암리 김도심(金道心)씨가 탕약(湯藥) 다섯 첩을 가지고 와 위로하다.

25일, 문평면 신광리 이봉선(李奉善)이 술과 과일 한 광주리를 가져와 위로하다.

28일, 영암 신북면 월암리 박두창(朴斗昌)씨가 배와 능금 한 포를 가지고 와 위로하다.

九月九日 永平里 金基碩 以酒一瓶 梨一筐 來慰
十二日 金安里 金繡坤氏 以丸藥一佮 來慰
十六日 光州大村面大也里 宋垵銀 來
十八日 銀沙里 族孫文憙 以二兩 來慰
二十日 食知面松岩里 金道心氏 以湯藥五貼 來慰
二十五日 文平面新光里 李奉善 以酒果一筐 來慰
二十八日 靈岩新北面月岩里 朴斗昌氏 以梨檎一苞 來慰

10월

8일, 다시면(多侍面) 용흥리(龍興里) 정순길(鄭淳吉)이 초 세 자루를 가지고 와 위로하다.

13일, 광주 동곡면 동곡리 유병인(柳柄寅)씨가 오다.

15일, 화사동 선조(先祖) 제향(祭享)을 하고 남은 음식 한 광주리를 모든 종족(宗族) 노소가 가져와 위로하다.

19일, 해남 옥천면 신죽리 정승효(鄭承孝)씨가 위로의 글 한 장과 시 한 수를 지어 위문하다.

22일, 삼도면 월산리 성(成)어른 탁(鐸)씨가 시 한 수를 지어 위로하다.

25일, 무안 석진면 동창 임환규(林煥圭)씨가 오다.

28일, 영평리 정(鄭)어른 춘심(春心)씨가 채소와 과일 한 광주리를 가지고 와 위로하다.

十月初八日 多侍面龍興里 鄭淳吉 以燭三柄 來慰
十三日 光州東谷面東谷里 柳柄寅氏 來
十五日 花寺洞 先祖祭享 餕餘一筐 諸宗老少携 來慰
十月十九日 海南玉泉面新竹里 鄭承孝氏 以慰文一張 詩一首 來慰
二十二日 三道面月山里 成丈 鐸氏 以詩一首 來慰
二十五日 務安石津面東倉 林煥圭氏 來
二十八日 永平里 鄭丈 春心氏 以菜果一筐 來慰

11월

3일, 안산리 김학경(金鶴庚)이 초 세 자루를 가지고 와 위로해주다.

7일, 함평 식지면 나산리 안종현(安鍾鉉)이 오다.

10일, 함평 엄다면 성산리 윤상보(尹相保)가 귤 세 개, 배 세 개를 가지고 와 위로하다.

13일, 화순 도곡면 월곡리 양영직(梁令直)씨가 오다.

17일, 본면 장동리 강판달(姜判達)이 술 한 병을 가지고 와 위로하다.

25일, 광주 동곡면 하산리 김재화(金在華)씨가 오다

28일, 군내 김근환(金根煥) 장자준(張子俊) 손유학(孫有學) 세 노인이 각각 배와 과자 한 봉지를 가지고 와 위로하다.

十一月初三日 安山里 金鶴庚 以燭三柄 來慰
七日 咸平食知面羅山里 安鍾鉉 來
十日 咸平嚴多面星山里 尹相保 以橘三箇 梨三箇 來慰
十三日 和順道谷面月谷里 梁令直氏 來
十七日 本面長洞里 姜判達 酒一壺 來慰
二十五日 光州東谷面下山里 金在華氏 來
二十八日 郡內 金根煥 張子俊 孫有學 三老 各以梨及菓子一俗 來慰

12월

3일, 공산면 월비리 이규환(李圭煥)이 와 자고 가다.

9일, 동강면 성지리 임병규(林炳圭)가 눈보라를 무릅쓰고 오다.

14일, 군내 나한석(羅漢錫) 정두옥(鄭斗玉) 이운연(李雲衍) 세 노인이 각각 황촉 한 갑을 가지고 눈을 맞으며 왔다. 혹독한 추위로 능히 다닐 수 없는 고로 이틀을 머물렀다 돌아가다.

16일, 장성 진원면 대동리 김상진(金相珍)이 어둠을 타고 왔다. 하룻밤을 머물며 효경(孝經) 전편(全篇)을 강론하다.

20일, 광주 대촌면 승촌 김영주(金永柱)가 오다.

22일, 오전에 나종옥(羅鍾玉) 김기석(金基碩)이 동반하여 오고, 오후에는 충청도 홍성군 홍주면 김은동(金殷東)씨와 강원도 춘천군 춘천면 김광택(金光澤)이 동반하여 오다. 이야기가 지루하여 집에 돌아가야 한다는 꾀를 내고 이에 산에 올라 산신 축(祝) 한 장을 지어 술과 과일을 베풀어 정성으로 고하고 돌아오니 초경(初更 저녁 7-9시)이 되었다. 기다리고 있던 네 벗과 함께 붙잡고 산을 내려오는데 평류등 큰 바위 아래에 이르니 범이 앞을 인도함에 곁에 네 벗이 두려워 능히 걸음을 떼지 못하는지라 이에 사정을 말하고 네 벗을 앞에 서게 하고 내가 뒤에 서서 내려왔다. '고방지'에 이르니 범은 어느덧 따라오지 않고 더불어 네 벗이 집에 안전하게 돌아가다.

이로써 상례(喪禮)를 잘 마치다.

十二月初三日 公山面月飛里 李圭煥 來宿而去
九日 洞江面聖池里 林炳圭冒風雪 來
十四日 郡內 羅漢錫 鄭斗玉 李雲衍 三老 各以黃燭一匣 穿雪而來 以酷寒不能出入 故二日留而歸
十六日 長城珍原面大洞里 金相珍 乘暮而來 留宿一夜 講論孝經全篇
二十日 光州大村面昇村 金永柱 來
二十二日 午前 羅鍾玉 金基碩 同伴來 午後 忠淸道洪城郡洪州面 金殷東氏 江原道春川郡春川面 金光澤同伴來 談話支離而 余今爲還本第之計矣 乃製登山神祝文一度 畧設酒果虔告而歸 時及初更也 來留四友同携下山 至平柳嶝大岩下 有一虎前導 右四人恐畏 因措不能行步 乃謹情說後 四友在前 余在後下 至告榜地 虎因忽不隨 與四友安歸于家 利成終喪之禮

居廬日記 跋
거려일기 발문

발문 一

무릇 작은 우리 한 몸이 천지(天地)로 더불어 나란히 서서 '셋'이 된 것은 그 오륜(五倫)이 있기 때문이라. 오륜의 가운데 부자가 먼저이니 부자의 친함은 천성으로 살고 죽고 장사지내고 제사에 예가 어긋남이 없어야 가히 오륜을 다했다 할만하다.

우리 고을 명문가에 홍서생(洪書生) 승준이 수년 전, 그 엄군(嚴君)을 잃고 기동(基洞) 선영(先塋) 아래 장사를 지내고 형제들은 집에 반혼할 새 승준은 홀로 묘 곁을 지키거늘, 모부인(母夫人)이 아들이 약하기에 병이 날 것을 염려하여 애써 말렸으나 승준이 어머니의 훈계를 거듭 어겨 조석으로는 영위에 곡하고 밤이면 묘 아래에 가서 받드니, 이 같음이 여러 날이라 모부인이 그 사실을 알고 울며 이르기를 "내가 너를 말린 것은 네가 병이 날까 두려워서거늘 산길이 험하고 비탈짐이 심하여 오고감에 다치지 않기를 바랄 수 없으니 네가 원하는 대로 하라." 하셨다. 이날로 산 아래에 여막을 짓고 잠시도 떠나지 않으며 새벽과 저녁으로 무덤에 나아가 절하며 꿇어앉으니 웅덩이가 이루어지고 눈물을 흘리니 풀이 마를 정도였다.

인가가 멀고 사방이 산으로 막혀 곁에 마실 샘이 없자 계곡의 물을 끌어 오려 하는데 멀어서 이르게 할 수가 없자 이에 여막 곁을 시험 삼아 파보니 한 자쯤 이르러 시원한 샘물이 솟아나옴으로 드디어 밥을 지어 공양할 수 있었고, 일찍이 하루는 쌀이 떨어지고 또 빗물이 길에 넘친 데 마침 화순 사람 김형후(金亨垕)가 위문하러 왔다가 비로 머물러 함께 자고 다음날 아침

밥을 짓지 못하고 걱정하다 그 빈 그릇을 보니 문득 쌀이 동이에 가득 차 있어 그 사람이 경악하고 신이 감동한 것이라 하며 여러 사람에게 소문을 내었다. 이와 같이 산 아래에서 샘물이 나오고, 더불어 항아리 속에 쌀이 쌓임은 다 사람이 꾀하여 미친 바가 아니라, 말하건대 효에 감동하여 이른 바가 아니리오? 날씨가 춥고 눈이 쌓이면 반드시 봉분을 쓸고 화로를 섬돌 앞에 받들어 두고, 사람들이 혹 나물과 과일을 보내주면 반드시 묘에 곡하고 올리니, 이 또한 돌아가셨어도 섬기기를 살았을 때와 같이 하는 뜻이라. 삼년 마치기를 하루와 같이 하니 신명이 도우신 바요, 상을 간절히 하니 효로다, 이 사람이여! 사람이 능히 하기 어려운 바를 하였도다.

오호라! 세상의 변함이 극심하도다. 상례가 무너져 이제, 상(上)에 거한다 하는 자, 몸은 상복을 걸쳤으나 짐승의 행실을 함이 자주 있고 심하면 머리를 깎아 모자를 쓰고 문신(文身)하여 오랑캐 옷을 입으니, 여윈 상중의 사람으로서 가히 보지 못할지라. 천지가 덮어주고 실어주어도 그 덕을 알지 못하고 부모가 수고하여도 그 은혜를 갚지 않으면 화인(華人)이로되 오랑캐요, 사람이로되 짐승 노릇을 함이니 필경 하늘이 우리에게 주신 아름다움이 거의 사라지게 되리다.

이제 어린 나이의 홍서생(洪書生)은 풍속이 어지러운 가운데 홀로 천백인이 행하지 못한 일을 행하였나니 누구인들 부모가 없으며, 누구인들 자식이 되지 않으리오. 부모에 효를 다하고 자식의 직분을 다할지니 내가 바라건대, 홍승준 같은 수십 무리를 얻어 온 나라에 섞어 둔다면 퇴폐해진 풍속이 느낀 바가 있고, 윤강이 의지한 바가 있게 하고자 함이다.

오호라! 내가 모양이 없나니, 부모상에 복을 입고 능히 스스로 다하지 못하여 늙도록 뉘우쳐도 미치지 못하기로, 홍생(洪生)의 일을 들으면 이마에 땀이 흐르나니, 진실로 남을 위해서 흐르는 것이 아니라. 탄식하고 이를 써서 자식이 되는 자에게 힘쓰기를 권장하노라!

경신(庚申 - 서기1920년) 중양일(重陽日)
병중(病中)에 후석(後石) 오준선(吳駿善) 씀

夫人以渺然一身 與天地幷立爲三者 以其有五倫也 五倫之中父子居先 父子之親

天性也 生死葬祭以禮無違則 可謂盡倫矣 吾鄉古家有洪生承俊 數年前 喪其嚴君焉
葬于基洞先塋下 兄弟返魂于家而 承俊獨守墓側 母夫人 慮其淸弱成病 强止之 承俊
重違慈敎 朝夕哭于几筵 夜則往侍墓下 如是數日 母夫人覺其然 泣謂曰 吾所以止汝
者 恐汝生病 山路險傾昏夜來往 不保其無恙 從汝所願爲也 是日廬于山下 暫不離次
晨夕上塚 拜跪成坎 揮淚草枯 人家絶遠四山幽深 傍無飮泉 欲引澗谷之水 遠莫致之
乃於廬傍試掘尺許則 寒泉湧出 遂以供饋奠 嘗於一日 糧米垂盡 雨且滂沱 適有和
順人金亨垕 慰問而來 滯雨共宿 翌朝彷徨 憂悶之際 視其器 忽有米盈瓿 其人驚愕
以爲神感 歸以詑諸人 如此山下出泉 與甕裏貯米 皆非人謀所及 謂之孝感所致者非
耶 天寒雪積則 必掃塋域擁鑪伏於階前 人或遺之菜果則 必哭奠于墓 此又事死如生
之意也 終三年如一日 神明所佑 祥琴切切 孝哉斯人 人所難能也 嗚乎世變極矣 喪
禮壞矣 今之所謂居喪者 衰麻身而狗彘行者 比比有之 甚則髡髮而戴帽 文身而服裝
欒欒棘人 不可見耶 天地覆載而不知其德 父母劬勞而不報其恩 華而夷 人而獸 畢竟
天之所以與我民彝幾乎熄矣 今洪生以渺少之年 於流俗奔波之中 獨行千百人所未
行之事 孰無父母 孰非人子而 生之於父母盡其孝矣 於人子盡其職矣 吾願得洪承俊
數十輩 參錯一國 庶頹俗有所感而 倫綱有所賴矣 嗚乎 余之無狀前後持服 不能自盡
垂老追悔 惟懊莫及 聞生之事 頹泚隨之 誠非爲人泚 遂歎息 書此以爲 爲人子者勸

上章涒灘 重陽日 後石 病生 吳駿善 書

발문 二

대개 효도하는 마음은 당초 밖에 기대함이 있어서가 아니요, 그 자식의
직분을 다할 따름에서다. 그러나 지극한 정성에 신이 감응하는 바가 빠름
은 그러함을 기약하지 않아도 그러함이 자연히 있어서니, 또한 어찌 그 사
이에 사람의 거짓을 용납하리요?

이 기록은 효자 승준보의 여묘일기이다. 상중의 예를 읽는 겨를에 당한
일을 쫓아 기록함이니, 왕왕히 세상에 있지 못할 일이 있으니, 그 아름다운
자취를 살펴보건대 처음에 어버이가 병듦에 머리를 숙여 하늘에 빌고 손
가락의 피로 목숨을 연장하고 부친이 돌아가심에 미쳐서는 삼년 시묘함
은 승준의 소절(疏節-보통 일)이요, 샘물이 여막의 곁에서 솟고, 밤이면 범
이 와서 여막을 지켜주고, 손이 이름에 쌀이 떨어져 아침에 상식을 할 것이
없었는데 자고 보니 항아리에 쌀이 가득 차 있고, 수박을 따 올림이 마침 7
월이었는데 그 씨를 심으니 다시 열매를 맺어 8월 대상(大祥)의 공양에 쓰

고, 농부를 안쓰럽게 여겨 묵묵히 기도하자 가뭄에 비가 홀연 쏟아지고, 꿈에 의원이 약 구하는 것을 알려줘 밤에 어두운 길을 행함에 범이 앞에서 인도하니, 이가 어찌 옛 책에서만 나타나리요? 서양(西洋)과 일본 등 외국 사람에 이르기까지 또한 와서 위문하며 입을 벌려 탄식하였고, 관리들이 와서 보고 또 남다른 행실이라 하여 신문지상에 게재하고자 하거늘, 승준이 성내어 말리니 그 마음의 근원을 헤아려보건대 효자는 진실로 일찍이 효에 스스로 거하지 않아서라. 그러한즉 이 기록은 느낀 바를 따라 그 실제를 적었을 뿐이요, 그밖에 기대함이 있지 않음이 분명하나니, 이는 내가 처음에 괴이하게 여겼으나 마침내는 믿게 된 바다.

오호라! 뽕나무밭과 바다가 뒤섞이고 하늘과 땅이 뒤바뀌어 삼강이 무너지고 구법(九法)이 사라졌거늘, 이 사람이 능히 백행의 근원을 다하니, 어떻게 승준의 효와 같음을 나라 가운데 이름을 알려 각각 부자의 은혜를 온전히 하게 할꼬?

부부자자(父父子子)의 윤리가 밝아야 군군신신(君君臣臣)의 의가 가히 바르리니, 옛사람의 상복 입음이여. 복인이 수척(瘦瘠)하나니, 비풍(匪風-풍속의 그릇됨)을 근심하는 세상에 감화시킴이 있지 않으랴?

경신(庚申- 서기 1920년) 하지(夏至)절에
겸산(謙山) 이병수(李炳壽) 씀

盖惟孝子之心 未始有待於外 盡其子職而已 然至誠所格感之速 自有不期然而然者 亦豈容人偽於其間哉 是錄也卽孝子洪承俊甫 廬墓日記也 讀禮之暇 隨遇隨錄 而往往曠世所未有之事 夷考其懿蹟則 其始親癘而稽顙禱天血指延命 及夫親歿而三霜廬墓 乃承俊之疏節也 至若水泉出廬側 夜虎來衛幕外 客至粮匱朝無上食之資 而經宿視之罌米自溢 西瓜薦新適在七月 而種其子矣 再蔓成實 以供八月祥期之用 憫農黙禱 而旱雨忽注 夢醫求藥 夜行路黑 而有虎前導 此豈往牒之所覿哉 以至洋日外服之人 亦有來問 而嘖嘖歎賞 官吏來見 且欲以特絶之行揭載新聞紙上 而承俊艴然抑止之 原其心 孝子固未嘗以孝自居也 然則此錄 隨所感記其實而止焉 其非有待於外者 明矣 此余所以始也驚異 終焉信之也 嗚呼 桑瀾頹倒 穿壤易處 三綱淪九法斁矣 而若人也能盡百行之源 安得如承俊之孝 樹風聲於域中 俾各全父子之恩乎 父父子子之倫 既明則 君君臣臣之義 可得以正矣 昔人思見素冠兮 棘人欒欒兮 於匪風憂嘆之世者 抑有由耶 否乎

上章涒灘之歲 南至節 謙山 李炳壽 書

발문 三

무릇 효는 사람 자식된 직분의 마땅히 할 바라, 그 가히 하고 싶어도 다시 할 수 없음을 생각해보건대 먼저 맛있는 음식을 베풀고 어버이가 아프심에 얼굴빛과 거동이 성하지 못한 것은 평소 섬기는 소절(疏節-보통 일)에 불과할 따름이다. 그러나 다만 천백 인이 행하지 못한 바의 일과 천백 년에 갖지 못한 바의 느낌이 있음은 정성스런 마음이 하늘에 근본해서 그러함이요, 사람 힘의 이른 바로 그러한 것이 아니리다.

내가 홍군 승준보의 고감록(孤感錄)을 보니 바야흐로, 그 어버이가 병듦에 하늘에 빌기를 자신이 대신하고자 하고, 손가락의 피로 연명하며 어버이를 잃음에 미쳐서는 무덤 아래 여막을 짓고 아침저녁으로 곡하여 울며 슬퍼하기를 삼년을 하루같이 하니 이것이 효자의 큰일이다. 그러나 오랜 세대에 드물게 있을 일로 비교하면 오히려 나머지 작은 일로 여막 곁에서 마실 물이 솟고, 전식(奠食)하는 쌀이 떨어진데 밤을 지나고 보니 쌀이 동이에 가득 차 있어 아침에 상식하는 데 쓰고, 손의 배를 주리는 탄식이 없게 하며, 매양 밤이면 범이 여막 밖을 지키고, 수박을 따 7월에 새 음식을 올리고 다시 그 씨를 심음에 넝쿨이 뻗고 열매를 맺음에 8월 상례를 마치는 제사에 올리고, 일찍이 가뭄이 들자 하늘에 빌어 비를 얻어 들의 마름을 적시게 하고, 꿈에 양의(良醫)가 약을 알려주자 바로 달려가 숲이 깊고 길이 어두운데 범이 앞장서 인도하니 이는 효심이 순수하고 지극하여 감응하지 않음이 없어서랴. 어찌 앞에서 말한 천백 인이 행하지 못한 바의 일이 아니리요?

오호라! 세상이 바야흐로 어지러운지라 상례가 무너져 상복을 비록 걸쳤으나 실지로 슬퍼하는 감정이 없는 자, 간간이 있고, 대부분이 양복을 입어버리니 윤강이 사라졌도다. 이에 홍군의 백행의 근원이 홀로 어지러운 세속의 가운데 서거늘, 이제에 다시 수척한 상중의 사람을 보니, 비풍(匪風-풍속의 그릇됨)을 근심하여 그러함이 이 아니리요? 오직 바라건대 이 소문을 들은 자, 각각 자식의 직분을 다하여 돌아가셨어도 섬기기를 살았을 제와 같이 할지니, 승준의 효를 본받은 즉, 고을고을이 다 의지한 바가 있어 한 나라의 충으로 임금에게 전해지리다.

또 어진 자는 수를 누리나니, 효가 이와 같으니 반드시 수를 누리고 형제 아들 조카들 응당 많은 복을 받을진저!

신유(辛酉 - 서기 1981년) 맹하(孟夏) 소망(小望)에
양성(陽城) 이조연(李肇衍)이 삼가 씀

夫孝 是人子職分之所當爲也 思其不可復者 而先施之以菽水之甘旨 親癠而色容 不盛者 不過爲生事之疏節而已 然特有千百人所未行之事 千百年所未有之感 乃誠 心根天而然 非人力所致而然也 余觀洪君承俊甫 孤感錄 方其親癠而黙禱于天 願以 身代 指血延命 及其喪親而廬于墓下 朝夕哭泣之 哀三歲如一 此是孝子之大事也 然 而譬諸曠世罕有之事 則猶爲餘事矣 至於飮泉湧出廬傍 而供奠粮匱而經夜視之有 米盈罌 朝有上食之 資客無飢腸之歎 每夜虎衛廬外 西瓜適有七月之薦新 而更種其 子 瓞綿實成 以供八月終期之薦 嘗有旱憂而祝天得雨而剩霑田野之乾 夜夢良醫以 合藥之意 卽速馳去林深路黑 有虎先導 此乃孝心純至 無非感應 豈非嚮所謂獨行 千百人所未行之事哉 嗚呼 世方叔季而喪禮壞盡 衰麻雖在身上 實無哀毁之感者 間 或有之 幾爲左袒 倫綱頹歝矣 於是洪君百行之原 獨拔乎流俗之中 而於今復見欒欒 棘人 無乃於匪風憂歎之世而然耶 惟願聞此風聲者 各盡子職事死如生 得效承俊之 孝感 則鄕黨州郡 皆有所賴焉 一國忠可移於君矣 且仁者壽 孝感如是 則必躋於仁壽 之域 而昆季胤咸應受多福也歟

重光作噩 孟夏小望 陽城 李肇衍 謹書

卷之二

行狀
송산이 살아온 일을 적은 글

    공의 휘는 승준이요, 자는 백원(百源), 호는 송산(松山)이다.

    홍씨는 풍산(豊山) 대족(大族)으로 고려(高麗) 문과장원(文科壯元) 국학직학(國學直學)인 휘 지경(之慶)이 상조(上祖)이다. 휘 간(侃)을 낳으니 문과로 벼슬 도첨의사인(都僉議舍人)으로 문장이 뛰어나 명성을 중화(中華)에까지 떨쳤으며 고려 십이대가(十二大家) 중에 한 분으로 세상에서 홍애선생(洪崖先生)이라 칭하였고, 시집(詩集)이 세상에 알려졌다. 그 후 양세(兩世)의 벼슬이 대제학(大提學)으로 문형(文衡)을 맡았으니 이름이 유(侑), 그리고 연(演)이다. 낭장(郎將) 휘 귀(龜)에 이르러 여조(麗朝)의 운이 장차 다됨을 보고 관직을 버리고 고양(高陽)에 돌아와 절개를 지켰다. 그 손(孫) 생원(生員) 부사(府使) 휘 수(樹)가 처음 나주(羅州)에 거하여 휘 귀지(貴枝)를 낳으니 동향(同鄕)의 명사(名士) 구인(九人)과 함께 점필재(佔畢齋) 김문간공(金文簡公)이 시험을 주관한 아래에 생원에 합격하여 오한(五恨) 박공(朴公) 성건(成乾)이 금성별곡(錦城別曲)을 지어 칭송하고 아름답게 여기었다.

    휘 한지(漢智)를 낳으니 생원이요, 휘 항(沆)을 낳으니 참의(參議)에 추증되었다. 휘 정업(廷業) 호 유몽재(猶蒙齋)를 낳으니 효라 계(啓)를 올려 장예원사의(掌隸院司議)에 제수되었고 호조참판(戶曹參判)에 추증되었다. 휘 선(選) 호 치헌(痴軒)을 낳았으며, 휘 치목(致霂) 호 금촌(錦村)을 낳으니 효로 사헌부감찰(司憲府監察)에 추증되었다. 사세(四世)인 휘 희효(羲孝)는 공의 고조(高祖)가 되고, 증조(曾祖)의 휘는 관모(觀謨)요, 조(祖)의 휘는 치주(致周)요, 고(考)의 휘는 우연(祐璉)이요, 호는 청뢰(聽瀨)며, 비(妣)는 전주(全州) 이씨(李氏) 돈범(敦凡)의 딸이다.

공은 조선 고종(高宗) 병신(丙申- 서기1896년) 7월19일 나주 금안리에서 출생함에 이미 타고남이 남다른 자질이 있어 말하고 웃는 것이 절도가 있고, 움직이고 그침이 법도가 있었으며, 어려서부터 어버이에게 혼정신성(昏定晨省)하고 따뜻이 하고 시원하게 하기를 형들을 따라 빠뜨리지를 않았으며 그 얼굴빛을 부드럽게 하고, 그 다다른 일을 정성스럽게 함이 자못 천성으로 이루는 것 같았다.

정사(丁巳-서기 1917년) 8월, 청뢰공(聽瀨公)이 병이 깊어 위독함에 공이 손가락을 깨물어 피를 얻어 조금 차도를 보였고, 삼일 뒤에 다시 심해지자 공의 맏형 면재공이 또다시 손가락의 피로 하루의 수명을 연장케 하였으나, 마침내 대고(大故)를 만나 가슴을 치며 울부짖기를 살고자 아니한 것처럼 하고 기동(基洞) 선산(先山) 아래 장지를 마련하여 예를 다하여 장사를 마쳤다. 이로부터 매일 밤중이면 홀로 묘소에 가서 절하고 곡하니 이 같음이 수개월이 되어 공의 어머니가 아시고 간절히 책하여 이르기를 "산길이 험악한데 어둔 밤에 왕래함이 어찌 위험하지 않겠느냐?" 하여, 공이 대답하여 이르기를 "감히 명을 따르지 않으리오." 하였다. 일념의 애통함이 조금도 풀어지지 아니함에 면제공께 시묘의 뜻을 고하자 억지로 말리지를 못하고 무덤 아래 여막을 지어 공으로 하여금 처하게 하였다.

대개 중고(中古) 이래로부터 거려(居廬)의 예가 드물게 있는 고로, 멀고 가까운 선비와 여자들이 듣고 경탄하였으며 빈객(賓客)이 와 위로하고 공경함이 날로 답지하였다. 서양과 일본인 등의 외국인에 이르기까지 소문을 듣고 오는 자 또한 많았다. 그 곡하여 우는 것이 슬프고 근심에 젖은 낯빛을 보고 감동하지 않음이 없었다.

처음에 여묘의 곁에 샘이 없어 작은 도랑을 파 골짜기 너머의 물을 여막 밖에까지 끌어와 마실 물을 하였으나 얼마 되지 않아 묘소 아래 서북 모퉁이 사이의 땅에 은은히 물이 나온 흔적이 있어 파기를 네댓 마디쯤 하니 샘물이 솟아 드디어 골짜기에서 끌어와 마시던 것을 폐한데 물이 부족할 걱정이 사라졌다.

매양 조석으로 상식함에 까마귀와 까치가 묘문(墓門)에 모여 '깍깍' 울기를 그치지 않다가 상식을 다하면 이에 날아갔다. 이듬해 삼월 화순에 사는 선비 김형후(金亨厚)가 와 위문할 새, 비로 인하여 유숙하게 되었는데 공이 바야흐로 항아리가 비었음을 걱정하다 다음날 아침 일찍 일어나 항아리 밑을 긁어라도 볼까 하고 보니 쌀이 항아리에 가득 차 있었다. 손과 더불어 서로 놀라고 이상히 여기는데, 마침 공의 어머니께서 쌀을 이고 오니, 그 양식이 다되어 혹 밥을 짓지 못할까 생각해서였다. 공이 어머니께 사실을 고하고, 그 저절로 가득 찬 쌀을 나무장사 이치수(李致洙) 심상국(沈相國) 등에 나누어 주니, 뒤에 둘이 쌀과 함께 이자(利子)를 가지고 와 공에게 사례함에 다시 되돌려 보내었다. 이 해 여름 농부가 가뭄으로 인하여 싸우는 일이 많음에 공이 듣기에 심히 민망하고 가련하여 산의 높고 깨끗한 곳에 나아가 목욕 사배(四拜)하고 하늘에 빌어 비를 기원하니 그 밤에 단비가 시원히 쏟아졌다.

　　10월 초사일(初四日) 밤 꿈에 한 노인이 와 이르기를 "너의 어머니가 안질로 고생하니 만약 함평 '산태머리' 임기옥(林基玉)이 있는 곳의 약을 쓰면 가히 차도가 있으리라." 하여 공이 놀라 깨어나니 밤이 이미 깊으니라. 바로 길을 나서 '뱃재'에 이르러 숲이 깊고 길이 어두워 지척도 분간하기 어렵거늘, 문득 큰 범이 두 눈에 빛을 쏘아 앞에서 인도하여 '솔재'에 이르러 연안차씨(延安車氏) 세천비(世阡碑) 아래를 지나 나산리 인정(仁亭)에 이르자 이곳은 경찰 주재소가 있는 곳으로 순사 이병식(李炳植) 장진홍(張珍弘) 등이 공의 행색을 괴이하게 여겨 검문하려는 즈음, 범이 공의 뒤에서 불을 쏘니 둘이 놀라 넘어짐에 공이 바로 함평읍을 향하여 멀리 바라보니 희미하게 한 점의 불이 있어 달려가 문을 두드리고 물으니 바로 임기옥의 집이었다.

　　약을 구하여 돌아오니 범이 또 앞에서 인도하기를 가던 때와 같이 하여 집에 돌아옴에 동방에 아직 빛이 들지 않았다. 집안사람이 다 놀래고 어머니 병은 과연 이 약으로 차도가 있었다. 삼일 후에 나주군 서기 구자선(具滋善)과 순사 김선홍(金善弘)이 와 묻기를 "전날 밤에 상복을 입은 사람이 범을 타고 나산리를 지나가 함평경찰서로부터 조회가 왔는데 그대가 과연 그 사람인가?" 하여 이로 말미암아 세상 사람들이 알게 되었다.

기미(己未) 7월 보름에 묘 앞에 수박을 천신(薦新)하고, 그 씨를 여막 곁 빈터에 다시 심음에 싹이 나고 넝쿨이 자라 마침내 한 수박이 달리고 익으니 8월 18일 대상(大祥)에 천식하였다.

무진(戊辰-서기 1928년) 12월 23일 어머니 상을 당하여 금성산 북쪽 기슭 임좌(壬坐)의 언덕에 장사지내고 정월 초구일(初九日) 시묘를 시작했다. 이곳은 소나무가 빽빽한 숲을 이루고 산등성이가 겹쳐 쌓여 있어 가까운 마을과 거리의 떨어짐이 오리나 되어 닭이 울고 개가 짖는 소리조차 들리지 않을 정도였다. 맏형 면재공이 깨우쳐 이르기를 "무릇 효는 몸을 공경함이 큼이 되니 몸을 능히 건강히 한 후에 효를 마칠 수 있으리라. 너의 몸을 잘 보호토록 하라. 영위가 집에 있으니 나는 집에 돌아가 아침저녁을 받들리다." 하였다.

15일 밤에 범이 여막의 곁에 와 포효하기를 세 차례를 하여 황망히 나가 보니 범이 머리를 숙이고 왔다갔다하다 배를 깔고 자더니 새벽이 돼서야 떠나갔다. 공이 뒤를 따라 발자국을 찾아본 즉, 불과 열 걸음 내에 큰 바위가 쌓여 굴을 이루고 있었다. 지세가 높고 메마르며 물의 근원지가 멀어 처음에는 비와 눈이 내려야 가히 길을 수 있더니 삼월에 이르러서 하늘이 오래도록 비를 내리지 않아 샘물을 가히 기를 수가 없음으로 고개를 넘어 물을 길어 온데, 겨우 반 표주박을 얻을 정도여서 새벽이 밝자 또 물을 길러 표주박을 끼고 고개를 넘지 않아서 열 걸음쯤에 이르러 우뚝 솟은 바위 아래 조금 파인 곳이 보이고 젖은 흙에 발이 빠지거늘 낙엽을 치우고 살펴보니 가늘게 물의 흔적이 있고 자갈이 섞여 있어 손으로 파보니 두 자쯤에 이르러 물이 연연히 나와 장차 길으려 자세히 보니 모든 손가락이 모래에 찢겨 피가 섞여 있어, 두 손으로 흘려보내고 잠깐 기다리니 물이 맑아져 길어 돌아왔다. 물맛이 시원하여 길이 삼년을 마셨다.

이 때 자주 가물어 인심이 흉흉하여 혹은 금성산 기우제를 지내는 곳에 암장함이 있어서 비가 내리지 않으니 산 아래 마을사람 남녀가 함께 일어나 무덤을 파헤친다 말하고 연일 무리를 지어 산에 오르니, 공이 듣고 민망함을 견디지 못하여 정화수 한 대접을 뜨고 향 한 봉을 싸 금성산 가장 높은 봉우리에 올라 물을 놓고 향을 살라 지성으로 비를 빌고, 잠시 후 내려옴이 새벽이 다 되어서였다.

아침이 되자 조각구름이 뭉게뭉게 일어 사방에서 합쳐지더니 단비가 시원하게 쏟아지니 백곡이 발연히 되살아나지 않음이 없었다. 지방 정무(政務)를 보는 모든 사람이 들어 6, 7인이 다과를 싸 가지고 와 공을 문안하고 이르기를 "옛말에 지성이면 감천이라 하였는데, 이제 비가 내림은 그대 지성으로 이른 바다."라고 하였다.

이는 전후 시묘의 때에 하늘이 감동하고 신이 도왔던 일의 대략이다. 꿩이 매를 피하여 날아와 여막의 한쪽에 깃들고, 노루가 포수에 쫓기어 급히 여막으로 뛰어들어 삶을 얻는 이러한 일이 한두 가지가 아니나 이제 가히 다 말하지 못한다.

계축(癸丑-서기 1973년) 10월19일 광주의 살던 집에서 향년 78세로 세상을 마침에 기동(基洞) 선영 아래 좌에 묘를 하였다. 부인 나주 나씨는 부(父)가 흔집(欣集)인데 갑오(甲午-1894년) 10월23일 나서 갑인(甲寅) 정월 초19일 졸하니 산좌에 묘하였다.

2남 2녀를 두었는데 남(男) 갑식(甲植)은 이천(利川) 서씨(徐氏) 영욱(永旭)의 딸에 장가들어 록희(璟憙)와 경주(慶州) 이재선(李在善), 광산(光山) 김옥중(金玉中)의 처를 낳고, 전식(田植)은 황주(黃州) 변씨(邊氏) 동렬(東烈)의 딸에 장가들어 익선(翊善) 국렬(國烈)을 낳고, 1녀는 김황엽(金煌燁)에 시집 가서 용수(用洙) 동수(東洙)를 낳고, 2녀는 박규동(朴奎東)에 시집 가서 경세(京世) 경윤(京允) 경춘(京春)을 낳았다.

공은 풍모와 거동이 단아하고 성품이 온화하여 항상 온공자애(溫恭慈愛)로써 사람에 은혜롭고 물(物)을 구제함으로 마음을 삼았다. 거슬린 말과 거친 빛을 나타내지 않았으며, 형제 네 명에 중형 및 아우가 공보다 먼저 몰하여 애통함이 깊었는데, 그 자녀를 보호하고 길러주기를 자기의 자식과 같이하였다.

맏형 면재공은 90세가 되도록 건강하였고 공은 칠순의 나이로 능히 공경하고, 능히 우애하여 마음의 흡족함이 춘진(椿津)의 가풍에 비교되었다. 부부와 화락하여 서로 대하기를 손님과 같이 하기를 늙도록 쇠함이 없었다. 매년 계추(季秋)의 절기에 여러 고을 종족(宗族)이 세동(細洞)의 영사재(永思齋)에 모여 종친의 계를 닦았는데, 공이 이때면 반드시 술과 안주와 과일을 준비하였다가 다음날 모인 일가들과 더불어 한 마당에 모여 먹으니 그 즐거움이 넘쳤다. 사람의 급함이 있으면 도와주고, 화가 있으면 민망히 여기며, 길흉을 반드시 묻고, 어려움에 반드시 구해 주니, 이로 말미암아 사람의 어질고 어리석고 귀하고 천함이 없이 그 선에 기뻐하고 그 덕에 복종하지 않음이 없었다.

후석(後石) 오선생(吳先生)이 거려일기 발문을 제(題)함에 "세상이 다 변하여 상례가 무너지니, 상에 거함에 이르러 상복을 몸에 걸쳤으나 개돼지의 행실을 하는 자 많고, 심한 자는 머리를 깎아 모자를 쓰고 문신(文身)하여 복장을 꾸미니, 근심에 젖은 상중의 사람은 가히 보지 못할 바라. 하늘과 땅이 덮고 실어주되, 그 덕을 알지 못하고, 부모가 고생하여도 그 은혜를 갚지 않으니, 화인(華人)이로되 오랑캐요, 사람이로되 짐승이라. 필경 하늘이 우리에게 주신 이륜(彝倫)을 멸하려 하거늘, 이제 홍생(洪生)이 어린 나이로 풍속의 어지러운 가운데 홀로 아무나 행할 수 없는 일을 하였도다. 누가 부모가 없으며, 누가 자식이 아니리요? 부모에게 나서 그 효를 다하고, 자식이 되어 그 직분을 다할지니, 홍승준 같은 이, 수십 명이 나라에 있어 버려진 풍속이 감화한 바가 있고 윤강이 의지할 바가 있게 함이 나의 바람이라." 하였으며, 겸산(謙山) 이선생(李先生)이 이르기를 "이 일기는 상에 거한 가운데 겪은 일을 기록한 것인데, 왕왕히 오랜 세대에 걸쳐 있기 어려운 일이 있으니, 어버이가 돌아가심에 삼년을 시묘함은 승준의 보통의 일이다.

서양과 일본인 등 외국인이 또한 와서 위문하며 탄성을 지르고, 관리가 와서 보고 또 남다른 행실이라 하여 신문지상에 게재하려 함에 승준이 불연히 화를 내어 못하게 하였다. 그 마음을 헤아리건대 일찍이 효로써 스스로 거하지 아니하고 그밖에 기대함이 있는 것이 아님이 분명하리다. 이러한 것을 내가 처음에는 놀라고 괴이하게 여겼으나 마침내는 믿게 되었나니, 다른 사람이 능히 백행의 근원을 다한다 하나 어찌 승준이 효를 하여 지역 가운데 명성을 심음으로 하여금 각각 부자의 은혜를 온전케 한 것만 같으리오." 하였다.

오호라! 공의 지성의 효가 만약 선왕(先王)의 효로 다스리는 때에 있었다면 반드시 유사(有司)의 천거함이 있어 작록(爵祿)이 문에 미치고 정려(旌閭)가 마을에 빛나, 위로는 국가 교화의 아름다움을 나타내고, 아래로는 자식이 어버이 섬기는 정성을 지어 역사에 빛남이 있어야 하거늘 태어난 즈음이 왜정(倭政)의 날이라 선왕의 예법을 가벼이 여김에 본 군수가 예로 상을 위로하는데 그쳤을 뿐이라.

광복(光復)의 뒤에 정사(政事)가 우리에게 나왔으나 효우를 천하게 여김은 전철을 밟으니 가히 애석하도다. 공의 말년에 미쳐서 본 고을의 선비들이 한결같이 논의를 내어 이르기를 "이 같은 아름다운 행실이 묻혀져 전해지지 않는다면 우리의 책임이라." 하여, 공의 실적을 들어 연명으로 성균관장(成均館長)과 장관(掌管-나주 전주 남원 광주)의 모든 고을 유림에 통고한데, 성균관장 성락서(成樂緖)와 장관의 모든 선비들이 다 함께 소리하고 찬양함에 지지(地誌)에 실리고 전국에 퍼졌다.

공이 몰함에 미쳐서 한국일보(韓國日報) 주간한국(週刊韓國) 경향신문(京鄕新聞) 전남일보(全南日報) 전남매일(全南每日) 전일방송(全日放送) 등 각지가 죽음을 알리고 애도하였다. 비록 나라의 정문(旌門)은 아닐지나, 공의 아름다운 행실은 가히 사라지지 않으리라.

공이 장차 몰하려 함에, 두 아들을 불러 유언하여 계(誡)하기를 "내가 죽으면 고을사람들이 반드시 나의 행실을 술(述)하고자 할 것이다. 그러나 글을 꾸며 실상을 지나침은 나로서 깊이 부끄럽나니 너희들은 누구누구에 의논하라." 하며 벗 정상규(鄭尙珪)와 나를 가리키니, 내가 천루(淺陋)하여 족히 경중을 가리지 못함을 아나, 공이 죽음에 임하여 뜻을 보낸 수고로움을 감히 저버리지 못하고, 이미 향리비(鄕里碑)를 술하였기로 또 이 행장(行狀)을 하니 입언(立言)하는 군자가 '아첨하기를 좋아하여 채택된 바라.' 책하지 말기를 간절히 바랄 뿐이다.

을묘(乙卯-서기 1975년) 초여름 상순
족손(族孫) 석희(錫憙) 씀

公諱承俊 字百源 號松山 洪氏豊山大姓 高麗文科壯元國學直學 諱之慶爲上祖 生
諱侃 文科官都僉議舍人 文章直節名振華夏 高麗十二大家之一 世稱洪厓先生 有詩
集行于世 厥後兩世 官大提學典文衡 曰侑 曰演也 至郎將諱龜 見麗運將訖 棄官歸
高陽全節 其孫生員府使 諱樹始居羅州 生諱貴枝 與同鄕名士九人同中生員于佔畢
齋金文簡公主試下 五恨朴公成乾 作錦城別曲而頌美之 生諱漢智生員 生諱沆 贈參
議 生諱廷業 號猶蒙齋以孝登啓 除掌隷院司議 贈戶曹參判 生諱選 號痴軒 生諱致
霖 號錦村以孝 贈司憲府監察 四世而諱義孝 於公高祖 曾祖諱觀謀 祖諱致周 考諱
祐璉 號聽瀨 妣全州李氏敦凡女 朝鮮 高宗丙申七月十九日 生于羅州金安里 旣生有
異質 言笑有節 動止有度 及自省事定省溫淸 隨諸兄而無闕 怡愉其顏色 洞屬其莅事
若天成 丁巳八月聽瀨公 有疾危極 公斫指注血得少效越三日 尤劇 公之伯兄勉齋公
又指血延一日壽 十九日竟遭大故 攀號擗踊如不欲生 占地又基洞先山下 以禮月克
襄自足 是每中夜獨往墓所 省拜號哭如是數月 公之母夫人知之 切責止之曰 山路險
惡黑夜來往 豈不危哉 公對曰敢不惟命是從 然一念哀痛 未嘗少解 乃告勉齋公 以居
廬之意 不爲强止 結廬墓下 使公處之 蓋自中古以來 居廬終制者 絶無僅有故 遠近
士女聞而驚嘆 賓客之來慰式日杳至 以至洋日外國人 聞風而來者亦多 見其哭泣之
哀 繭梅之色 莫不大悅 初以廬側無泉 爲浚小渠而引越邊澗水于墓外 爲井飮之 未幾
得見墓下西北隅間地 隱隱有水出痕 鑿至四五寸 源泉湧出 遂廢越澗引飮者 水無不
足之患 每朝夕上食 烏鵲集于墓門 啞啞不止 待上食畢而乃去 翌年三月 和順士人金
亨厓來慰 爲雨所滯留宿 公方以甖空爲憂矣 明朝早起 將戞甖視之 有米盈甖 與客相
互驚異之 居未幾公之母夫人 齎米而來 蓋想其糧乏而或至絶食也 公告母以實狀 以
其自盈之米 分給于柴商李致洙沈相國等矣 後二人者 具子母米而來謝 公反遺之 是
歲之夏鎭月 亢熯農夫多因水而鬪者 公聞甚悶憐 就山高潔處 沐浴四拜 禱天祈雨 其
夜甘霈快霆 十月初四日 夜夢一老人來謂曰 汝母方苦眼疾 若劑藥于咸平山大里 林
基玉處可見差效云 公驚起夜已深矣 卽爲上程行到梨峙 林深路黑 咫尺難辨 忽有大
虎 兩目射火光而 前導到松峙路 過延安車氏世阡碑下 次到羅山里仁亭 此地卽警吏
駐在處 巡查李炳植 張珍弘等怪公行色 檢問之際 虎在公後射火光 二人者驚而顚倒
公直向咸平邑遠望隱隱 有點火之家 馳去叩門問之 則林基玉家也 劑藥而歸 虎又前
導 如往時歸家 東方姑未曙 家人咸驚異之 母病果以是藥得差 三日後羅州郡屬具滋
善 巡查金善弘來問曰 前夜有衰服人騎虎過羅山里云云 自咸平警察署有照會書 君
果其人乎 由是爲世人所知 己未七月之望 薦西瓜于墓前藝其核于廬側間地 苗卽茂
延終見一瓜結熟 薦獻于八月十八日大期 戊辰十二月二十三日 丁母夫人憂 葬于錦
城山北麓 壬坐之原 己巳正月初九日 始爲居廬 此地松林茂密 峽嶂重疊 距村隣遠五
里 不聞鷄鳴狗吠之聲 伯兄勉齋公諭之曰 夫孝敬身爲大 身能攝生然後 爲終孝善保
爾身 几筵在家 吾卽還家祇奉朝夕矣 十五日夜虎來幕側 咆哮三次 忙步出見虎 乃低
首彷徨偃臥假睡矣 晨曙乃去 公隨後索跡則 不過十步內 有大巖層疊成窟 地勢高亢
乾燥 水源亦遠 初以雨雪連下之後 猶有可汲之行潦 至于三月 天久不雨無泉可飮 越
嶺而汲纔得半瓢曉明 又將汲携瓢而行 未及越嶺 行至十餘步 見峭巖下小陷處 有濕
土沒履 捲掃落葉而審視 微有水痕 磋石綜結以手鑿 至二尺許 水涓涓出將汲 而詳視
則 衆指磷於沙礫 而出血混淆故 以兩手揚而流之 俟少頃淸流乃集汲而歸 飮水味寒
冽 永爲三年之飮 時數朔亢熯 人心洶洶 或言錦城山雩祭處 有暗葬故不雨 山下人民
男女 俱起以掘去偸塚爲言 連日成群登山 公聞之不堪悶鬱 汲井華水一椀 齋丹香一

封 登錦城山最高峰 酌水焚香 至誠祈雨 良久下來 曉將曙矣 朝後 片雲油然四合 甘
霈快注 百穀莫不勃然而興焉 地方政務諸人聞之 六七人齎茶菓而來 慰公曰古語云
至誠感天 今日之雨 君之至誠所致也 此其前後居廬時 天感神佑之大略也 若夫雊雉
之避鸇鷂而來 棲幕隅免 獐之畏砲手而 急投幕前得濟生命 不止一二 今不可盡說也
癸丑十月十九日 卒于光州寓舍 享年七十八 墓基洞先塋下 坐 夫人羅州羅氏 父欣集
甲午十月二十三日生 甲寅正月初十九日卒 墓 山坐 有二男二女 男甲植娶利川徐氏
永旭女 生二男 女 田植娶黃州邊氏東烈女 生二男 女 一女適金煌燁 生男 女 二女適
朴奎東 生男 女 公風儀端雅 性度和順 常以溫恭慈愛 惠人濟物爲心 人不見其怫言
厲色 兄弟四人 仲兄及弟先公而歿 哀痛之深 護養其子女如己出 伯兄勉齋公九耋康
寧 公以七旬之年 克敬克友 湛翕之篤 人比椿津之家風 夫婦和樂而相對如賓 老而不
懈 每歲季秋之令 數郡宗族 會于細洞之永思齋 修宗契 公以此時 必備酒饌肴核 翌
日招致來會之宗人 一場會飮其樂陶陶 賙人之急 悶人之禍 吉凶必問 患難必救 由是
人無賢愚貴賤 莫不悅其善 而服其德 後石吳先生題居廬日記錄後曰 世變極矣 喪禮
壞矣 所謂居喪者衰麻身而狗彘行者 比比有之 深則髡髮而戴帽 文身而服裝 樂樂棘
人 不可見也 天地覆載而 不知其德 父母劬勞而 不報其恩 華而夷 人而獸 畢竟天之
所以與我 民彝幾乎熄矣 今洪生以妙少之年 於流俗奔波之中 獨行千百人 所未行之
事 孰無父母 孰非人子而 生之於父母盡其孝矣 於人子盡其職矣 吾願得如洪承俊數
十輩 參錯一國 庶頹俗有所感而 倫綱有所賴矣 謙山李先生曰 是錄也 讀禮之暇 隨
遇隨錄者而 往往有曠世 所未有之事 親喪而三霜廬墓 乃承俊之疏節也 洋日外國之
人 亦有來問而嘖嘖歎賞 官吏來見 且欲以特絶之行 揭載新聞紙上 承俊艴然抑止之
原其心 未嘗以孝子自居也 其非有待於外也明矣 此余所以始也驚異之 終焉信之也
若人也 能盡百行之源 安得如承俊之孝 樹風聲於域中 俾各全父子之恩乎 嗚乎 以公
之誠孝 若在先王孝理之時則 必有有司之薦啓 爵祿及門 綽楔表里上而著國家敎化
之美 下而作人子事親之忱 有光汗青 而生際蠢爾竊據之日 弁髮先王之禮法故 本倅
之禮問止於賻喪而已 光復之後 政自我出而 其土苴孝友則 仍襲前轍 可勝惜哉 及
公之末年 本鄉士論齊發以爲 乃如之懿行泯沒無傳 吾等與有責焉 擧公實跡聯狀而
通告于成均館長 及同省掌管諸州儒林 成均館長成樂緒 掌管諸儒 皆同聲讚揚 載於
地誌 詠于風土 及公之歿 韓國日報 週刊韓國 京鄉新聞 全南日報 全南每日 全日放
送 各紙書卒而悼惜之 雖靡黃誥丹楔 公之懿行 庶可以不朽矣 公將歿 召二子遺誡曰
我死鄉人必有欲述我行者矣 然浮華過實 吾深恥焉 爾等其議于某某 指鄭友尙珪及
余也 自知淺陋之言不足爲公重輕而公之臨歿致意之勤有不敢負 旣述鄉里碑 又此
爲狀 立言君子 勿責以阿好有所採擇而修潤切冀耳

歲乙卯薰夏上澣 族孫 錫憙 狀

松山 墓碑銘
송산의 일대기를 돌에 새기다

효는 백행의 근본으로 백성을 교화하고 풍속을 바르게 함이 이에 비롯됨이니 여기 송산 홍공은 효행으로 많은 이적을 보여 칭송이 자자함으로 세인이 어버이 섬기는 심법(心法)을 배우게 되었다. 어찌 말로 다 전할 수 있으리오?

공의 휘는 승준이요 자는 백원(百源), 호는 송산(松山)인데 풍산(豊山) 홍씨로 문장에 뛰어났던 홍애(洪崖) 휘 간(侃)과 대제학(大提學) 휘 유(侑)와 휘 연(演)의 후예요, 장예원(掌隸院) 사의(司議)로 호조참판(戶曹參判)을 추증한 유몽재(猶夢齋) 휘 정업(廷業)의 10대손이며, 고(考)의 휘는 우연(祐璉) 호는 청뢰(聽瀨)요, 비(妣)는 전주(全州) 이씨니 부는 돈범(敦凡)이다.

공이 고종(高宗) 병신(丙申) 7월 19일 금안동(金安洞)에서 출생하니 용모가 단정하고 자성(資性)이 온후하며 효성이 지극하여 어려서부터 혼정신성하고 양지(養志) 양체(養體)하더니 부몰(父歿) 시묘에 범이 보호하고 모친이 괴질에 걸렸음을 신인이 꿈에 알려주니 그 범을 타고 칠야(漆夜)에 왕복 120리의 함평군 대동면 임기옥(林基玉)을 찾아 약을 구해 병을 치료했는데, 이때 도중에 일본 헌병이 검문하려다 범의 노호와 안광에 놀라 도주하였다.

6월에 수박을 심었는데 다시 익어 8월 소상(小祥)에 드렸고, 매양 붙들고 애통해 했던 묘소 앞의 소나무가 고사(枯死)했으며, 조문객 김형후(金亨厔)가 비로 갇히어 수일간을 유숙하는데 절량(絶糧)으로, 걱정 끝에 독을 열어보니 쌀이 가득 차 있었다. 모몰(母歿)에 또 시묘하니 전후 육년이라. 범이 다시 와 보호하였고, 오리 밖에서 물을 길었는데 우연히 묘역 옆을 파니 맑은 물이 솟았으며, 시묘를 마침에 그 물도 말랐다. 이는 그 효성이 신명을 감동시켰음이라. 겸산(謙山) 이병수(李炳壽) 후석(後石) 오준선(吳駿善) 등 거유(巨儒)가 찬게(讚揭)함에 사람들도 이름을 부르지 않고 홍효자라 하였다.

공이 10월19일 향년 78세로 졸하니 경향각지의 신문과 방송이 애도하였고, 문인(文人)의 뇌만(誄挽)이 연속된 가운데 금안리(金安里) 후등(後嶝) 정좌안(丁坐原)에 장(葬)하였다.

배(配) 나주(羅州) 나씨는 흔집(欣集)의 따님으로, 곤범(壼範-가법)이 있었으며 을미(乙未) 10월23일에 출생하여 갑인(甲寅) 1월10일 졸하니, 향년 80세로 공의 묘 좌편에 모셨다. 2남 2녀를 두었으니 남은 갑식(甲植) 전식(田植)이요, 녀는 김해(金海) 김황엽(金煌燁), 순천(順天) 박규동(朴奎東)에게 출가했다.

갑식(甲植)은 록희(琭憙)와 경주(慶州) 이재선(李在善) 광산(光山) 김옥중(金玉中)의 처를 낳고, 전식(田植)은 익선(翊善) 국렬(國烈)을, 김서(金壻)는 용수(用洙) 동수(東洙)를, 박서(朴壻)는 경세(京世) 경윤(京允) 경춘(京春)을 두었다. 장녀는 9세에 짐승이 우글거리는 심산계곡의 금성산을 넘어 묘여(墓廬)에 문안하고 찬(饌)과 의복을 대었으니 어찌 효자가문에 효녀가 나옴이라 하지 않겠는가?

윤강이 무너진 이 시점에서 사윤(嗣胤) 갑식(甲植)은 이러한 사실을 길이 전하고 후손에 귀감이 되게 하고자 효자비를 세웠고 이제 묘비를 세우려 내게 명(銘)을 청하거늘, 감히 명하노니,

하늘이 내셨네 나주의 홍효자
지성의 효는 만고의 덕이기에
신인은 꿈에 영약을 내리시고
호랑이 불러 갸륵함을 도우셨네.
뼈를 깎는 시묘 육년, 망극의 애통함에

정정하던 소나무 말라 죽으니
지성이 하늘에 닿았음인가.
마른 샘을 솟게 하고 빈 독에 그득 쌀을 내려
금안리의 홍효자 뜻을 기렸네.
만고의 홍효자 뜻을 기렸네.

광복(光復) 뒤 갑자(甲子- 서기 1984년) 10월10일
세생(世生) 하음(河陰) 봉기종(奉奇鍾)이 찬하고
남양(南陽) 홍순만(洪淳萬)이 삼가 글씨를 쓰다.

紀蹟碑
송산의 효행을 돌에 새겨 세상에 알리다

온갖 선의 근본은 성실한데서 나오고, 모든 행실의 근원은 효에서 시작된다. 그러기 때문에 공자(孔子)께서 말씀하시기를 "부모님께 효도하지 아니하면 친우 사이에도 미덥지 못한다." 하시고, 또 "내 몸이 성실하지 아니하면 부모님께 효순(孝順)하지 못한다."고 하셨다. 이 같음을 볼 때 성실하지 못하고 능히 효도하는 자는 있지 아니하며, 지극히 정성스러우면 감동하지 않음이 없음을 알리라. 진실로 정성스러우면 큰 천지나, 미묘한 귀신이나, 굳은 금석(金石)이나, 우둔한 금수나, 어느 것이라도 감동하지 않음이 없으리니 아! 이제 사람들은 송산 홍공의 효성이 철두철미하여 감동됨이 많은 것을 보고 이 이치가 만고에 일치됨을 더욱 증신(證信)할 것이다.

공의 휘는 승준이요, 자는 백원(百源)이요, 호는 송산(松山)인데 풍산(豊山) 대족(大族)으로 홍애(洪崖)선생 간(侃)의 후손이며, 장예원사의(掌隸院 司議)로 호조참판(戶曹參判)을 추증한 유몽재(猶蒙齋) 정업(廷業)의 10대손이다. 부는 우연(祐璉)으로 호가 청뢰요, 어머니 이씨(李氏)가 그를 고종(高宗) 병신(丙申)에 낳았는데 향년 78세로 계축(癸丑)에 졸하였다.

오호라! 바야흐로 공이 세상에 계시는 때에 후석 오준선(後石 吳駿善), 겸산 이병수(謙山 李炳壽) 두 선생이 공이 여묘할 때의 많은 기이한 사적을 듣고, 후석이 말하기를 "이것은 사람의 꾀로 능할 바 아니라 효성에 감동함이 아니겠느냐? 사람이 부모에 그 효성을 다하고 인자(人子)로서 그 직분을 다 하였다." 하였고, 겸산은 말하되 "그 행하는 바가 밖에 원(願)함이 있어서가 아님이 명백하다. 그래 내가 처음에는 이상히 여겼으나 마침내 믿게 된 바니 이 같음은 능히 백행의 근원인 효행을 지성으로 다 하여서라 할만하다."고 하였다. 그리고 성균관장 성락서(成樂緖)와 장관(掌管) 모든 고을의 여러 선비들도 연장(聯狀)하여 극히 칭찬하였으며, 그 졸함에 경향의 각 신문과 방송이 그 애도하는 뜻을 보였고, 문인(文人)과 시사(詩士)의 뢰만(誄挽)이 백여 편에 달하였으며, 지지(地誌)와 인물고(人物考)의 속간편(續刊篇)에 실리니 빛나도다. 그 아름다움이여!

대개 공의 실행을 한진시대(漢晉時代)의 효행과 비교해 보면 어초경독(漁樵耕讀)하여 부모님께 혼정신성하고 맛이 있는 음식을 항상 공양한 것은 동소남(董邵南)과 같고, 모친의 안질에 묘여에서 심동(心動)한 것은 유검루(庾黔婁)와 같고, 육년을 시묘하면서 뿌린 눈물에 소나무가 말라죽었다는 것은 왕곤(王裒)과 같다.

옛날 우리나라의 효행한 사실을 들쳐보면 산신이 양의(良醫) 임기옥(林基玉)을 가르쳐 줌으로서 칠야(漆夜)에 백리를 달려가 약을 구하여 모친의 안질이 낳은 것은 강중화재(姜中和齋) 응정(應貞)의 꿈에 원의(元義)를 얻음과 같고, 물이 묘 옆에서 솟아나는 것은 오감천(吳感泉) 준(浚)의 뇌진(雷震)하여 샘이 파임과 같고, 조문객 김형후(金亨厚)가 비에 막혀 유숙하는데 마침 절량(絶糧)이 되었는데 아침에 쌀이 가득한 것은 이영모재(李永慕齋) 온(榲)의 하늘이 궤미(櫃米)를 내린 것과 같고, 수박을 일년에 두 번 심어 익은 것은 경남계(慶南溪) 연(延)의 읍채(泣菜)가 나옴과 같고, 범이 항상 호위함은 봉죽계(奉竹溪) 시중(時中)이 범을 타기가 나귀와 같이 함과 같다.

어찌 공의 범물(凡物)을 감동시킨 정성이 고대의 효자와 같은 점이 이리 많은가? 이 이치와 마음이 같음에 그 감응이 자연적으로 같아서이리다. 그러나 애석하게도 같은 것은 공이로되 같지 않은 것은 시대라, 다른 모든 공들은 효로 다스리는 세상에 살아서 관직을 제수하며 이택(里宅)을 표하고 죽어서는 관질(官秩)을 추증하며 정문(旌門)을 지어서 백세에까지 공경을 받았는데, 공은 국조(國朝)가 변환하는 때에 낳아서 관직과 정문을 청원할 수가 없으니 어찌 할 것이냐? 공의 지성이 위로 하늘까지 통하여 신령이 돕고 귀신이 옹호함에 역내(域內) 원근의 칭송이 오래된지라 천양(闡揚)의 조만(早晩)으로 인하여 중하며 경할 바는 아니지만, 그러나 나라의 풍기(風紀)를 붙잡고 속상(俗尙)을 권하는 데는 결여됨이 있다 아니할 수 없다. 비(碑)에 실적을 각하여 무궁토록 후인에게 보여주는 것은 고금의 차이가 없으니 마땅히 공이 살던 곳에 실적비를 세워 후인으로 하여금 안풍고리(安豊故里)를 알게 하고, 지나면서 반드시 긍식(矜式)케 함이라 뜻깊은 일이다.

돌이 거의 다듬어짐에 향인(鄕人)이 모두 말하기를 "이제는 문원(文苑)에 권천(圈薦)할 태사(太史)가 없고 산림에 정초(庭招)할 장덕(丈德)이 없으니 누가 능히 상동(湘東)의 붓을 잡아 거의 높지 않고 믿지 못할 것을 면하리요. 그런 사람이 없을 바엔 차라리 가까이 그 덕을 자세히 아는 이만 같지 못하리라."하고 석희(錫憙)로 하여금 글을 지으라 하기에 감히 명(銘)하여 가로되,

금안리(金安里)가 인후(仁厚)하여 덕 있는 이가 태어났도다.
풍의(風儀)는 온화하고 마음은 공경스럽구나.
효사(孝思)가 법칙이 있어 천성의 참을 다하였다네.
하늘은 감동하고 귀신이 도우니 세상에 가히 짝할 이 없도다.
꿈에 영약을 지시하여 밤중에 험도(險道)를 달려가니
임의원(林醫員)은 기다리고 이경관(李警官)은 놀래도다.
높고 험한 저 기동(基洞)과 금성(錦城)에서 육년을 시묘하니
성심(誠心)을 본 듯하다.
까마귀는 울고 범은 호위하며 샘물이 솟고 쌀이 불어났도다.
가뭄을 걱정하면 비가 내리고 수박을 한 해에 두 번 심어 익었구나.
후석(後石) 겸산(謙山) 두 선생이 큰 붓으로 발휘하였기에
내가 여기 돌에 새기니 기울어지지 않고 일그러지지 않을지라.

단군기원(壇君紀元) 4307년 갑인(甲寅- 서기 1974년) 12월
족손(族孫) 석희(錫憙) 찬함

101

萬善之本惟誠 百行之源始孝故 孔子曰 不順乎親 不信乎朋友矣 又曰 反諸身不
誠 不順乎親矣 是知不誠而能孝者未之有也 至誠亦未有不動者也 苟能誠之 大而天
地 幽而鬼神 堅而金石 頑而禽獸 無所往而不動 嗚呼 凡今之人 觀松山洪公之於其
親 殫孝養送徹終始 隨處感應 可證斯理之亙 萬古一致也 公諱承俊 字百源 號松山
豊山大姓 洪崖先生伉後 掌隸院司議 贈戶曹參判 猶蒙齋廷業 十代孫 父祐璉號聽瀨
母李氏 其生朝鮮 高宗丙申也 享年七十八而終於癸丑 嗚呼 方公之在世 吳後石李謙
山二先生 聞公居廬時事多奇異 後石曰是皆非人謀所及 謂之孝感者非歟 生於父母
盡其孝矣 人子盡其職矣 謙山曰 其所爲非有待於外者明矣 此余所以始也驚異之 終
焉信之也 若人也 可謂能盡百行之源矣 繼有成均館長成樂緒 及省內掌管諸州人士
聯狀極口稱頌 及其歿也 京鄉各新聞 及放送書其卒而 致哀惜之意 當時文人詩士哀
死而 述行達于百有餘篇 又雜出於地誌 人物考之續刊者 焯乎其有耀矣 蓋公之行 求
之於漢晋以下 漁樵耕讀省起居具甘旨 如董邵南 母患眼疾心忽驚動于廬墓 如庾黔
婁 六年居廬攀號松枯 似王袞 求之於我東 神指良醫林基玉 漆夜馳百里而劑藥 母之
眼疾立差 如姜中和齋應貞之夢得元義 水湧廬側 如吳感泉浚之雷震坼泉 弔客金亨
厔之滯雨而宿也 適値絶糧 朝起視之氎米自溢 如李慕齋梄之天降櫃米 瓜再蔓實 如
慶南溪廷之泣菜菜生 虎常來衛 如奉竹溪時中之騎虎如驢 何公之誠能感物 一似古
之孝子者多也歟 此理同此心同故 其應自不能不同也 惜乎所同者在公 所不同者在
時故 諸公之生於孝理之世者 生而除官表里 死而贈秩旌間 百世矜式 公之生際國滄
桑故 黃誥丹閭請籲靡階何 公之至誠 上通于天 神佑鬼護則 域內遠近之公誦久矣 不
以揚挍之早晏 有所重輕 然其於爲國樹風勵俗之方 靡始非一欠典也 黃繭幼婦昭視
無窮則 不以古今異宜 伐石而鎸于公之居 使後人知安豊故里過必矜式無亦不可已
者也 石旣具鄉人咸曰 今也文苑無圈薦之太史 山林乏旌招之丈席 孰能抽湘東之金
管 庶免不尊不信耶 如曰均是下焉者無其人云 又孰若近而詳德者 俾錫憙爲之銘曰
金安里仁篤生令德 攝儀溫和秉心洞屬 孝思有則率性之眞 天感神佑世無與倫 夢指
靈藥夜馳險道 林醫坐待李警驚倒 峻彼崒崒基洞錦城 六年居廬如見其誠 烏棲虎馴
泉湧米溢 悶旱卽雨種瓜再實 石老謙翁大筆早揮 我撮揭石不騫不虧

檀君紀元四千三百七年 甲寅十二月
族孫 錫憙 撰

祝辭
효행비 제막식에서의 축사

축사 一

금일 효자 송산 홍공 기적비(紀蹟碑)를 건립함에 제하여 삼가 축사를 드립니다.

오호라, 효자 홍공이시여! 부모에 태어나 인자(人子)의 도리를 다한 공이시여. 하늘이 낸 효라 함은 곧 공과 같은 이를 이름인가 합니다. 예로부터 부모의 지(志)와 체(體)를 선양함이 효인 줄은 다 알지만 이를 실천하기 어려우므로 실천하는 자가 있으면 그 효명(孝名)을 향리로부터 날로 전파되어 국가사회의 지표가 되며 모범이 되는 것이다.

이제 공의 실천한 효행을 대략 말하자면 평상시의 정성(定省)이나 공양 등의 절(節)에 진성갈력(盡誠竭力)하였음은 물론이려니와 공이 부상(父喪)을 당하여 거려하던 바 신인의 현몽으로 흑야(黑夜)에 자친(慈親)의 안약을 구할 제 울림중(鬱林中)에 실로(失路)하여 방황하던 차 홀연히 맹호가 나타나 길을 인도하여 함평 나산리 인정(仁亭) 밑을 지나는 바 순사 두 명이 힐문하려다가 맹호를 보고 대경피주(大驚避走)하였다. 그길로 직향(直向) 함평읍 방면하여 점화(點火)한 일모옥(一茅屋)을 찾으니 우연히도 의가(醫家)라, 의원 또한 이상한 몽조(夢兆)가 있어 불매대좌중(不寐待坐中)이었다. 사실을 직고하고 구약(求藥) 귀가하여 시약득차(施藥得差)하니 기호왕복(騎虎往復)이 무릇 백여 리요, 때에 효계난명(曉鷄亂鳴)하였다. 그리고 조문객이 취우(驟雨)에 막혀 유숙하던 바 마침 절량(絶糧)이 되었는데 익조(翌朝)에 보니 앵미(罌米)가 자영(自盈)하였으며 익년 7월15일에 묘 앞에 봉공(奉供)하였던 수박씨를 다시 묘 앞에 심었던 바 33일만인 8월17일에 성숙하여 대상제(大祥祭)에 봉공하였으며, 그 후 육년 기미(己未)에 자친상(慈親喪)을 당하여 또 거려하든 바, 건지(乾地)를 파 물이 났으며 공이 하산 후엔 샘물이 자건(自乾)하였고, 거려 때의 한천(旱天)이 심할새 칠야에 금성산 상봉에 가 축천기우(祝天祈雨)하였던 바 홀연히 강우패연(降雨沛然)하니 동인(洞人)들이 이를 효자우(孝子雨)라 하였다. 이 외에도 기행이적을 낱낱이 들기 어렵다. 이 어찌 맹종(孟宗)의 설리읍죽(雪裏泣竹)이나 왕상(王祥)의 빙상득리(氷上得鯉)만을 기이하다 하리요. 이러한 생상하서(生祥下瑞)의 미적(美蹟)을 볼 때 옷깃을 여미며 소소(昭昭)한 천리의 감응의 무궁함을 감탄하는 바이다.

여(余), 소시부터 공과 교의(交誼) 자별하여 유의측(有意則) 상고(相告)하고, 유사측(有事則) 상론하여 평생을 변함없이 지내더니 왕년 계축(癸丑) 모춘(暮春)에 동반하여 관산(冠山)에 여행하다가 차중에서 득병하여 수삭을 신고하시더니 필경 영원(永遠)의 손을 나눌 줄이야. 애석 비절(悲切)함이 비할 데 없더니, 어언간 대상(大祥)이 지나가고 이제 공의 영윤 갑식(甲植) 전식(田植) 두 형제가 선친의 효행이 민몰(泯沒)할까 두려워 풍후(厚豐)한 정민(貞珉)을 깎아 이러한 실적을 새겨 고리(故里)의 정지(淨地)에 세워 영세의 긍식(矜式)이 되게 하니, 이 얼마나 갸륵한 일인가? 유시부유시자(有是父有是子)란 말을 진실로 믿음직하도다. 희(噫)라, 공이시여! 공의 소행은 당시에 끝쳤으나 공의 여망(輿望)은 백세에 유방(遺芳)될지어다. 더구나 금일과 같은 멸륜패상(滅倫敗常)한 사회풍조를 바로잡는 큰 지표가 되며 모범이 될 줄 믿어마지 않음이다.

소략하나마, 이로 여(余)의 충정을 써 건비(建碑)의 축사에 가름하는 바이다.

檀紀 四千三百八年 乙卯(을묘- 서기 1975년) 10월20일
손우(損友) 영산(靈山) 신홍렬(辛洪烈)

축사 二

　가을 국화가 만발하여 향기 드높은 이 을묘(乙卯) 가절(佳節)에 고(故) 송산의 효행비 제막식의 말석에 참석하였다가 축사를 읽을 기회를 얻은 것을 무한한 영광으로 생각하는 바입니다. 우리 인생은 누구나 할 것 없이 인간의 자식으로 태어나 그 부모의 양육을 받은 것은 사실이나 태산과 같이 높고 하해(河海)같이 깊은 그 은혜에 보답하는 정도는 그야말로 천차만별이라 하겠습니다. 이는 부모에게 효도한다는 윤리도덕의 근본원리에 기인된 것이라 할진데 자식된 도리로서 당연지사라 하겠으나 현 사회상을 보면 과연 어떠한가? 근세에 이르러 우리의 전통인 미풍 즉, 윤리도덕 사상이 날로 쇠퇴되어 심지어는 부불부(父不父) 자불자(子不子)의 혼탁시대라 하게끔 되어 매일 발간되는 각 신문의 삼면기사를 보면 한심스럽게도 패륜악덕(悖倫惡德) 행위가 비일비재로 게재되어 있어 뜻있는 선비들의 이맛살을 찌푸리게 하고 있는 현실입니다.

　이러한 현실 속에서 홍효자는 독야청청격으로 어려서부터 효행이 지극하였음은 선각(先刻) 약력보고에서 상세히 보고되었음으로 중언부언하지 않겠습니다마는, 부모 생존 병환 때 구약(求藥) 치료하였다든가 부모 별세 후 육년간 시묘살이를 하는 동안의 여러 진기한 일 전해짐이 모두가 범인으로 이해하기 어려운 사실로 이는 천지신명이 감동하였고, 산천초목이 감응한 결과라 하지 않을 수 없겠습니다. 이리하여 세상 사람들이 송산이라 호칭하기보다 홍효자라 호칭하게 되어 수개월이 경과됨에 온 세상에 널리 전파되어 사회인들의 귀감이 되었으니 거룩하도다! 금성산하 금안동에 하늘이 내신 효, 홍효자의 효행이시여! 이러함을 비(碑)에 새겨 홍씨 일가문의 기념사업으로 하는 것도 중요하거니와 이곳을 왕래하는 대중으로 하여금 보고 읽게 하여 혼미해 가는 윤리도덕 진작의 이정표가 되게 하고, 퇴폐풍조를 일소하는 사회정화에 기여할 본보기가 될 것을 믿으면서, 두서없는 말로 축사에 가름합니다. 감사합니다.

을묘(乙卯 - 서기 1975년) 10월 21일
나주향교 전교(典校) 유제수(柳濟水)

105

축사 三

때는 오직 황국(黃菊) 단풍이 우거진 가절에 홍공 송산의 효행비 제막식, 그야말로 고금에 드문 성스러운 식전에 불초(不肖)로서 외람하게도 높은 자리에 올라 축사를 올리게 되니 일편으로는 무쌍한 영화요, 또 일편으로는 감개무량합니다.

돌이켜 생각해 보건대 우리 국가는 개천(開天) 이래 우금 반만년의 유구한 역사가 찬란한 가운데 우리 동방에 천지(天地)의 원기인 유도정신(儒道精神)을 근간으로 한 교육과 학문을 숭상하고 예의와 도덕을 밝히데 무엇보다 삼강오륜이 있고 그 중에 특히 충효렬(忠孝烈)이 있어서 충(忠)은 전 국가를 빛나게 하고 효와 열(烈)은 각 가문을 빛나게 하니 즉, 승선유후(承先裕後)하여 세계만방에 유례없는 미풍양속을 보존하고 발전시킴으로 예의동방이라는 아름다운 국호가 있었던 것입니다.

그런데 물유성쇠(物有盛衰)는 천지자연지리(天地自然之理)인지라 조선 말엽 경술국치(庚戌國恥) 이후 왜정 36년과 8.15 광복 이후 우금 30여 년간에 우리 국가 고유의 문화는 여지없이 침체되고 그 반면에 외래의 문화는 나날이 발전 향상되어 현재 우리 국민의 실정을 살펴보면 의식주의 생활정도는 최고도로 향상되었고 예의도덕은 최극도로 저하되어 인간의 충효렬(忠孝烈)은 고사하고 부자형제간의 윤기가 끊어졌다 하여도 과언이 아니요, 또한 승선유후(承先裕後)의 관념마저 사라질 지경이거늘, 고 홍송산 선생께서는 이에 초월하시어 오직 유가(儒家)의 정신이 투철하시고 따라서, 학식이 풍고(豊高)하여 호남일대 각 지방의 유림(儒林)을 총망라해서 조직된 풍영계(風詠契) 계원 25여 명 중 뛰어난 활약을 보였으며, 또 봉공의식(奉公意識)과 우국충심(憂國忠心)이 일생을 통하여 한 번도 변함이 없고 더욱이 효성이 지극하여 부모님 생시에는 혼정신성 출필고반필면(出必告反必面) 양지양체(養志養體)로서 인자지도(人子之道)를 다하였으며, 부모님 사후에는 수년을 거려하는 중 맹수가 호위하고, 백지(白地)에 천용(泉湧)하고 벌과(伐瓜)가 성숙하고 신인이 구약(求藥)한 특수한 실적이 있어서, 홍효자 생시인 을해년(乙亥年) 전남유림(全南儒林) 정순규(鄭淳圭)씨의 주관으로 전국유림(全國儒林)의 합의와 찬조를 얻어 저술

한 윤감록(輪鑑錄) 효행편(孝行篇)에 옛 순(舜)임금 이하 역사상 저명한 효자의 명단을 순서로 열기(列記)함에 홍효자의 이름이 뚜렷이 등재되었고, 홍효자 사후 갑인년(甲寅年) 4월에 함평 백화정(百花亭)에서 개최된 풍영계(風詠契) 총회 당시 계원 일동이 각자 찬양운(讚揚韻) 일수식(一首式)을 지어 홍효자 영전에 올리는 등 홍효자의 뛰어난 효행은 각계 각층의 여러 분께서 모두 주지하신 현실입니다.

그리고 용생룡(龍生龍)이요, 풍생풍(風生風)이란 옛말이 있듯이 홍효자 또한 효자를 나시어 현재 우리 전남공업고등학교 교감으로 계신 홍갑식(洪甲植) 선생은 현시대의 풍류를 초월하여 오직 선친의 기적을 영구히 보존하기 위하여 오늘 이와 같이 전무후무의 행사를 실천하여 각계각층의 귀빈을 초청하여 형언할 수 없는 후대를 하시니 동시에 쇠퇴해 가는 우리 동방의 아름다운 풍속을 계승 발전하려는 고심에서이시니, 진실로 우리 유림사상(儒林思想) 과업으로서 무엇이라 찬양의 말씀을 할지 모르겠습니다.

끝으로 오늘 이곳에 건립한 효행비는 천추만대까지 영원히 보존되고 동시에 자자손손 번영이 깃들기를 빌며, 또 이와 같이 위대한 사적이 방방곡곡에 선전되어 온 나라에 귀감이 되었으면 하는 마음 간절할 뿐입니다. 두서없는 말이나 이상으로 축사에 가름합니다.

을묘(乙卯 - 서기 1975년) 11월23일
풍영계(風詠契) 우원종(禹源鍾)

축사 四

맑고 높은 가을 하늘
우뚝 솟은 금성산 아래
거룩한 비각 세웠도다.
아! 홍효자시여.
하늘에서 내주신 효행으로
평생을 걸어오셨네.

육년을 시묘하실 제
맹호가 와서 지켜주고
샘물이 솟고 쌀이 났다네.

조문객들이 보고
감탄하고 전하여
온 나라에 메아리치네.

아! 거룩하다.
이 비석(碑石)이여!
우리 인류의 이정표가 되리라.

1975년 11월 23일 小生 奉奇鍾 지음
判事 金應烈 낭독

傳
송산의 효행을 적어 후세에 전하다

효자 홍공의 이름은 승준, 호는 송산이다. 가계는 풍산(豊山)에서 나왔으며 부사(副使) 수(樹)의 후손으로 호남 나주 금안동에서 태어났다. 어려서부터 본디 성품이 지극히 효성스러워 정성을 다해 어버이를 섬김에, 산에 나물을 캐고 밭을 갈아 맛있는 음식을 공양하며, 몸을 삼가고 집안을 이끌어 그 뜻을 받들었다. 부모가 병을 만남에 활발하지 못하고, 웃지 아니하며, 근심을 다하여 매양 밤이면 목욕하고, 옷을 고쳐 입고 이마를 숙여 하늘에 빌더니, 하루는 병이 심하자 손가락을 깨물어 주혈(注血)하여 이미 끊어진 실오라기 같은 명을 수일을 소생케 하였다. 상을 만남에 미쳐서는 슬퍼하고 참달(慘怛)함이 지극한 정성에서 나왔다.

권도(權度)로 기동(基洞) 선영 아래 신좌(辛坐)의 언덕에 장사지냄에 그 형과 및 아우가 집으로 반혼(返魂)한데, 공이 홀로 묘를 지키니 어머니께서 그가 약하기에 병을 염려하여 굳게 말리었다. 이에 삼가 어머니의 가르침을 어겨 아침저녁으로 영위에 곡하고 밤이면 반드시 묘 앞에 가 엎드리니, 어머니께서 그 뜻을 알고 마침내 하는 수 없이 여묘를 허락함에 잠시도 곁을 떠나지 않고 새벽과 저녁에 곡하여 울고 절하며 무릎을 꿇어 구덩이를 이루고 만약 추운 날씨를 만나면 화로를 끼고 묘 아래 나아가고, 사람이 나물과 과일을 보내면 입에 대지 않고 묘에 전식(奠食)하였으며, 인가가 멀고 산이 깊어 옆에 골짜기 물의 마실 만한 것이 없어 시험삼아 여막 곁을 파보니 한 자쯤에 이르러 맑은 물이 솟고, 마침 화순 사람 김형후(金亨垕)

가 위문할 새, 비가 내려 함께 자는데 쌀이 떨어져 이튿날 아침상식 빠뜨릴걸 근심하고 밤을 지내고 보니, 동이에 쌀이 넘쳐 있어 김(金)이 '그 효에 감동하여 이른 바라' 찬탄하고, 수박을 천신함이 7월에 있었는데 다시 그 씨를 심어 넝쿨이 뻗고 열매를 맺으니 8월 제사를 공양하는데 쓰고, 밤이 이미 삼경이요 대설(大雪)이 산을 덮은 데 한 노루가 급히 여막에 들어오기에 보니 범이 그 뒤에 있거늘 측은하여 해치지 말라 경계함에 범이 물러나 노루 또한 달아나고, 또 날던 꿩이 포수의 쫓긴 바가 되어 여막 속으로 날아듦에 다리가 다친 것을 보고 송진으로 치료하여 포수가 떠남을 기다려 놓아주고, 늙은 어머니가 안질로 심히 고생함을 꿈에 한 노인이 고하여 주고, 이르기를 "묘약이 함평 산태머리 임기옥(林基玉) 집에 있으니 네가 가서 구하라." 하여 놀라 일어나 밤이 이미 깊었으나 바로 길을 나서니 길이 어둡고 비가 내려 지척도 분간하기 어렵더니, 큰 범이 있어 두 눈에 불을 켜고 앞을 인도함으로 임(林)의 집에 이르러 과연 약을 얻어 돌아오니 동이 아직 트지 않았고, 병을 다스림에 주효하였다.

본(本) 군서기 구자선(具滋善)과 본 면서기 박준식(朴準植)이 그 효행을 듣고 함께 와 위문하고, 또 그 동안의 일을 신문지상에 게재하고자 하거늘 공이 '가히 원치 않는 일이라' 하여 극구 가하지 않다며 말렸다.

공은 일찍이 시묘하며 고감록(孤感錄)을 남겼는데 석전(石田) 이공(李公) 병수(炳壽)가 그 후를 써 이르기를 "오랜 세대라도 쉽게 있지 않을 효를 두었도다." 하였고, 후석(後石) 오공(吳公)이 찬하여 이르기를 "효자다, 이 사람이여! 사람의 능히 하기 어려운 일이로다." 하였다.

외사씨(外史氏)가 이르기를, 깊음이 창해(蒼海)와 같고, 견고함이 금석(金石)과 같아도 오히려 뽕밭으로 변하고, 녹는 날이 있을지나 오직 윤강(倫綱)은 천성의 자연에서 나와 사람 마음에 굳게 있는 바라. 가르치지 않아도 알고 배우지 않아도 능하여 만고에 이어지도록 없어지지 않을지라. 다만, 기품에 얽매이고 물(物)의 가림으로 왕왕히 이 기(氣)에 얽매이고 물에 가려져 이욕의 가운데에 빠져, 그 병이(秉彝)의 천성을 업신여기고, 심하면 임금을 배반하고 어버이를 잊은 자 있으니, 이는 세상의 가르침이 쇠하고 백성이 능히 행실에 흥하지 못한 바다.

홍승준 같은 이는 궁벽한 골짜기에 나서 궁벽한 골짜기에서 늙어 책을 접하고 유학(遊學)하여 글 함이 적었으나 어버이를 섬기고 시묘함에 지극한 행실의 많은 감동 줌이 있어 가히 받은 바 본체를 잃지 않고 족히 세상 사람의 본보기가 된다고 이르리다. 이 때문에 자주 '효자'라는 칭송이 마을 사람의 입과 군자의 붓에 오르니, 이 같은 효는 마땅히 나타내고 표창하여 이미 재가 된 불을 불어 살리고, 박(剝)의 다 된 양(陽)을 붙들지라. 다만 시기가 그 시기가 아니어서 선양할 계제가 없음을 한탄하나니, 하늘이 만약 운을 회복하면 장차 물이 맑고 언덕에 학 울음소리 하늘에 들릴지니, 어찌 그 날이 없다 하리요? 짐짓 기다리리다!

달성(達城) 배성수(裵聖洙)

孝子洪公 名承俊 號松山 系出豊山 府使樹後 生于湖南之羅州金鞍洞 自幼雅性至孝 竭誠事親 採山力穡 以供旨甘 謹身克家 以承其志 父之遘疾 不翔不翔 極其致憂 每夜沐浴更衣 稽顙禱天 一日疾革 嚼指注血以 蘇生旣絶之數日縷命 及丁憂哀傷慘怛 出於至誠 權葬于基洞先隴下辛坐原 其兄與弟返魂于家 公獨守墓 母夫人慮其淸癯致病 固止之 乃重違慈敎 朝夕則哭于几筵 夜必往侍墓下 母夫人知其意 終不得已 使之結盧 暫不離側 晨夕哭泣 拜跪成坎 若値天寒擁爐 伏於墓下 人或遺菜果 不口莫墓 但家遠山邃 傍無谷水之可飮 試掘盧側尺許 源水湧出 適有和順人金亨屋 慰問而至 滯雨共宿 糧米見乏 憂翌朝上食之闕 經夜罌米自溢 金歎其孝感所致 西瓜薦新 適在七月而 復種其子綿貾成實 以供八月祥祭之資焉 夜已三更 大雪滿山 有一獐急入幕 視之虎在其後 爲之惻然 戒其勿害 虎退而獐亦得脫 又有飛雉爲砲人所驅 投入幕中 見其趾傷 塗以松脂 待砲人去而放之 母老眼眚甚苦且痛 夢有一老人 告曰妙藥在咸平山大里林基玉家 汝往求之 驚起則夜已深矣 卽欲啓行路昏天雨 咫尺難辨 忽有大虎 以兩目火導前 至于林家 果得之旋歸 東方猶未曙 治而奏效之 本郡記室具滋善 本面記室朴準植 聞其孝行 幷來慰問 且欲以履歷事行 揭諸新聞紙上 公極言不可 請止之 公嘗有盧墓孤感錄 石田李公炳壽 書其後日 有曠世未有之孝 後石吳公贊之曰孝哉斯人 人所難能

外史氏曰 深如滄海 堅如金石 猶變桑銷鑠之日 惟倫綱出於天性之自然 人心之固有 不敎而知 不學而能 亘萬古而罔墜 但氣拘物蔽 往往自陷於利欲 作用之中 以蔑其秉彝之天 甚至有背君忘親者 此世敎之所以衰而 民之不能興於行者也 若洪承俊生於窮谷 老於窮谷 寡估畢遊從之方 事親盧墓 有至行多奇感 可謂不失所受之本體而足爲世人之柯則也 是以孝哉之稱 屢發於鄕里之口 君子之筆 如此之孝 當表而旌之 吹噓旣灰之火 扶植剝盡之陽 只恨時 非其時 闡揚無階 天若回淳 將有河淸 皐戾聞天 豈無其日耶 姑俟之哉

達城 裵聖洙

홍공 승준씨의 자는 백원(百源)이요, 호는 송산(松山)이다. 풍산씨(豊山氏)는 고려조(高麗朝)의 명현 홍애(洪崖) 선생 간(侃)의 후손으로 대대로 위대한 공적이 많았으며, 휘 우연(祐璉)의 아들이요, 전주(全州) 이백근(李栢根)의 외손이다.

어려서부터 재성(才性)이 있었으며 효도하고 우애함을 타고나, 가풍을 이어 능히 전대의 얼을 빛냈다. 10세에 이미 좌우에서 '어른스럽다'의 칭송이 있었다. 어버이를 곁에서 모심에 고운 빛을 띠고 뜻과 몸을 봉양하였으며, 엄부(嚴父)가 병들어 위독함에 그 형 면재공과 더불어 하늘에 빌기를 몸을 대신하고자 하며, 정성을 다하여 의원을 찾고 대변을 맛보고 손가락의 피를 내어 그 실오라기 같은 목숨을 연장시켜 거의 멸하는 목숨을 다시 소생시킴이 여러 번이었다.

부모의 상에 묘 곁에 여막을 짓고 아침저녁으로 슬피 곡하여 일찍이 웃음을 보이지 아니하고, 밤이면 사나운 범이 와 호위하고, 섬돌 아래에서 샘물이 솟아나고, 빈 항아리에 흰쌀이 절로 넘치고, 모친이 병듦에 신인이 약을 가르쳐 주고, 수박을 먹고 다시 씨를 뿌리자 자라서 익고, 비를 빌어 이웃 농부에 풍년이 들게 하는, 이와 같은 허다한 이적이 자주 이르니, 어찌 천신이 그 효성에 감동하여 된 바가 아니리요?

아! 또한 훌륭하다. 형 섬기기를 아버지와 같이 하여 배고프지 않는가, 춥지 않는가를 물으며, 서로 멀리 있을 때가 아니라면 베개와 이불을 함께 하여 늙도록 좋아하니, 다른 사람이 비집는 말을 못하였다. 평상시 거함에 빠른 말과 서두른 빛이 없으며, 기뻐하고 성내는 것을 얼굴에 드러내지 않고, 남의 잘못을 보면 잘 구슬리고 깨우쳐 들은 자가 느껴 깨닫게 하였다.

경인(庚寅-6.25)의 난리에 마을이 위급한데, 무지(無知)하기 짝이 없는 자들이지만 또한 효자의 마을임을 알아 서로 "함부로 하지 말라." 경계하니 어떻게 하여 그렇게 됐으리요? 옛 삼강편록(三綱編錄)에서 찾아보건대 그와 같은 자 드물도다. 지금 세상은 예와 달라 포장(褒獎)하는 계제가 없어 어떻게 하지 못하나 머지않아 나라 사람이 그의 효를 알고 정표(旌表)를 하여 명성이 퍼질 날이 장차 있으리다.

외사씨(外史氏)가 이르기를 동소남(董邵南)이 효도하고, 또 자애함에 사람들이 알지 못하나 하늘이 알아주고 상서로움을 내려주시니, 한창려(韓昌黎)가 그 일을 노래하고, 주부자(朱夫子)께서 소학(小學)을 편찬함에 가언(嘉言), 선행 제편(諸篇)에 써넣어서 후세에 드리우거늘, 오늘날 읽는 자가 보아 말만 내세우고 본받기를 즐겨하지 않은 즉, 대개 옛사람 일이라 가히 따라 하기 어렵다 하여 스스로 포기해버리는 지금의 사람이 되리라.

만약 뒤에 주부자께서 나오셔서, 지금 사람의 언행을 소학에 합하여 다시 편집하신다면 송산옹(松山翁)의 이적 같음은 흔치 않기로 삼가, 그 훌륭한 점을 뽑아 부모의 봉양을 생각지 않는 자로 하여금 본받게 하리니, 해동삼강(海東三綱)을 편수(編修)하는 자에게 고하노라.

임자(壬子- 서기 1972년) 추석절에
영주(瀛洲) 양진우(梁鎭禹) 삼가 기록함

孝子洪公承俊氏 字百源 號松山 豊山氏 麗朝名賢 洪崖先生侃后 世世多有偉蹟 諱祐璉子 全州李栢根外孫 幼有才性 孝友天植 承襲家傳 克貴前光 十歲左右已有老成稱 側侍愉婉 生養志軆 嚴父病危革 與其兄勉齋公 祝天願代 竭誠訪醫 嘗糞血指 以延其縷 遭故毁幾滅性絶 而復蘇者屢矣 前後喪 廬于墓側 朝夕哀哭 未嘗見齒 夜則猛虎來衛 階下泉水湧出 空缸白米自溢 母病神人指藥 瓜實再播成熟 祈雨憐農作豊 如此累致許多異蹟 豈非天神感其孝誠所致耶 吁亦韙矣 事兄如父 問飢問寒 未嘗晷刻相離 同枕同被 至老湛翁 人無間言 平居無疾言遽色 喜怒不形 見人有過 諄諄曉譬 聽者感悟 庚寅之亂 閭里蕭然 無知蠢蠢者 亦知孝子之間 而相戒勿侵 何修而然耶 求之古三綱編錄 鮮有其傳矣 今世不古 旌襃無階而使幾 幾乎國人知孝 而旌別樹風 亦將有日矣

外史氏曰 董邵南孝且慈 人不識而天翁知 生祥下瑞 韓昌黎歌其事 朱夫子蒐輯小學 書付以嘉言善行諸篇 以詔後世而今日 讀者視以陳言 不肯倣則 蓋以古人 不可及而自棄 爲今人也 若後朱夫子出 今人言行 合於小學者 更輯則如松山翁之異蹟 蓋絶無而僅有矣 謹撮其尤 俾知不願父母之養者 所倣則也 而以告于編修海東三綱者焉

壬子 嘉排節 瀛洲人 梁鎭禹 謹識

거사의 성은 홍(洪)이요, 이름은 승준, 자는 백원(百源)이니, 풍산(豊山)의 세족이다. 명문가에 나서 인효와 문헌의 그 집안의 명성을 이었다. 거사는 오직 효도하여 잘 마음과 몸을 받들어 저녁에는 자리를 깔아드리고, 새벽에는 편히 주무셨는지를 살피고, 겨울에는 따뜻하게, 여름에는 시원하게 해드림은 그의 보통의 일이었다. 부모의 상을 만나 시묘 육년을 함에 미쳐서는 범이 와서 여막을 지켜주고, 샘물이 섬돌 옆에서 나오며, 이에 앞서 어머니가 앓음에 신이 영약이 서방에 있다 가르쳐 주고, 밤길 수십 리를 행함에 동행하던 게 처음에 개인 줄 알았더니 나중에 보니 범이었다. 천성이 오직 효성스러워 신이 도와줌이 이와 같으니, 이를 가히 억지로 한 것이 아니다. 만약 한문공(韓文公)이 이 시대에 있었다면 오직 동생행(董生行)만을 적지 않고 거사의 행실을 먼저 논했을 것이며, 주부자(朱夫子)의 시대에 있었더라면 마땅히 내칙(內則) 등의 편에 들어갔으리라.

내가 이미 함께 땅을 밟고, 말을 함에 심히 서로 미덥고, 마을 또한 서로 가까워 보는 바가 많고 들은 바가 오래라, 어찌 번거로이 말을 하리요? 병이(秉彝)의 둔 바를 혼자만이 자랑하지 않을지니 모든 사람이 나와 같이 학식의 얕음에 얽매이지 않고 정성스런 효에 감동되어, 대략 그 줄거리를 들어 이를 전하도다.

외사씨(外史氏)가 가로되 효는 백행의 근원으로 삼강(三綱)에 열거하였고, 이른바 "충신 구하기를 반드시 효자의 집에서 하라." 하니 반드시 사실이리라. 또 "어버이에게 효도하면 가히 임금에게 옮겨져 충성한다."는 말이 있으니, 만약 거사가 일을 맡아 행하였다면 그 충의가 남보다 뛰어났을 것을 또한 상상하겠다.

호은(湖隱) 벗 이형순(李炯淳)

居士姓洪 名承俊 字百源 豊山世族也 生於名門 以仁孝文獻 世其家聲矣 居士惟孝 善養志體 如定省溫淸 皆其餘事也 及遭內外艱 廬墓六年 虎來衛廬 泉湧出階 先是 有慈患 神指靈藥於西方 夜行數十里 有同行始認狗而終是虎也 天性惟孝神助如是 是不可以勉强爲之也若 使韓文公在世則 不惟作董生行 居士之行 眞下上論也 且在 朱夫子世則 當編入於內則等編矣 余旣同壤 聲氣甚相孚 隣堡又相近 所見多矣 所聞

久矣 何須煩設 秉彝所在 不惟獨自揚善 萬口同我 不拘學膚 感於誠孝 略擧其槪 是所以傳之也

　外史氏曰 孝爲百行之源 而列於三綱 所謂求忠臣 必於孝子之門者 必得情也 又有孝於親則 忠可移於君之說 若居士而行道則 其忠義過人 亦可想矣

湖隱友生 李炯淳

　　거사의 성은 홍(洪)이요, 이름은 승준으로 풍산(豊山) 세족이라. 금성의 북쪽 금안(金鞍)이라는 오래된 마을에서 나서 타고난 성품이 인자하고 효성스러워 두 어버이에 효도하여 봉양하기를 시종일관하였다. 부모의 상을 만나 시묘를 육년하였으며, 그 아내 나주 나씨 또한, 효부요 열부로 남편의 뜻을 잘 이어 남편이 시묘함에 아내는 영위를 받듦으로 남편과 아내가 정성을 함께 하니 그 집을 다스리는 가르침이 과연 이와 같도다.

　　시묘함에 여막이 산에 있는 고로 샘이 없어 마시기 어렵더니, 여막 아래에서 샘물이 솟고, 수박을 다시 심어 8월 대상(大祥) 때 쓰고, 범이 여막을 지켜주는 이러한 것이 바로 하늘이 낸 효의 분명한 증거라. 또 그 어머니가 병들어 괴로워함에 꿈에 노인이 약이 서쪽 함평 땅에 있다 가르쳐 주고, 꿈에서 깨어 바로 나가는데 범이 스스로 앞에서 이끌어 밤에 수십 리를 행하여 약을 구하여 범을 타고 돌아와 드리니 주효하였으며, 가뭄이 무척 심함에, 거사는 여막 아래 새 샘에서 물을 길어 금성산 마루에 올라가서 하늘에 비를 빎에 다음 날 비가 내리니 사람에만 은혜로울 뿐 아니라 모든 물(物)에 은혜를 끼침 또한 컸고, 손이 와 함께 여막에서 잘 때 단지 저녁상식을 하고 아침에 상식할 쌀이 없고 밤에 한 자 되는 눈이 온 산을 덮었는데, 항아리에 쌀이 절로 넘쳐 있었다. 이는 바로 하늘이 감격하고 신의 도움이 분명하나니 온 고을이 함께 알고 세상 사람이 함께 칭송하게 된 바다. 불초 또한 선친 형제 두 분 효의 후예로서, 사람의 진실된 효를 들으면 귀가 수척(數尺) 자나 쏠리고 경하스러운 마음이 절로 생긴다.

또 이르나니 불초가 일찍부터 족인(族人) 찬익(燦益)과 함께 거사의 여막을 찾아 조문하여 눈으로 실제 효를 보았기에 늙도록 잊지 못함으로 저술한 윤감록(輪鑑錄) 가운데 먼저 거사의 효를 들어 뒷사람의 거울이 되고자 하였었다. 또 도지(道誌) 읍지(邑誌)에 볼 수 있다 하나, 이는 이 한곳 한 지역의 사실(史實)이라 만족스럽지 못한 한이 깊이 스며 있도다. 이제라도 국지(國誌)에서 하늘이 낸 효를 싣고 널리 나라에 포장(襃獎)한다면 묵은 한이 조금 덜어지리다. 그리고 만약 주자(朱子)의 세대의 날에 있었다면 반드시 소학(小學)의 글 속에 들어갔음이 분명하리니, 돌아보건대 당세의 선비가 전함이 없어 혹 사라질까 두려워 이제 이에 전하는 바다.

외사씨(外史氏)가 가로되, 효는 백행의 근원으로 거사가 두 어버이에 효도하여 봉양하고, 시묘 육년을 하였도다. 또 가로되, 백가지 법도(法度)를 모두 선히 하고 지극한 효를 더욱 두터이 하여 법을 사람들에게 보였음이 분명하도다. 아래에서 공론이 사라지지 않으면 위에서 격문을 세우는 포장이 있지 않겠는가?

하동(河東) 정순규(鄭淳奎) 삼가 씀

居士姓洪 名承俊 號松山 豊山世族也 生於錦城之北金鞍故里 天性仁孝 孝養二親 始終如一矣 其外內艱 廬墓六年 其妻羅州羅氏 亦孝婦也 烈婦也 善承夫旨 夫侍墓 妻奉靈 夫妻同誠 其刑家之化 果如是矣 其廬墓也 廬在於山故 無泉難飮矣 廬下源 泉湧出 再種西瓜 用八月祥祭 虎來衛廬 是乃天出孝之明證也 又其大夫人患極 夢有 老人 指藥西方咸平等地也 夢覺卽發 虎自前導 夜行數十里 求藥乘虎而還 進之奏效 時有日旱太甚 居士汲水於廬下新泉 登錦城山嶺 自祈天雨 翌日來雨 不啻惠人也 惠 物亦大矣 有客而同宿廬幕 只有夕上食 不有朝上食之米也 其夜尺雪滿山 瓶米自溢 此乃天感神佑也 明矣 一鄕所共知也 世人所共頌也 不肖 亦以先考兄弟雙孝之苗裔 聞人實孝則 耳聾數尺 敬賀心思 自起自發也 又曰不肖早年 與族人燦益 同弔于居士 侍廬之中 目賭實孝 至老不忘故 著述輪鑑錄中 先入居士之孝而欲作後人之鑑戒也 又見道誌邑誌也 是乃一方一域之史也 亦不以滿足恨深自在矣 今見國誌以天出之 孝 廣襃國中 宿恨小減 然以若朱子在世日則 必入小學書中也 明矣 顧復念之當世之 士 無有傳則 恐或泯沒 而今乃所以傳之也
外史氏曰 孝是百行之源 而居士得之孝養二親 廬墓六年 又曰百度百善 至孝益篤 法施於人也 明矣 下有公論而不息則 上何不有施典之襃也

河東 鄭淳奎 謹書

효자 홍공(洪公) 승준씨의 호는 송산이요, 풍산 고족(古族)으로 휘 수(樹) 의 후손이다. 고(考)는 휘 우연(祐璉)이요, 조(祖)는 휘 치주(致周)이다. 효 자는 어려서부터 효도하기를 천성에 뿌리하여 부모를 사랑하고 돈독히 하니, 여섯 살에 아버지가 두레박질하는 수고로움을 보고 대신하고자 하 였으며, 몸을 편안히 하는 물건과 입에 맞는 음식을 갖춤에 멀다 하여 이르 지 않음이 없었다.

정사년(丁巳年-서기 1917년) 부친이 병환이 듦에 그 아픔을 애통히 하여 하늘에 빌고 주혈(注血)하여 소생케 함이 수일(數日)이요, 맏형 또한 이어 주혈하였다. 상을 당한 나이가 20세. 장사지낸 거리가 십여 리로되 낮이 나 밤이나 가서 무덤을 살피거늘, 어머니가 말리며 "맹수가 들끓고 길이 또 한 험한데 어떻게 내 마음이 편하겠느냐?" 이르심에 맏형에게 고하여 이르 기를 "형이 영위를 받들고 어머니를 안심케 해주시면 좋겠습니다. 이 아우 는 맹세코 시묘를 하리다." 하고 이에 무덤에 여막을 하니, 지세가 높아 마 시는 물 구하기가 어려워 섬돌 아래 나아가 우물을 조금 파니 물이 솟고, 그 해 7월 보름에 형이 수박을 안고 와 묘에 올리고 그 씨를 심음에 싹이 나 넝 쿨이 뻗고 열매를 맺어 다음 달 대상(大祥)에 제수로 쓰니 사람들이 효과 (孝瓜)라 칭하였으며, 꿈에 신이 고하여 이르기를 "너의 어미가 눈에 병이 있거늘 아직 모르느냐? 약이 함평 아무개의 집에 있도다." 하여 놀라 깨어 나서 바로 나서니 길이 익숙지 않고 또 어둔 밤이라 분별하기 어려운데 문 득 범이 앞에서 인도하여 따라갔다.

중도에 수병(守兵)의 방해를 받자 범이 이에 포효하니 수병이 놀라 놓아 주고, 한 마을에 다다르니 등불을 가진 자가 들어오라고 하여 물으니 바로 신이 가리켜 준 곳이었다. 약을 구하여 돌아서 집에 돌아가니 어머니가 과 연 병들어 고생하는지라 약을 쓰니 효험이 있었다. 대개 이때가 두세 시간 이 지나지 않고 다녀온 거리는 백여 리라 사람들이 믿지 않았는데 나중에 수병이 "효자가 호랑이를 타고 지나갔다."고 알려주었다.

무진(戊辰-서기 1928년) 섣달그믐에 어머니 상을 당하여서는 새해 정월 장사를 마치고 무덤에 여막을 치고 모든 의절(儀節)을 한결같이 전상(前

喪) 때와 같이 하니, 그 샘을 파물을 얻고, 사나운 범이 지켜주고, 가문 하늘에 비를 빎이 또한 전날의 효험과도 같았다.

논하여 이르기를, 천지에 쌓인 정이 묘합(妙合)하여 만물을 내니 그 빼어난 기운을 얻어 만물에 가장 귀한 것이 오직 사람으로, 천지에 근본하고 부모에 바탕 하여 나서 가장 친하고 사랑하는 것이 오직 부모이니 부모가 아니면 몸이 어떻게 존재하리요? 이 때문에 미물 가운데 까마귀도 오히려 반포(反哺)함을 알거늘 하물며 사람의 지령(智靈)으로야? 사람의 도가 효에서 나오나니 그 도리를 다하면 충이 되어 가히 임금을 섬기고, 열(烈)은 가히 남편을 받드니, 백 가지 행실의 근원이 됨이라. 어버이 섬기는 도를 알지 못하면 장차 어떻게 하늘과 땅에 서리요? 이제 효자가 상에 정성을 다하니 살았을 때 섬김이 어떠했으리요? 살아서는 섬기고 돌아가심에 정성을 다함이 진실로 유감이 없도록 하여 가히 내세에 본보기가 되었도다. 다만 여묘 중의 감응하는 신령스러움에 실로 하늘이 감격해서 이를 세상에 나타내시고자 했으리니, 장하도다! 역(易)에 가로되 "정성은 돈어(豚魚)에까지 미친다." 하니 진실로 지성이 있으면 돈어라도 감격하거늘 하물며 하늘이여! 내가 일찍이 한문공(韓文公)의 동생행(董生行)의 집이 화목함에 닭들도 개의 새끼에게 먹이를 쪼아 먹였다는 글을 읽고 석연하지 아니 하였는데 이제 효자에게서 확증하였도다.

임자(壬子-서기 1972년) 12월
남양(南陽) 홍종호(洪鍾皓) 기록함

孝子洪公承俊氏 號松山 豊山古族 諱樹后 考諱祐璉 祖諱致周 孝子自幼孝根天賦
愛篤兩堂 而六歲 見父桔槹之勞 欲代之 其安身之物 甘口之味 靡遠不致 丁巳侍父
疾 疾其革 禱天血指 回甦數日而 伯兄亦繼指血焉 遭艱年二十 葬距在十有餘里 晝
宵展省 母禁之曰 猛獸狻狻 路且峻險 豈余心安之 乃告于伯兄曰 兄其奉几 安母可
矣 弟則矢心侍于墓 於是廬于墓 地勢高飮水最難 就階下穿井少許水湧出 其年七月
望 兄携西瓜來 薦墓而種其仁 苗卽茸延蔓結實 需用翌月祥蕎 人稱孝瓜 夢有神告曰
汝母眼有疾 尙不知乎 藥在咸平某氏家 驚覺振衰 卽出路不習 而且黑夜難辨 忽有虎
前導 輒隨之中途 被守兵詰責 虎乃咆哮 兵恼怖釋之 臨一洞 有引燈火者 入問之卽
神所指處 求藥而返程歸家則 母果疾重矣 用劑卽效 蓋時不過二三而 往還百有餘里
人固未信而後 守兵謂之孝子乘虎去之 戊辰臘晦 丁內艱 翌年正月葬畢 卽廬于墓 諸
儀卽一遵前喪 而其掘井得泉 猛虎之守衛 旱天禱雨 又如前驗 且可特書有二子淳謹

雅飭立行于世人稱靈芝有根云 論曰 天地儲精 妙合而生萬物 得其秀氣而 貴乎物之
上者 惟人耳 本乎天地 資乎父母而有生 最親愛者 惟父母耳 非父母 身何以存 是故
草中之烏 猶知反哺 況乎 人之智靈也耶 人之道 發軔乎孝 而盡其道則 忠可事君 烈
可事夫 是爲 百行之源而 不知事親之道 將何以立乎天地 今孝子事死殫其誠 其事生
顧何如哉 養送固無憾而 可法來世而 但廬中應感之靈者 實天故格監使此 欲彰之于
世也 何其壯哉 易曰誠及豚魚 苟有至誠 豚魚格之 況乎天地乎 余嘗讀韓文公之董生
行 其鷄來哺兒 啄啄庭中 尙未釋然 今於孝子證之矣

壬子 十二月 南陽 洪鍾皓 識

　　장성군 진원면 고산리 고산서원(高山書院)은 노사(蘆沙)선생의 영전(影
殿)을 모신 곳이라. 지난 을사(乙巳)년에 노(蘆) 송(松) 두 어른의 연원가(淵
源家) 수십여 명이 계를 만들고 이름을 풍영(風詠)이라 하여 매년 봄 3월,
가을 9월 두 차례 모여 정을 펴기로 약속하였는데, 혹 계를 자담(自擔)할 것
을 청하는 자도 있었다. 인년(寅年) 봄, 함평 정취송(鄭翠松) 기영(基永)씨
는 나와 나이가 같고 가장 친한 벗으로 마침 청첩장을 주고 겸하여 홍효자
로 운(韻)을 청하고, 한지(旱地)에서 샘이 나오고 맹수가 지켜주고 신이 쌀
을 제공하고 가을에 수박이 익고, 신인이 약을 구할 것을 가르쳐 주는 등
의 글제를 기록하였으나 그 자세함을 알지 못한 고로 한 글귀의 운(韻)도
짓지 못하다가 며칠 전에 나주군 봉황면 철천리 정동초(鄭東樵) 철환(喆
煥) 형의 집을 방문하였는데 동네가 속되지 않고 밝으며 담과 거처가 사치
스럽지 않고 깨끗하니 가히 고사의 사는 곳을 알겠다. 주인이 맞이해 주고
자리하기를 청하여 서로 더불어 안부를 살핀 후에 홍효자의 내력을 물으
니 주인이 하나하나 자세히 설명하여 이르기를, 효자의 부친이 몰함에 십
여 리쯤 떨어진 높은 산의 중턱 물이 없는 곳에 장사지내었는데, 묘 아래에
서 샘이 솟아 삼년을 마르지 않으니 이것이 한지(旱地)에서 샘을 얻음이
요, 사나운 범이 밤마다 와서 무덤 곁에서 자기를 하룻밤도 빠뜨리지 않아
이와 같이 삼년을 지켜주니 맹수가 지켜줌이요, 여막에 조문객이 많이 이

르러 낮에 죽을 끓여 대접하고 저녁에 식량이 떨어졌는데, 이 뒤에 식량이 줄지를 않고 항상 항아리 속에 가득 차 있어, 이와 같음이 삼년이라 이것이 신이 쌀을 제공해줌이요, 여름에 버린 수박씨가 묘 곁에 나서 줄기가 뻗고 두 열매를 맺어 가을서리가 온 뒤에도 시들지 않고 익어 겨울 제사에 올리니 이것이 가을에 수박이 익음이요, 하루는 밤에 꿈속에서 노인이 급히 부르며 이르기를 너의 어머니가 눈이 아파 위독하니 급히 어느 마을 어느 사람의 집에 가서 약을 구하여 쓰라, 그렇지 않으면 죽게 되리라, 하여 효자가 놀라 깨어 생각해보니 그곳의 거리가 백여 리라 가히 사람의 힘으로 구할 수가 없어 마음에 심히 걱정이 되는 차에 범이 와서 무릎 앞에 엎드려 타기를 청하는 형상을 하여 등 위에 타니 바람같이 달려 순식간에 그 마을에 이르니 불이 켜져 있는 집 앞에 사람이 기다리고 있다가 묻기를 당신이 홍 아무개가 아니냐? 하여 효자가 말하기를 내가 홍이니 어떻게 알았는가? 하니 그 사람이 이르기를 꿈속에서 한 노인이 와서 홍 아무개가 약을 구하러 오리라 알려주어 급히 약을 가지고 기다렸다 하고, 약을 주고 쓰는 법을 설명하니 효자가 약을 받아 사례하고 집으로 돌아가니 과연 어머니가 아픔이 극심하여 거의 죽을 지경이라 약을 쓴 지 잠깐 만에 낫은 고로 범을 타고 산으로 돌아오니 이미 날이 밝고 있었다. 이것이 신인이 약을 가르쳐줌이니 이는 실지의 일이라 이르기에 설명을 듣고 생각해보니 옛날에 들어 본 적이 없으며 이제 날에 보지 못한 바의 효라. 대순(大舜) 이후로부터 과연 몇 사람이나 될까? 이와 같은 정성스런 효 천신과 금수를 감동시키니 오히려 왕상(王祥)이 잉어를 얻고 맹종(孟宗)이 죽순을 구하는 유보다 훨씬 뛰어나도다.

효자는 특별한 사람은 아니라, 대대로 나주군 노안면 금안동에 사는 풍산의 큰 가문으로 홍승준 거사는 나보다 나이가 여덟 살이 많은데 한 계원이라. 계축년(癸丑年)에 불행히 서거하신 고로 친우의 의(誼)로 어찌 한마디 만사(輓詞)가 없으리요? 삼가 거친 말이나마 효자의 영령을 위하나니 오호라! 슬프다. 오직 널리 헤아려 주시기를 바라니라.

병진(丙辰 - 서기1976년) 8월 하순
노원태(盧源泰) 삼가 술(述)함

長城郡珍原面高山里 高山書院 卽蘆沙先生 妥靈所也 往年乙巳 蘆松兩翁之淵源
家十餘人 修契而名之曰風詠每年 春三秋九兩次 會合以暢敍情懷爲約 而或有自担
請之者焉 甲寅之春 咸平鄭翠松基永氏 與余同庚而最親厚之友也 而適有請牒之狀
而 兼有請洪孝子之韻而記 旱地得泉 猛獸護衛 神人供米 秋瓜成熟 神人指藥等題而
不知其詳細故 未得搆一句之韻 而數日前 期歷訪羅州郡鳳凰面鐵川里 鄭東樵喆煥
兄之庄 村不俗而明朗 牆垣及第宅 不甚侈而端正 灑落可以知高士之邸宅也 主人迎
而請坐 寒暄後問洪孝子之來歷 則主人一一詳細說明云 孝子之父沒而 葬于十餘里
許 高岡之中 無水處墓下湧出甘泉三年不渴 此旱地得泉也 猛虎夜夜來宿于墓側 一
夜不闕而 如是三年護衛 此猛獸護衛也 主喪廬墓 弔客數人來到而 至午作粥待之 夕
糧已乏 自此之後 糧米不乏而 常滿甕盆之中 如是三年 此神人供米也 夏節所棄瓜種
生于墓側而 盛蔓結二顆 經秋霜後 不枯成熟而 用於冬月小期 此秋瓜成熟也 一夜夢
中老人 急呼云爾母以眼痛危毒 急去某村某人處 求藥用之 不然則死矣 故孝子驚覺
思之則 某村距離百餘里而 不可以人力求之也 心甚憂悃中虎來伏於膝前 如請騎之
伏 不得已騎於背上 如風馳而 瞬息間到其村 火明家門前 有人待之而 問子非洪某耶
孝子曰我果洪也 然何以知之耶 其人云夢中一老人來言 洪某求藥來之急速 持藥待
之故知之耳 因授藥封說明用法 故孝子受藥謝之而 歸家則 果其母痛甚幾至死境入
藥少頃快差 故騎虎還山則 已黎明矣 此神人 指藥也 此眞的事云 聞此說明而思之則
古之所未聞 今之所不見之孝也 自大舜之後 果有幾人耶 如此誠孝 感動天神 禽獸而
猶賢於王鯉孟筍之類遠矣 孝子非別人 世居 羅州郡老安面金安洞 豊山居閑洪承俊
居士 而長余八歲而同契友也 癸丑年不幸逝去故親友之誼 豈無一辭之挽耶 謹將蕪
辭以慰孝子之英 嗚呼哀哉 惟冀恕燭

丙辰八月下浣 在世契交弟 蘆源泰 謹述

홍효자 승준은 풍산 사람이다. 고려(高麗) 고종조(高宗朝)의 문과직학
(文科直學) 휘 지경(之慶)의 후손으로 우리 조정(朝廷)의 사인(舍人) 홍애
공(洪崖公) 휘 간(侃)의 18대손 휘 우연(祐璉)의 아들이다. 고종(高宗) 병신
(丙申) 나주 금안리에서 나셨는데 나주는 곧 선대가 살았던 고을이다.

공은 천성이 순실하고 정성스런 효는 하늘에 근본하여 어려서부터 뛰어
나 어른이 어버이를 섬기듯 하여 새벽저녁으로 살핌을 춥거나 덥다하여
폐하지 않고, 맛있는 음식 공양함을 가난하다 하여 덜하지를 않으며, 언제
나 새로운 먹을 것이 있으면 먼저 입에 대지 않고, 마음과 뜻을 잘 봉양하여

나갈 때는 반드시 알리고 돌아와서는 반드시 배알하며 고운 낯빛과 부드러운 용모로 항상 어버이 앞에 나아갔다.

자라서는 부모 섬김을 더욱 독실히 하고 형제와 더불어 우애를 더욱 두터이 하여 남은 겨를에 학문에 힘씀에 그 부친 학생공(學生公)께서 항상 경계하여 이르기를 "사람이 짐승과 다른 것은 삼강오상(三綱五常)이 있기 때문이다. 스승을 따라 글을 배움에 그 마음을 깨닫고 실천을 하고자 함이니 너는 모름지기 힘쓰도록 하라!" 하시자, 이때가 공의 나이가 지학(志學 -15살)에 이른지라 마음속 깊이 새기고 자리 앞에 써 걸어두고 아침저녁으로 읽고 살피며 능히 부지런함으로 일을 삼아 한 글자라도 헛되이 함이 없었다. 작은 일에 이르러서도 여쭙지 않음이 없어 조금이라도 멋대로 결단하는 일이 없었다.

하루는 어버이가 병듦에 부르짖어 울며 황급히 의원을 맞이하여 약을 짓되 효력이 없자 목욕재계하고 빌기를 자신으로 어버이 목숨을 대신하고자 한다 하였으나, 신의 감응이 없어 근심하던 즈음에 신인이 약을 가르쳐 주어 쓰니 효험이 있으며, 뒤에 운명하기에 이르러 형제가 손가락의 피로 능히 삼일간 목숨을 연장하였으나, 천명은 한계가 있는지라 마침내 구원치를 못하고 부모의 상을 만나서는 마지막 보내드림을 모든 절차에 유감이 없도록 하였다.

육년 시묘를 삶에 범이 와 지켜주고, 하늘이 가물어 가까이 있던 샘마저 말랐는데 생각지 않은 마른 땅에서 맑은 샘이 솟아 나오고, 수박을 먹는 달에 수박을 신천(新薦)하고 그 씨를 밭에 뿌렸는데, 8월에 열매를 맺더니 알맞게 익어 제사 드리는데 쓰고, 보릿고개를 넘어서 있던 곡식은 떨어지고 새 곡식이 익지 않아 궁색함이 심하여 자칫 상식을 빠뜨릴 즈음에 신인이 쌀을 공양하였고, 하늘이 가물어 비가 내리지 않자 "조금도 남김없이 모두 말라죽게 하시리까?" 하고 탄식을 함에 하늘이 뭉실뭉실 구름을 짓더니 시원하게 비가 쏟아져 잠깐 만에 벼와 채소 등을 무성케 하고, 그 다른 이적들이 또한 많았다.

한문공(韓文公)이 동소남(董召南)의 운(韻)을 지어 이르기를 "오직 하늘이 알아 상서로움을 내리시기를 때와 기약함이 없이 한다." 하시니 하늘이 효에 감동함이 이렇듯 지극함인가! 천(千) 해의 뒤에 나서 왕상(王祥) 맹종(孟宗)과 더불어 서로 어울리니, 만약 자양(紫陽) 주부자(朱夫子) 때에 계셨다면 소학 가운데 선행편(善行篇)에 들어갔음이 분명하리라!

다른 날 군자가 나와 대동(大東)의 선행록(善行錄)을 편수한다면 홍승준의 효를 반드시 책의 머리 편에 넣으리라.

아! 나라에 도가 있다면 어사(御使)의 추천과 나라의 정표(旌表)가 어찌 일찍이 하루라도 미루었으리요? 예로부터 아름다운 행실이 많이 후세까지 일컬어짐은 진실로 까닭이 있어서라!

광복(光復) 후 30년 갑인(甲寅- 서기 1974년) 4월 28일
제주(濟州) 양정하(梁晶河) 짓다

洪孝子承俊 豊山人也 高麗高宗朝文科直學 諱之慶之后 我朝舍人 洪崖公 諱侃 十八代孫 諱祐璉之子也 以 高宗丙申生于羅州金安里第 羅州則先世所居之鄕也 公 天性純實誠孝根天 幼而屹如成人事親也 定省之節 不以寒暑或廢 甘旨之供 不以貧 窮或乏 有新味 不先入口 志體俱養 出必告反必面 怡愉之色 柔婉之容 常進於親前 及長于父母尤篤 與弟友愛彌篤 餘力學文 其父學生公 常戒之曰 人之異於禽獸者 以 其三綱五常也 從師學文 欲其心得實踐也 汝須勉之 時公年至志學 心受銘念而 書于 座壁 朝夕視省克勤做業 無一字虛讀 至於細務 無所不稟 無一毫專斷意也 一日親有 疾病 號泣奔遑 迎醫劑藥 少無奏效 齊沐露禱 願以身代 神無感應 憂悶之際 神人指 藥 用之奇效 後更闊發 兄弟斷指 能延三日之命 天命有限 竟至不救 遭外艱 丁內艱 送終諸節 一無餘憾 六年居廬 有虎來護 天旱而部近 食井枯渴 不意白地淸泉湧出 食瓜月以瓜新薦 種子播于田 八月結實成孰 用於祭薦 麥嶺已過 舊穀旣沒 新穀未登 窘竭太甚 幾闕朝上食之際 神人供米 得爲進上 天旱不雨 有無子遺之歎 天油然作雲 沛然下雨則 須臾慰滿三農 其他異蹟亦多 韓文公董召南行押 書曰 惟有天翁知 生 祥下瑞無時期 天之感孝其至矣乎 千載之下 與王祥孟宗相上下也 若在紫陽朱夫子 時 則當編入於小學卷中善行篇也 必矣 倘他秉筆君子出而 若修大東善行錄則 其以 洪承俊之孝 必入於卷中首篇也 噫 邦有道則 御使之採薦 朝家之旌褒 曷嘗遲一日哉 自古特行 多稱於後世 良有以也

光復後 三十年 甲寅 秀葽月 念八日 濟州 梁晶河 撰

홍공 승준은 자품(資稟)이 탁월하고 지기(志氣)가 청명하여 어려서부터 어버이를 섬기고 선조를 받듦이 그 정성과 공경을 다하여 나갈 때는 고하고 돌아와서 뵈며, 겨울에는 따뜻하고 여름에는 서늘하게 하며, 반드시 그 뜻에 순종하였다. 어버이가 기이한 병을 얻어 매일 한 번 발작하니 발작한 즉 쓰러져 사람이 차마 보지 못할 정도거늘 낮이나 밤이나 곁에서 모시면서 하늘에 호소하여 울며 널리 약을 구하고 형제가 손가락의 피를 내어 드리니 신인이 약을 가르쳐주어 수명을 연장하였더니, 상을 만나서는 슬퍼함이 지나쳐 거의 성(性)을 멸함에 이를 정도였다. 여묘 사는 육년을 아침저녁으로 무덤을 살피며 쓸거늘 맹수가 지켜주며 이웃이 되고, 마른 땅에서 샘이 솟아 물 길러 다님을 면하고, 가을에 수박이 익어 천신(薦新)을 돕고 신인이 쌀을 공양하여 양식이 떨어짐을 면하고 가문 하늘에서 비를 내려 은혜가 동장(洞庄)에 미치니 무릇 이런 여러 일은 사람에게 어려운 바거늘 오직 공께서 능히 하시니 가히 지극한 정성이 이름에 하늘이 감응한다, 이를진저! 오호라, 세상의 도가 쇠함으로부터 꾸밈은 날로 늘되 바탕은 날로 상해지니 세상에 효자라 칭하는 자, 혹은 지혈(指血)로 혹은 상분(嘗糞)으로 이름을 나타내나 그 평소의 언행을 궁구해 보면 반드시 다 일에 적절하고 도리를 다하여 얻어짐이 아니라, 실상보다 지나침에 진위가 서로 섞여 속으로 가만히 병으로 여겼더니 오직 공의 순수하고 지극한 효와 기이한 자취는 다만 한 마을 한 고을이 알 뿐 아니라 사림(士林)의 공론이 있으니, 성인이 다시 일어나더라도 반드시 장차 허락하여 사람의 한 등급을 더하리라. 아마 천양(闡揚)의 도가 있었다면 마땅히 정포(旌褒)의 법전(法典)이 있을진대 때와 일이 변하여 하소연할 계제가 없어 모두가 상심하고 아파하니 어찌할까? 나는 불후한 자가 아니나 보고들은 것이 있어 가히 한 마디라도 안 할 수가 없기에 대략 전말을 기록하여 동필(彤筆) 가진 자를 기다리노라.

갑인(甲寅- 서기1974년) 4월19일
광주(廣州) 이병춘(李秉春) 씀

洪公諱承俊 天姿卓犖 志氣清明 自孩齔事親奉先 極其誠敬 出告返面 冬溫夏凉 必順其志 親得奇疾 每日一發 發則氣絶人不忍見 日夜侍側 號泣于天 廣求醫藥 兄弟斷指 以進神人 指藥以延天壽 丁憂哀毁逾制 幾至滅性 廬墓六年 朝夕省掃 有猛獸護衛 以作比隣 白地泉湧 以免汲水 秋瓜成熟 以助薦新 神人供米 以免絶糧 旱天作雨 澤被洞庄 凡此數件事 人人所難而 惟公能之 可謂至誠所到 上天感應者也 嗚呼自夫世道之降 文日滋 質日喪 世之稱孝子者 或以血指著 或以嘗糞名 究其平日云爲 未必皆隨事盡道而獎撰 浮實眞贋相雜 心窃病之 惟公純至之孝 卓異之蹟 不徒一里一鄕之所共知之 士林之公評自在 聖人復起 必將許 夫加人一等而 其在闡揚之道 合有㫌褒之典 而時事變嬗 控訴靡階 子姓之傷痛如何哉 余非不朽者 而其在見聞 不可無一言 略書顚末 以俟秉彤筆者

甲寅 四月念前一日 廣州 李秉春 書

贊
송산의 효행을 찬양하다

사람에게 부모가 있어 자식으로 마땅히 효도해야 하기로 효도한다 하나, 어찌 송산 홍씨의 행함과 같음이 있으리오.

송산거사는 풍산(豊山)씨의 가문에 나서, 금성산 아래 금안(金鞍) 유서 깊은 마을에 살아서 두 어버이에 효도하여 봉양하고 백 가지 행실을 잘 닦아 마음과 뜻 받들기를 지극히 하며 백 가지 일을 빠짐없이 다하였다.

부모의 상을 만나 시묘 육년 함에 범이 여막 곁을 지키고 샘이 묘 아래에서 솟으며, 이에 앞서 자친(慈親)이 병듦에 신이 좋은 약이 서방에 있다 가르쳐주자 밤에 수십 리를 행함에 범이 함께 움직이니 처음에 개인 줄 알았다가 나중에 범인 줄을 알았다. 이와 같은 효의 감동을 어찌 가히 장관(掌管)등의 글로만 다하리오. 시대가 예가 아닌지라, 포장(褒獎)을 함에 다른 논이 나올 수 없으나 이제 세상의 무너진 계제를 어찌 하리요?

고을을 함께 하고 소리를 같이 하여 보고 들은 것이 어긋나지 않을지니, 늦게나마 한마디 말로 정을 붙여 찬을 하나니 이르대,

풍산과 금산이 서로 통하여 정이 쌓이고, 효자를 내니 송산이라는 아름다운 이름을 가진 이라.

살았을 때 예로 죽음에 이르러서는 정성을 다하고, 시묘 사는 육년 슬픈 정을 지극히 하였도다.

범이 지켜주고 샘의 솟음이 가까운 묘정(墓庭)에서 일어나고, 어머니의 병환에 꿈속에서 약이 있는 서쪽을 알려주니 신명스럽기로, 사람이 어찌

이야기를 꾸몄으리요?

범이 더불어 동행함은 하늘이 감동하고 신이 감동해서니 사람이 놀라고 세상이 놀라도다.

내가 사사롭게 아부해서가 아니로다. 선을 들치고자 찬을 이룸이라.

성주(星州) 이종상(李鍾祥)

人有父母 子當孝之 孝之者 豈有如松山洪氏之行乎 松山居士 生於豊山氏之門 居於錦城山下金鞍故洞 孝養二親善修百行先極兩養備盡百度 外內艱廬墓六霜 虎衛廬側 泉湧墓下 先是慈患也 神指良藥於西方 夜行數十里 與虎同行 始認狗而終知虎也 如是孝感 豈可以掌管等文 可旣也哉 時非古矣 旌褒之典 不待貳論 而如今世級之沒階何 同壤同聲 見聞不差 晚以一言寄情 爲贊曰 豊山錦山 相通貯情 篤生孝子 松山令名 生事以禮 愼終致誠 廬墓六年 備極喪情 虎衛泉湧 近自墓庭 慈患夢藥 西指神明 人焉謏哉 虎與同行 天感神感 人警世警 非我私阿 揚善贊成

星州 李鍾祥

예로부터 이제까지 무릇 효자라 이르는 자 적지 않을지니 대략, 변(便)을 맛보고 손가락을 자르고 하늘에 빌어 명을 대신하는, 이러함은 다 보통의 행실로 효로 명을 삼아 급한 때라도 이에 있고 잠깐의 때라도 이에 있으며 이를 생각함에 이에 있고 이를 놓아도 이에 있음에 이름에는 홍효자의 고심(苦心)하고 순효(純孝)함 같음은 있지 않으리다.

진실로 고금을 통하여 한 사람이리니 드디어 그를 찬하여 이르기를,

무릇 시묘 육년을 함에 바위 사이 샘이 솟고, 적막한 빈 산에 범이 지켜주고, 노루가 쫓김을 보고 숨겨주어 위험을 벗어나게 하고, 꿩이 다리를 상함에 놀래어 송진으로 치료해 주며, 빗속에 손님이 이르러 식량이 떨어졌으나 자고 아침에 보니 항아리에 쌀이 넘쳐 있고, 가을 7월에 수박을 천신(薦新)하고 씨를 취하여 심었더니 8월에 다시 익어 대상(大祥)을 넉넉히 하고, 크게 가물어 땅이 마름에 이르러 농민을 안쓰럽게 여겨 하늘에 비니 잠깐

만에 비가 쏟아져 들이 내와 같이 됐고, 이에 앞서서는 어머니가 병듦에 호랑이를 타고 밤길을 행하니 꿈에서 일러준 약이 있어 건강을 회복케 하니 이 같은 자, 다 이는 신이 도와서라. 위로 하늘과 아래로 땅에서 구하여도 일찍이 있지 아니 하니 일대의 뛰어난 효자로다!

함풍(咸豊) 이동범(李東範)

古往今來 凡謂孝子者 不爲不多矣 大略嘗糞斷指祝天代命 此皆疏節之行也 至於以孝爲命 造次於斯 顚沛於斯 念玆在玆 釋玆在玆 未有若洪孝子苦心純孝 誠古今一人也夫 遂爲之贊曰 凡六霜于廬墓 巖泉湧出 寂寞空山 有虎衛侍 獐走見迫 使之匿避 驚雉傷趾 松脂用治 及夫雨中客至 粮乏自失 經宿朝視 罍米自溢 秋七薦瓜取種 投窟 八月再熟祥奠豊昵 至於大旱欲乾 憫農禱天 須臾雨注 田野如川 前此毋瘼 騎虎夜行 已有妙夢淂藥回康矣 若此者 皆是神耳 求之於上穹下壤 曾古未有之一大特孝子

咸豊 李東範

贈贊
송산의 효행을 칭송하다

무릇 효는 모든 행실의 근원이라.

사람이 행함에 효도가 아니면 어떻게 사람이라 하리요? 고로 벗에게 미덥게 하는데 도가 있으니 어버이에게 효도하지 않으면 벗에게 미덥지 못한다 하니, 벗과 사귀는 도가 바로 나의 효에 있을지니 효도하지 않으면 어떻게 하리요?

또 이르기를 충신을 구함을 반드시 효자의 집에서 한다 하니, 이로 말미암건대 어버이에게 효도하면 충이 가히 임금에 옮겨지리니 효의 도됨이 크도다.

우리 고을에 송산거사가 있는데 홍은 그 성이요, 이름은 승준으로 풍산씨니 바로 효자라. 시묘한 육년에 범이 와 지켜주고, 일찍이 자모(慈母)의 병에 꿈에서 신인이 약이 서방에 있다 가르쳐 주기에 바로 함평 백여 리를 밤에 상복을 입은 채 호랑이를 타고 길을 가다 관리를 만남에 관리가 자세히 인도해줌으로 약을 구하여 집에 돌아오니 새벽 동이 트고 약을 써 낳게 하였다. 또 손이 머무름에 식량이 떨어졌으나 아침에 일어나니 넘쳐 있어 공양을 하고, 날이 가물어 샘이 마름으로 한 바위 밑을 파자 맑은 물이 솟아나오고 금성산에 올라 기도함에 하늘이 감격하여 큰비를 내려주고, 수박을 두 번 심어 다시 제사에 쓰니 무릇, 다섯 가지 특행이라. 행함이 이와 같고 감격함이 저와 같으니 사람이 글로써 찬함이 많도다. 나도 한 운(韻)을 지어 정을 붙이노니,

한 몸의 모든 행실 효가 근원이 되나니

높은 저 풍산 대대로 덕 있는 가문일세.

신령스런 범이 육년 시묘하는 곁을 지키고

단 샘물 맑은 줄기 바위에서 솟네.

빈 독에 식량이 넘침은 사람의 힘이 아니요,

하늘이 가물어 지리(支離)하기에 비를 내려 은혜를 주시니

찬하고 경하함이 어찌 인척뿐이리요.

모두 함께 선행과 가언(嘉言)을 알도다.

나주 운계(雲溪) 나도기(羅燾琪)

夫孝者 百行之源也 人之有行 非孝 何以爲人 故信乎朋友有道 不獲乎親 不信乎
朋友 朋友之交 卽在我孝不孝如何 又曰求忠臣 必於孝子之門 由是而孝於親 則忠可
移於君 孝之爲道 大矣哉 吾黨有松山居士 洪其姓 名承俊 豊山氏 卽孝子人也 廬墓
六年 有虎來衛 嘗於慈患 夢有神人 指藥於西方 卽咸平地百餘里 夜以衰麻乘虎登程
路逢官吏 吏詳導之 還家日曙 用見效甦 有客經宿 糧乏朝溢而餐之 日旱泉渴 鑿一
巖根淸泉湧出 禱于錦城 天感大雨 田瓜再種 復用于祭 凡五大特行也 所行如此 所
感如彼 人以文贊者衆 余以一韻 幷敍而寄情 一身百行孝爲源 卓彼豊山世德門 神虎
六年廬墓側 甘泉淸派石巖根 器糧盈溢人非力 天旱支離雨賜恩 贊賀何嘗姻婭義 共
知善行與嘉言

羅州 雲溪 羅燾琪

贊後
하늘이 감응한 이적을 말하다

나라에서 숭문(崇文)으로 백성을 다스림이 효에서 일어나나니 얼음 속에서 잉어와 눈 가운데 죽순을 얻는 사적이 끊어지지 않고 정려문이 길가에 황황(煌煌)하나 번문(繁文)이 날로 불어남에 혹 억지로 꾸밈이 없지 않으니, 아! 대동(大東)의 운이 나쁜 도수(度數)에 들어서일까?

사람이 나라가 다된 아픔을 갖는데 이어 동서가 들끓어 공리의 말이 일어나 강세를 부리니 이가 약육강식과 더불어 우리 반만년 예의지국으로 하여금 이끌어 패(敗)토록 하니 장차 화인(華人)이르되 오랑캐요, 사람으로 짐승이 되감을 면하지 못하리다. 오직 공의 생(生)이 이날에 있어 이에 능히 유속(流俗)에서 벗어나 정연(挺然)히 스스로 서서 궁경어초(躬耕漁樵)하여 맛있는 반찬을 상에 빠짐이 없게 하고 크고 작은 일을 뜻에 어기지 않고 병드심에 그 근심을 이르고, 초상에 그 예를 다하여 전후 시묘를 함에 과연 하늘이 감응한 이적을 얻으니 선철(先哲)이 말한, 풍속을 진작시킨 문왕(文王)을 기다리지 않고도 일어난 자 바로 공을 말함이 아니리요?

내가 외람되이 서로 앎을 얻었으나 사는 곳이 얼마 되지 않음에도 자주 서로 손을 맞잡지 못하고 들보에 달빛이 비춤에 사모함만 실로 깊다가, 지난해 아파 누워있는 날, 특별히 위문을 하시어 감사함의 지극함을 어쩌지 못하고 사례를 하지 못하였는데 문득 흉음(凶音)을 접하고도 게으른 병 탓으로 영전에 한 번 곡함마저 아직 이루지 못하였거늘 어찌 가히 평소에 서로 함께 한 정이라 할 수 있을까?

이 수계의 날을 당하여, 몇 번 뵙기로 국에 비치고 담에 어리는 사모함을 얻지 못한 안타까움이 어느 날에나 그쳐질까?

멀고 가까운 사우(士友)들의 시와 글의 찬양한 것이 지극히 많되 감히 거친 붓을 들어 민망한 정을 펼친다.

갑인(甲寅- 서기 1974년) 맹하(孟夏)에
경주 만운(晩雲) 최병덕(崔炳德) 씀

國朝崇文之治民 興於孝 氷鯉雪筍 史不絶書 烏頭赤脚 煌煌道周而 繁文日滋 或不無勉强而儒者 嗚呼大東運否百六 人黍離之痛 繼而東西鼎沸 功利說起倔强 是與弱之肉强之食 使此半萬年禮義之邦 淪胥而敗 將不免華而夷 人將獸矣 維公生此日 乃能拔乎流俗 挺然自立 躬耕漁樵 甘旨無闕 大小諸事 承順不違 病致其憂 喪盡其禮 前後居廬 果得天感之異應 則先哲所謂 不待文王而興者 非迺公之謂耶 不佞猥忝相知 而居地稍間 不得源源相握 屋樑落月 景慕實深 往歲在疚之日 特賜慰問 不勝哀戚之至而 未得造謝 忽承凶音 只緣難病相尋 靈筵一哭 尙今未遂 豈可曰平日相與之情乎 今當修契之日 庶幾遇之 而不得羹墻之慕 何日可已 遠近士友 詩與文贊揚者極多 敢將荒筆 以攄悶迫之情云爾

甲寅 孟夏日 慶州 晩雲 崔炳德 書

慕仰契序
사람들이 사모하고 우러르다

    무릇 효는 사람의 직분이라. 그러나 진실로 하여 거짓 없음이 그 지극함에 미칠진대 가히 하늘을 감격케 하고 물(物)을 감동케 하여 신에 통하리니 어찌 그 사이에 사람이 꾸밈을 용납하리요? 나의 벗 송산 홍효자 승준은 효를 타고남이라. 아버지가 병듦에 이마를 숙이고 하늘에 빌며 손가락을 피 내어 목숨을 연장시키고, 마침내 상을 당하여서는 삼년 시묘를 삶에 묘의 곁에서 샘이 저절로 솟고 밤이면 범이 와 지켜주고, 손이 이르러 식량이 떨어졌으나 항아리에 쌀이 절로 넘쳤으며 7월이 되어 수박을 심자 다시 넝쿨이 자라고 열매를 맺어 8월 대상(大祥)의 천식(薦食)에 공양하였고, 농부를 안쓰럽게 여겨 기도하자 가뭄에 비가 홀연히 쏟아지며, 어머니가 안질에 걸려 밤에 나서는데 어둔 길을 범이 앞에서 인도하여 약을 구하여 병을 낫게 하였으니, 이를 일러 "감응하는 보답을 기약하지 않아도 이르게 된 것이다." 하리라.

    오호라, 겨울에 잉어와 죽순의 말이 왕상(王祥)과 맹종(孟宗)에게서 시작되었으니, 옛날 천백 년에야 겨우 한 번 있을까 한 드문 일이거늘 말세에는 거짓이 불어남에 으레 보통으로 여겨 고을마다 그런 효를 두지 않음이 없기에 효자의 뛰어난 행실도 또한 그 가운데 섞여, 혹 진위를 분별하기 어려움을 의심하나 효자야말로 어버이를 섬기는 절개가 진실로 이미 크게 사람에 뛰어나니, 향방(鄕坊)의 부인이나 어린아이들마저 믿어 모두 효자라 칭하고 이름을 부르지 않으며 이 지역의 장덕(丈德)의 미쁜 글이 가히 증거이리라.

내가 모양(牟陽-고창)에서 이웃마을 금곡(琴谷)으로 이거(移居)함에 서로 마음을 트고 사귀며 하루가 멀다하여 서로 따르건대 나이가 팔순에 이르러서도 말이 부모에 미치면 눈물이 흘러 얼굴을 덮으니 지극한 효도가 아니면 그렇겠는가?

작년 공의 자질(子姪)과 더불어 향방(鄕坊)의 인사들이 계를 맺어 이름을 '모앙(慕仰)'이라 하니, 아마 사람사람이 사모하고 우러러보아 길이 잊지 않게 하고자 해서리라. 어질고 성하도다! 삼강(三綱)이 사라지고 구법(九法)이 없어짐에 사람이나 짐승의 행실을 함이라. 어떻게 사람들로 하여금 그 덕에 훈화하여 감화되어서 계에 들어가서 길이 명성을 오는 세상에 심게 할꼬?

공의 조카 우식(禹植)이 나에게 청하여 이르기를 "우리 숙부의 자취를 알고 숙부와 친함이 어르신과 같음이 없을지니 어찌 기술해주지 않으리까?" 하여 감히 글을 못 한다 사양하지 못하고 드디어 마음속에 느낀 바를 저술하기를 이와 같이 하는 바이다.

임자(壬子- 서기 1972년) 봄 3월 일
손우(損友) 하음(河陰) 봉병국(奉炳國) 씀

夫孝者人之職也 然眞實無僞及其極也 可以格天動物通於神 豈容人僞於其間哉 吾友松山洪孝子承俊甫 孝其天性也 其父病稽顙禱天血指延命 竟遭艱三霜廬墓 水泉自湧 夜虎來衛 客至粮匱罍米自溢 值七月而種瓜再蔓成實 以供八月祥期之薦 憫農黙禱旱而忽注 母眼疾夜行路黑而有虎前導 求藥疾癒 此謂感應之報 有不期而自致也 嗚呼鯉筍之說 始於王孟 古則 千百歲僅一有之稀 於末世僞滋 受以爲常 無邑不有 孝子之卓行 亦混在於其中 或疑眞僞難辨 然孝子則事親之節 固已有大過人者 孚信於鄕坊婦孺 走卒咸稱以孝子而不名 域中丈德信筆可徵 余自牟陽移居 隣里琴谷相許心交逐日相從年 及八旬 語及父母 涕流被面 此非至孝而然哉 昨年 公之子侄 與坊人士 結契而名曰慕仰 蓋欲人人慕仰 永世不諼也 韙矣盛哉 三綱淪九法斁 人而獸矣 安得使人人薰其德而 感化入契 永樹風聲於來世歟 欲公之從子禹植甫 請余曰 吾叔父之蹟 叔父之親 莫若丈丈 盍記之 不敢以不文辭 述所感於中者如右

壬子 春三月 日 損友 河陰 奉炳國 序

贈序
참 효자의 행실을 공경하다

　효는 모든 행실의 근원으로 근원은 바로 '인(仁)'이라. 인은 효제(孝悌)로부터 시작하므로 효제는 그 인을 하는 근본이니 지극하다, 효의 도됨이여! 나의 벗 홍사문(洪斯文) 승준 형은 효자라. 왕년에 나의 벗이 시묘하는 날에 내가 우리 마을 송은옹(松隱翁) 찬익(燦益)과 함께 여막을 찾아 위로하였는데 최마(衰麻)를 입은 몸으로 손수 나무하여 밥을 짓거늘 모습이 쓸쓸하고 말이 슬프며, 또한 고감록(孤感錄)에 날마다 예를 잡고, 예를 읽음을 기록하니 참으로 효자의 모습이라. 효라 함은 사람 자식된 도리로 성분의 위에 진실로 있는 바요, 직분의 위에 마땅히 할 바라.

　이제 세상에 어찌 나의 벗만큼 잘 어버이를 봉양하고 잘 초상에 거하는 자 있을까? 그 처음에 어버이가 병듦에 하늘에 빌고 그 위급함에 손가락 피를 내어 목숨을 연장케 하며, 시묘 육년의 그 지극한 행실을 나의 벗이 보통의 일로 여기나니 더 자상히 논하자면 막(幕)의 곁에서 물이 나고 막의 밖을 밤이면 범이 와서 지켜주고 손이 와 식량이 떨어져 아침상식하지 못하는데 동이에 쌀이 절로 가득하였으며, 천식(薦食)한 수박의 씨를 다시 심음에 열매를 맺어 8월의 대상(大祥)의 전식(奠食)에 공양하고 해가 가뭄에 농부를 안쓰럽게 여겨 밟에 비가 내리고 자친(慈親)이 아픔에 꿈에서 의원이 약 구하는 방법을 알려줌으로 밤길을 행함에 범이 앞에서 인도하니 이는 다 효에 감동돼서요. 다른 나라 사람이 와 위문하고 감탄함에 이르니 이는 모두 실지의 자취라 내가 어찌 아첨을 좋아하여 이 말을 함에 미치겠는가?

　돌아보건대 지금의 패륜난상(悖倫亂常)의 날에 아버지가 그 자식을 자식으로 여기지 않고 자식이 그 아버지를 아버지로 여기지 않은 자 어떤 사람인가? 기강(紀綱)이 가히 땅을 쓸고 하늘을 뒤집음에 이르러, 이 사람이 우뚝 말류(末流)에 기둥을 세워 능히 천성을 거느리기를 먼저 효, 자(慈)를 다하여 자신에 법(法)하고, 인애(仁愛)에 거하여 인정에 뛰어나니, 진실로 이가 나의 공경하는 벗이다. 순규(淳圭)는 본디 모효공(慕孝公)의 어질고 효도한 후손으로 비록 대대의 업(業)을 감당하지 못하나 그윽이 우리 선조를 사모함이 있고 또한 금포(錦浦) 금은(錦隱) 두 부군(府君)의 자질(子姪)로 정문(旌門)을 받아 쌍효각(雙孝閣)을 창설하였기로 효는 비록 선조에 미치지 못하나 효로 마음을 삼는 생각은 떠남이 없어 나의 벗에 더욱 흠모하고 우러르니, 이에 더욱 내 벗의 조행(操行)과 수신에 감동하여 이미 의(義)로 사귀어 서로 믿고, 묘려를 위문하여 더욱 공경하게 됨이라.

효는 백행의 근원일지니 진실로 내 벗이 그러함을 얻었도다. 더욱이 오래될수록 더욱 공경한데 내가 감히 서투른 말이나마 마음에 쌓임을 일러 이로 정을 서술하도다.

정해(丁亥 - 서기 1947년) 12월 하순
하동(河東) 정순규(鄭淳圭) 삼가 씀

孝爲百行之源 源卽仁也 仁自孝悌始故 孝悌其爲仁之本 至矣哉 孝之爲道也 吾友
洪斯文承俊兄 孝子人也 往年吾友廬墓之日 吾與鄙黨 松隱翁燦益 同喑于墓次躬着
衰麻 自樵手爨 形容梅梅 言語督督 且孤感錄記日以爲 執禮讀禮焉 眞孝子樣也 孝
是人子之道而 以性分上所固有者於職分上所當行者也 尤當近世 豈有如吾友之善
養親 善居喪者乎 其始也 親癠露禱于天 其極指血延甦 其沒廬墓六年 此其至行而
亦吾友之疏節也 蓋詳論之 廬側水源湧出 幕外夜虎來衛 有客絶糧 朝無上食而 罂米
自溢 新薦西瓜之種 復植而成實 供於八月祥期之奠 歲旱憫農自禱雨注 親癠救療 夢
得醫導以求藥 夜行虎前先導 是皆孝感而 至於他邦之人 來問稱賞矣 此皆實蹟也 余
豈阿好而及此哉 顧今悖倫亂常之日 父而不子其子 子而不父其父者 何人 紀綱可謂
掃地飜天矣 斯人也 屹立中柱於末流 能率天性 先盡孝慈以律自身 克居仁愛以脫人
情 信是吾黨畏友也 淳圭素以慕孝 公仁孝後仍 雖不堪其箕裘之業 窃有慕於吾祖先
又以錦浦錦隱兩府君之子姪 蒙旌而創雙孝閭 孝雖不逮於先子 以孝爲心則 念不在
他故 推加欽仰於吾友也 乃愈益有感於吾友之操行 修身旣以交義相符 問于墓廬尤
加欽敬 終以孝爲百行之源 實爲吾友得之矣 愈久愈敬之餘 敢以敝設自謂心贈 贈是
敍情云爾

歲在丁亥十二月下浣 河東 鄭淳圭 謹書

實蹟記
지극한 효행에 하늘이 감동하다

　대저 사람의 당연한 일인 삼강오륜(三綱五倫)을 이행(履行)하는 자, 고금을 통하여 몇 사람이며, 천하에 두루 몇 사람이나 될까? 금성의 북쪽 홍효자 승준 형은 명문가에서 자라 성품이 효성스러우니 하늘에 근본을 둠이라. 육년을 시묘함에 많은 감동을 주어 하나하나 적기 어려우나, 대개 말하자면 범이 항상 지켜주고, 크게 가물어 모든 곡식이 거의 시들어 죽음에 하늘에 호소하여 기도하니 말이 끝나기도 전에 소나기가 내려 싹이 죽는 일을 면하고, 어머니가 안질로 거의 못 보게 되시거늘 꿈속에서 한 노인이 두세 번 안약이 있는 곳을 가르쳐 주어 함평지방까지 내왕함이 백여 리로 꿈에서 깨 일어난 시각이 칠흑같이 어두운 삼경으로 앞을 향할 수가 없거늘, 문득 범이 이끌어주어 약을 구하고 밤을 새워 돌아오니 동방이 비로소 밝고 약을 쓰니 바로 효차가 있었고, 조문객이 옴에 연일 비가 와 식량이 떨어져 상식할 길이 없어 밤새도록 애통해하다 다시 항아리 속을 보니 식량이 이미 가득 차 있거늘, 조객이 놀래어 이르기를 "하늘이 돕고 신이 돕지 않으면 어찌 능히 이와 같으리오?" 하니, 모두가 정성스런 효도 가운데 나옴이라. 또한 멀리서 물을 길었는데 샘이 여막 곁에서 솟고, 여막 앞에 까치가 손님을 알리다가 복(服)을 마친 날에 함께 떠났으며, 우애가 더욱 두터워 형제의 사이를 비집는 말이 없었으며 너, 나의 나눔이 없었다. 장녀의 나이가 겨우 예닐곱으로 험난한 십리 길을 식량과 반찬이 떨어짐이 없도록 흔연히 왕래하니 이웃사람들이 칭찬하여 이르기를 "어린 여아가 천성이로다." 하였다. 한번은 나무를 치고 한번은 길을 닦으니, 그야말로 이 아버지에 이 딸이로다. 마을 사람들이 입을 모아 이르기를 "옛날 읇에 죽순이 나오고, 얼음을 깸에 잉어가 나오고, 집에 비집는 말을 못하고, 이불을 함께 하고 베개를 함께 하는, 이 같은 사람들은 한가지의 일로 서라. 오직 홍효자 만이 많은 감동에 이르니 한 번에 써서 기록하기 어렵도다. 삼년도 오히려 어렵거늘 하물며 육년이냐!" 하였다.

부인 나씨(羅氏)도 그 군자의 지극한 효에 탄복하여 이르기를 "어찌 자고 먹는 것을 갖추고 편히 지내리요?" 하고 영위 앞을 떠나지 않고 육년을 자고 먹으니, 이와 같은 정성스런 효를 뒷날 소학(小學)을 편성(編成)하는 날, 반드시 먼저 기록하리니 어찌 뒤에 하리요?

내가 재주가 졸하고 문장이 짧아 멸렬(滅裂)한 자질을 가졌으나 단지, 지난날에 익히 들었을 뿐 아니라, 겸하여 사돈의 의(誼)가 있어서 가히 부탁을 헛되이 하지 못하겠기에 졸함을 잊고 붓을 잡아 만 분의 일이나마 정의를 나타내도다.

경진(庚辰- 서기 1940년) 삼월 상순
익성(盆城) 후인(後人) 복재(復齋) 김종곤(金棕坤) 삼가 기록함

夫人之當然之事 三綱五倫履行者 通古今幾人也 遍天下幾人也哉 錦城之北 洪孝子承俊兄 古家華閥 性孝根天 六年居廬 多致奇感 一一難記 盖言之虎豹常護 大旱百穀幾欲枯死 呼天禱雨 言未已 急雨漑苗免凶之事 慈母眼疾 幾至昏盲 夢中一老人 再三次眼藥處指示則 咸平地方來往百餘里也 夢罷起坐時則 漆夜三更所向無適也 忽有虎者引去求藥 終夜還庭東方始明 用之卽效 弔客之來 連日雨戲 有絶糧之歎 而上食無路 終夜哀痛 更看缶罌之中 糧已滿矣 弔客驚歎曰 非天佑神助 豈能如是乎 都是誠孝中出來矣 超間汲水 廬側湧出 廬前鵲巢報客 服闋之日同離 友愛尤篤昆季之間 庭無間言 物我無間也 長女年纔七八 崎嶇十里許 糧饌無違 欣然往來 隣里稱歎曰 幼女兒之天性也 一以伐木 一以治道路 曰 有是父有是女 鄉里嘖嘖 曰 昔日泣竹叩氷 庭無間言 同衾同枕 如此之人 一件事也 惟獨洪孝子多致奇感 一筆難記 三年猶難 況六年乎 夫人羅氏歎其君子之孝曰 豈具寢食安過乎 不離靈几前六年寢食 如此誠孝 后日小學編成之日 必先記而豈其後哉 以若才拙文短蔑裂之資 非但前日宿聞之餘 兼爲朱陳之誼 不可虛度故 忘拙把毫 以塞萬分之表情焉

庚辰 三月 上澣 盆城后人 復齋 金棕坤 謹記

孝行記
부모 섬김을 기록하다

　효자 홍승준은 나의 오래된 벗이라. 나서 총명하고 성품이 효성스러워 부모를 섬김에 기쁜 빛과 고운 얼굴을 하여 조금이라도 뜻을 어김이 없었으며, 부모가 연로하심에 입과 몸을 받듦도 또한 효의 한 일로 간고(幹蠱-부모의 뜻을 잘 이음)의 나머지니 입에 맞는 음식과 몸을 편케 하는 물건에 정성을 다하여 이르지 않음이 없었다.

　아버지가 병든 날에 약을 구함으로 일을 삼으니 신인이 약을 가르쳐 주었으며, 임종에 이르러서는 형제가 손가락을 끊어 주혈(注血)하여 회생케 하였다.

　전후 상을 만나 시묘 육년에 맹호가 와 지켜주며, 마른 땅에서 솟은 샘이 여막을 거둠에 다시 마르고, 또 사람이 수박을 사와 먹고 그 씨를 버림에 효자가 주어 여막의 곁에 심고 빌기를 가로되 "수박이 이미 다 되고 제사가 다가오니 원컨대 신명께서 도와 속히 자라 제수에 쓰게끔 해주소서." 하니, 그때의 남음이 다만 몇 십일 남짓이었으되 수박이 과연 싹이 트더니 자라 넝쿨을 뻗고 꽃을 피우고 열매를 맺어 단단한 게 한 덩이가 박만 하여 기일이 닥쳐 쪼개 보니 과연 잘 익어 있었다. 또 밤에 자다가 꿈에서 노인이 나타나 이르기를 너의 어미가 눈의 병이 심하여 하루도 견디기 어려우니 네가 속히 가서 약을 구하라 모처에 의원이 있으리라 하여, 이곳 길을 헤아려 보니 수십 여 리라.

　효자가 밤에 일어나 어머니께 달려가 보니 과연 병이 심하여 손을 쓸 바를 몰라 바로 의원의 집으로 가니 범이 또한 따라 길에서 만난 순경이 검문하려 함에 범이 이에 한번 부르짖어 순경이 놀라 넘어지자 범이 이에 등에 태우고 달려 사방에 불이 켜진 곳이란 곳 없는데, 오직 산 아래 가물가물 한 불빛이 눈에 들어와 곧 가서 문을 두드리니 의원의 집이라, 의원 또한 꿈을 꾸어 약을 지어 놓고 기다린 지라. 효자가 또 범을 타고 돌아와 약을 쓰니 효차가 있었다.

오호라! 이 윤리가 멸절(滅絶)한 날이 되어 부모 보기를 길가는 사람같이 하거늘 육년을 시묘하여 하늘 아래 지극한 괴로움 맛보기를 하루와 같이 하니 어떻게 지극한 행실을 나라 안에 퍼뜨려 어리석은 자로 하여금 부끄러움을 알아 땀이 솟고 경각하여 흥기(興起)케 할꼬?

갑인(甲寅 - 서기 1974년) 4월 소만(小滿) 절기에
장흥(長興) 위석한(魏錫漢) 씀

孝子洪公承俊 余之久要也 生而聰慧 性孝事父母 愉色婉容 少无違志 父母年老 口體之奉 亦孝之中一事 幹蠱之餘 適口之味 便身之物 无不竭誠致之 父有疾日 以刀圭爲事 神人指藥 至屬纊 兄弟斷指注血 以得回甦 前後居廬六年 猛虎來護 乾地湧泉 撤廬復涸 又有人買西瓜 食之去其子 孝子乃拾之 種于廬側 祝曰西瓜已盡 喪期迫近 願神明使之速長而 用於祭需 相距只數十日餘矣 瓜果發芽 長而蔓花而實 團團一顆 可以中匏及期 剖之果熟矣 且夜寢中夢有老人顯曰 汝母眼痛甚 不可一刻堪耐 汝速去救之 某處有醫 卽往問之 此處計程數十餘里 孝子夜赴省 母果疾甚 莫知攸措 往醫家虎亦隨之 路遇巡卒欲檢之 虎乃一咆 巡卒驚倒 虎乃背負而走 四无點火 惟有山下 耿耿一點射眼 直往叩之 則醫家也 醫亦夢而 劑藥待之 孝子亦乘虎來 試施之得效云 嗟乎 當此倫理滅絶之日 視父母如路人 而六年居廬 嘗天下之至苦 如一日安得播至行於宇內 使羞恥者 赧然泚顙而 有所警起也耶

甲寅四月 小滿節 長興 魏錫漢 書

松山記
송산을 효자라 이름함이 옳도다

나주의 금성산은 웅장하고 수려함이 뒤섞인 채 우뚝 솟아 남방의 큰 고을을 이루어, 나라에서 작(爵)을 백(伯)으로 봉했음이 역사책에 소연(昭然)하니, 산 아래 오래된 마을이 있으니 금안동(金鞍洞)이라. 고려조(高麗朝)부터 문인(聞人) 달사(達士)가 차례로 나왔고 홍효자 또한 대대로 살았다. 효자의 성품이 순수하고 진실함에 두 어버이의 상에 시묘 육년 할 새 많은 이적을 두어 이름과 일이 알려져 비록 마을의 부인네와 어린아이라도 분주히 이야기하기를 다하지 못할까 두려워할 정도였다.

슬프다! 만일 성(盛)한 세상이라면 마땅히 선비들이 고하고 이조(吏曹)가 아뢰어 반드시 임금이 포장(襃獎)함을 입었거늘, 이제 때가 변하고 물(物)이 바뀌어 공론이 없다 하나, 사람마다 입에 오름이 날로 새로우니 이것이 이른 바 "사람의 인정함이 하늘보다 낫다."라는 것이 아니겠는가?

일찍이 들으니 석전(石田) 이공(李公)이 그 효를 허락하고 아름답게 여기어 '모암(慕菴)'이라 하였으나 단지, 선조의 호를 피하여 '송산'으로 고침이니 그 의의를 내가 알겠다. 대개 소나무는 늦게 시드는 절개가 있어 성인의 칭찬한 바가 되고, 산의 정(靜)이 엉키는 덕이 있음에 또한 모든 물건이 바탕하여 살아가니 효자가 송산을 얻어야 행실이 더욱 지어지고, 송산이 효자를 얻어야 덕이 외롭지 않을지니, 송산을 효자라 이름이 가(可)하고, 효자를 송산이라 이름이 또한 옳도다.

그러나, 송산이 효자가 되는 지극한 이치가 있으니 스스로 그 인욕(人慾)의 사사로움을 이기지 못하면 능히 미치지 못하고 또한 능히 이를 수 없었으리다. 이는 실로 정밀히 생각하고 힘써 밟아야 하나니 효자가 이로 현판(懸板)을 삼아 마침내 부끄럽지 않을 효험을 거두었으니, 가히 이름과 행실이 일치하여 명경지수와 같다 이르리다. 어찌 가히 공경하지 않으리오.

내가 저번에 이(李) 벗 송하(松下-石田의 子인 承奎)와 더불어 효자를 한 번 방문하였는데 공교롭게 남북으로 갈리어 마음속에 절실히 한이 되었더니 작년 본양면(本良面) 제사를 지낸 때에 효자 또한 참석하여 바라던 정을 같이 하고 늦게 만난 탄식을 피차 함께 발(發)하며 가끔 만나기로 약조하였었다.

이제 춥고 눈이 내린 데, 효자가 나를 기린봉 깊은 산 가운데를 방문하여 기쁘게 옛날의 안면 대함을 이야기하고 떠남에 임하여 나에게 이 일의 기록을 부탁하거늘, 돌아보건대 어찌 감히 하리요마는, 이는 효자께서 시킴이라 어떻게 차마 사양하리요? 효자는 누구인가? 풍산 홍씨의 승준이라.

대략이나마 글하여 다른 날 산중의 고사(故事)를 갖추도다.

정미(丁未-서기 1967년) 하지 후 8월 정묘
벗 학성(鶴城) 김재석(金載石) 기록함

羅之錦峀 雄秀磅礴屹然 爲南方之巨鎭故 國朝封爵以伯 史冊昭然 山下有古洞 曰金鞍洞 自麗代聞人達士間出 而洪孝子亦世居焉 孝子志性純實 於二親喪 廬墓六年 多有異兆 名實暴耀 雖閭巷婦幼 奔走談說 以不及爲恐 噫如在晟世則 宜乎儒籲曹覆 必蒙其天褒 而今時移物換 公論則無有 口旌日新 此所謂人定勝天者非耶 嘗聞石田李公 許其孝錫嘉以慕庵 只嫌於先 改以松山 其義吾知之矣 盖松有後凋之節 已爲聖人之所贊 山有靜凝之德 亦爲衆物之資生 而孝子志松山 而行益著 松山得孝子而德不孤 則松山謂孝子可也 孝子謂松山亦可也 然松山之所以爲孝子 至理存焉 非有以自勝其人欲之私 不能及也 亦莫能致也 此實靜思力踐處 而孝子用是爲顔 竟收不愧不怍之效 可謂名行合致如明鏡止水矣 烏不可欽也哉 余曩與李友 松下一訪孝子 巧致參商 心切恨之 昨歲本良修祀時 孝子亦參同 願言之情 晚見之歎 彼此俱發 約共源源 今寒天雪程 孝子訪余 於麟峽萬山之中 歡然道舊日顔面 而臨發囑余以記顔 顧何敢也 此乃孝子役也 其何忍辭 盖孝子爲誰 豊山氏承俊也 略書所以備異日山中故事

歲夏正 丁未陽至後 八月 丁卯 友人 鶴城 金載石 記

祭文
술과 음식을 올리고 곡하나니 영령이시여!

제문 一

갑인(甲寅- 서기 1974년) 10월 기미(己未) 삭(朔), 18일 병자(丙子)에 담대헌(澹對軒) 풍영계원(風詠契員) 모두가 흩어져 모이지 못하다가 대표 윤승호(尹承鎬) 유종룡(柳鍾龍) 정철환(鄭喆煥) 신경렬(辛璟烈) 신홍렬(辛洪烈) 유원종(柳源鍾) 김유신(金裕新) 홍종희(洪鍾憙) 홍남근(洪南根) 변동렬(邊東烈) 이강현(李康鉉) 등이 고기와 과일 술을 준비하고 글을 지어 송산거사 홍공의 영전에 곡하며 고합니다.

오호라! 공께서는 이름 있는 가문, 시례(詩禮)의 고가(古家)에 나서 풍모가 단정하며 성품이 온화하고, 효는 하늘에 근본하며 처음과 끝이 어긋남이 없고, 맛있는 음식을 봉양하며 또한 능히 부드러운 빛을 띄우고, 신이 영약을 가르쳐 주셔 어버이 병이 쾌히 낫고, 손가락을 깨물어 피를 먹여 능히 어버이 수명을 연장하고, 부모의 상에 거하여 시묘 육년을 함에, 범이 개와 같이 지켜줌에 모든 짐승이 도망하고, 수박이 거듭 익으며, 샘이 솟아 나오고, 가뭄을 안타깝게 여기자 비가 내리며, 식량이 떨어지자 쌀이 나오니, 지성의 이른 바에 하늘이 감동하고 신이 도움이라. 처음에 의심하였으나 마침내 믿게 되니 세상이 기이함에 놀라도다. 고을의 어른 후석(後石) 겸산(謙山)께서 붓을 들음에 말이 곧고 뜻이 통하며, 성균관(成均館)의 장(長)과 모든 장관(掌管-나주 광주 남원 전주)의 선비들이 글을 올려 찬양함에 이의가 또한 없었다. 어진 자는 수(壽)하나니 마땅히 90, 100살을 살아 보고 느끼게끔 하여 세상의 교화에 도움이 되어야 하거늘 닭의 해도 아닌데 닭

꿈(* 죽음을 나타냄)을 꾸니 왜 이리 나쁜가? 어진 이를 빨리 불러감에 백 사람의 몸으로도 대신하기 어렵도다.

혼탁한 우리네는 같은 세상에 나서 모임을 만들고 서로 쫓은 지 이미 십 해가 지났구려. 고산서원(高山書院)에 봄이 화창하고 담대헌(澹對軒)에 날이 따뜻하면, 시를 읊으며 함께 돌아오며 연마하며 단란하고, 항상 헤어 지지 말기를 바라며 더욱 서로 도와주기를, 하루아침에 옛사람이 되어 한 갓 슬픔만 더하나니, 세월이 빨라 무덤에 풀이 묵었도다. 늦게나마 상연(象 筵)에 절하며 음식을 올리고 곡하나니 영령이시여, 양양히 이에 이르소서. 오호! 슬프다!

상향(尙饗)!

갑인(甲寅- 서기 1974년) 10월 18일
풍영계원(風詠契員) 일동 곡함

維歲次甲寅 十月己未朔 十八日丙子 澹對軒風詠契員 居多參商未能齊到 代表 尹 承鎬 柳鍾龍 鄭喆煥 辛璟烈 辛洪烈 禹源鍾 金裕新 洪鍾憙 洪南根 邊東烈 李康鉉等 將鱐果壺醑 爲文哭告于 松山居士洪公之靈 曰嗚乎惟公 簪纓名閥 詩禮古家 風表端 毅 性度溫和 孝根于天 終始無渝 旣極甘毳 亦能怡愉 神指靈藥 親癠快痊 斫指灌血 克延親年 居前後喪 廬墓六霜 虎馴如狗 白魔遁藏 瓜重成熟 泉忽湧冽 憫旱卽雨 糧 乏米溢 至誠所到 天感神佑 始疑終信 世驚奇異 鄕有長德 石老謙翁 咸抽金管 辭直 而通 泮館之長 掌管諸儒 狀揚牘扚 聞言亦無 仁壽有理 宜躋期耄 觀感有作 裨補世 敎 世律非酉 鷄夢何惡 速奪賢人 百身難贖 溘澀余輩 生幷一世 結社相從 已閱十歲 高山春和 澹軒日闌 詠而同歸 切磋團欒 恒願勿分 益資麗澤 一朝千古 徒增悲惜 居 諸迅駟 墓草方宿 晚拜象筵 菲奠一哭 英靈洋洋 其欲格思 嗚呼哀哉 尙
饗

제문 二

계축해 11월20일 갑인(甲寅)에 고생(孤生) 봉기종(奉奇鍾) 재배하고 곡 하여 송산 홍공 영연(靈筵)에 고하나니, 오호라! 공의 효성은 하늘에서 내 셨으니 어버이가 병듦에 손가락을 깨물어 명을 연장시켰으며, 내외(內外) 의 상을 만나서는 육년을 시묘하니 범이 밤이면 와서 지켜주고, 객(客)이 찾아온 때 식량이 떨어짐을 한하였으나 다음날 항아리에 쌀이 가득 차 있고, 물 길어 오는 곳이 멀어 힘들기로 샘이 홀연 솟고, 수박이 일년에 두 번 넝쿨을 뻗고 열매를 맺어 대상(大祥)에 올렸으며, 향방(鄕邦)에서 공을 일컬음에 이름을 부르지 아니하고 '효자'라 이르니, 이는 정성스런 효가 하늘에 이르고, 사람을 감동시키며 신을 감응케 해서가 아니라면 능했으리요?

오호라, 하늘이 이 효를 이 세상에 내려주심은 사람으로 하여금 자식된 도리를 알아서 세상을 깨우치게 하는 지표를 삼아서리이다.

오호라, 나의 조고(祖考) 심석공(沁石公)이, 이 마을에 살면서 공과 더불어 사귀기를 칠교(漆交)와 같이 하여 마음을 허락하고 정을 통하시더니, 공께서 병들어 자리에 누우시자 조부께서 문병하시고 장차 돌아가실 줄을 아시고 탄식하기를 이제 지기(知己)의 벗이 없게 되었다 하시더니, 조부께서 홀연히 먼저 서거하시고 공이 또한 이어 졸하시니, 생각건대 정이 깊어 유명을 따로 하지 않으심인가? 저 하늘이 원망스럽도다. 또 공께서 나를 아껴주시기를 아들과 조카같이 하시어 열흘을 짧다 하고 왕래하며 깨우쳐주셨거늘 이제 말지어다! 아득한 구천(九天)을 가히 어떻게 할 수 없나니, 하늘과 땅을 우러르고 숙여 보아도 슬픔만 더하도다. 다행히 두 영윤이 효도하여, 효를 잇나니 공의 가문이 경사가 넘쳐 장차 끊어짐이 없으리니, 공은 그 서운히 말으소서!

오호, 슬프도다! 상향!

계축(癸丑 - 서기 1973년) 12월20일
고생(孤生) 봉기종(奉奇鍾) 삼가 곡함

維歲次 癸丑十一月二十日甲寅 孤生奉奇鍾 再拜哭告于 松山孝子洪公象生之筵 嗚乎惟公孝性植天 親病斷指延命 及遭內外艱 六載廬墓 有虎夜衛 客來恨糧絶 翌朝開缸米自滿 苦汲遠水 地坎泉忽湧 西瓜一年再蔓結實 以薦于終喪 省邦稱公 不以名而稱孝子 此非誠孝格天感人動神而乃能哉 嗚乎天降此孝於此世 使人知爲子之道而爲警世之標也 嗚乎 吾祖考沁石公 僑居隣里 與公交如柒膠 許心輪情 公嘗病臥席 祖父問病知將卒而嘆知己盡矣 祖考忽先逝 公亦繼卒 抑情深不可離幽明也 不可不怨於彼蒼也 又愛余若子姪 旬月往來戒論之今焉已矣 茫茫九原不可作俯仰乾坤徒增哀痛 幸有兩胤以孝襲孝 公家餘慶將無艾矣 公其無憾歟 嗚乎哀哉 尙
饗

卷之三

- 薦狀
- 答通文

薦狀
효제 충신의 인물을 추천하다

사람의 선행이 때에 따라, 곳에 따라 수만 가지로 한결 같지가 않되 효보다 큰 것은 없다. 사람이 진실로 능히 어버이 섬기는 도리를 다하면 나머지 여러 선은 다 다음의 일로 천하의 선이 귀착된다.

오호라! 효를 어찌 가히 쉽게 말하겠는가.

본 고을 노안면 금안동에 사는 선비 풍산 홍씨 승준은 자는 백원(伯源) 호는 송산인데 학생 우연(祐璉)의 자(子)로 효우가 독실한 사람이라. 고려(高麗) 명현(名賢) 사인(舍人) 홍애선생(洪崖先生)의 후손으로 나면서 지극한 성품을 가졌더니 어려 사물을 살피지 못하는 때에도 능히 어버이를 사랑하고 형을 공경할 줄을 알아 그 어버이를 섬김에는 기뻐하여 받들고 혹이라도 거슬리게 함이 없었다.

기색을 살펴 음식을 공양하고 따뜻하고 시원하게 하는 의절(儀節)을 숭상하고 무릇 나가고 들어오며 마시고 먹으며 일용(日用)의 동정(動靜)이 하나같이 사랑하고 공경하는 도에서 나오지 않음이 없어 단지 어버이 있음을 알고 자신이 있음을 알지 못한 듯하니 나이가 무작(舞勺-13세)이 안 되어 효가 나타나 향당(鄕黨)에 칭송되었다.

일찍이 어버이가 병드심에 낮이나 밤이나 근심하여 눈을 놀리거나 이를 보이지 않고 비바람을 피하지 않고 물불을 가리지 않고 동서 어느 곳이든 백방으로 나을 방도를 찾으니 원함이 이르지 않음이 없고 구하여 얻지 않음이 없었다.

북두(北斗)에 빌고 산천에 빌어서 지극한 정성을 들이지 않음이 없되 병이 깊어짐에 그 형 면재(勉齋) 승천(承天) 씨와 더불어 형제가 단지하여 피를 입에 넣어 들여 수일(數日)의 목숨을 연장하다가 정사(丁巳-서기 1917년) 8월19일에 돌아가시니 효자 20세의 때이다. 대고(大故)를 당함에 미쳐서 가슴을 치고 슬프게 부르짖어 땅을 두드리고 하늘을 불러 입에 음식을 대지 못하여 거의 성을 멸할 정도였다.

상을 치름에 한결같이 예법을 따르고 묘 아래 여막을 침에 미쳐서는 낮이나 밤이나 부르짖어 울고 맨밥으로 연명하여 입에 훈채(葷菜)나 고기를 대지 않고 삼년을 하루같이 지냈다. 지세가 높고 메말라 원래 한 방울의 새가 쪼아먹을 물도 없었는데 홀연 한 줄기 맑은 물이 묘 섬돌 아래에서 솟아나와 장마나 가뭄에도 불고 줆이 없이 삼년 동안 마르지 않으니 어찌 이상한가! 사람들이 '효천(孝泉)'이라 칭하였다. 7월 보름에 천식(薦食)한 수박(西苽) 씨를 묘 섬돌 아래 다시 뿌리고 지성으로 청하였더니 수박이 며칠이 안 되어 넝쿨이 뻗고 열매를 맺고 익어 8월18일 연사(練祀-일년 째의 제사)에 제수로 쓰니 또한 어찌 이상한가! 사람들이 '효고(孝苽)'라 칭하였다.

그 곳이 깊은 골짝이라 사람이 살기 어려워 맹수가 있었는데 밤이면 꼭 찾아와 지켜주기를 개와 같이 하였다. 하루는 꿈에 한 도사(道士)가 와 말하기를 모친이 병으로 고생하는데 약이 함평 대동면 산태머리 임기옥 집에 있거늘 네가 어찌 가 구해오지 않느냐 하여 효자가 놀라 깨어보니 깜깜한 밤이라 사방이 암벽으로 창황(蒼黃)하여 어찌할 바를 모르겠더니 범이 앞에서 이끌어 얼마 되지 않아 60여 리를 달려 나산헌병소분견(羅山憲兵所分遣) 앞을 지남에 헌병 이병식(李兵植) 장진홍(張珍弘) 등이 상복에 초췌한 모습을 보고 수사하려하다 또한 범이 포효하는 소리를 듣고 도망하였다. 얼마 지나지 않아 산태머리에 이르니 임노인이 약을 미리 지어 가지고 불을 밝히고 자지 않고 기다리고 있으니 아마 신의 고함이 있어서이라. 효자가 재배하고 약을 받아 달려 집에 돌아오니 동이 아직 트지 않고 어머니 이씨(李氏)가 과연 눈병을 앓아 효자가 울며 약을 발라드림에 눈병이 바로 나았다. 그 뒤 임기옥(林基玉)과 군속 구자선(具慈善) 서원 김선홍(金善弘) 등이 찾아와 극구히 찬탄하고 떠났다. 그 사이 허다한 기행 이적은 낱낱이 들지를 못하여 그 큰 것을 들고 작은 것은 생략한다.

11년 뒤 무진(戊辰) 해에 내간(內艱-모친상)을 만나 초종(初終-초상부터 탈상까지)의 범절을 한결같이 전상과 같이 하고 또한 시묘하여 읍혈(泣血) 삼년 하니 그 사이 범이 지켜주고 샘이 솟음이 한결같이 어찌 이전과 같은 가. 식량이 떨어졌는데 손님이 옴에 항아리에 쌀이 차 있고, 가뭄에 빌자 비가 내려주니 천신이 감응한 것이 아니라면 능히 이와 같겠는가? 아름답고 훌륭하다. 오호라! 효여, 지극한 정성이 한결같고 순독(純篤)하나니 홍효자와 같은 즉, 가히 하늘에 뿌리하고 해에 통하여 지난날을 빛내고 오는 날을 풍족하게 한다 함이니 고을의 장로들이 반드시 호를 부르고 이름을 부르지 않으며 비록 아녀자와 나무꾼이라도 그 여막을 지남에는 공경하여 경모하지 않음이 없으니 책 속에 고인(古人)과 같아서이다.

　이 같은 사람의 뛰어난 행적은 족히 일세의 모범이 되고 백대의 법칙이 됨이라. 나라에 상전(常典)이 있다면 진실로 마땅히 마을에 작설(綽楔-정려문)을 할진데 오호라 세도(世道)가 예와 같지 않아 정포(旌褒)하는 단계가 없으니 가히 탄식할 뿐이다.

　저희가 한 고을에 살아 그 처음부터 끝까지 일을 다 눈으로 보고 귀로 들어 마음에 공경함이 넘침이 오래라. 이에 감히 사실을 적어 고하나니 오직 바라건대 첨존(僉尊)께서 함께 찬양하여 하여금 이 옛날에도 드문 독행이 후세에도 사라지지 않게 하여 숙계(叔季-말세)에 가르침을 붙잡아주시면 천만 다행이요, 천만 다행이겠습니다. 위 글로 공경히 성내장관(省內掌管) 열읍향교유림(列邑鄕校儒林)의 첨존(僉尊) 좌하께 통문을 보냅니다.

지성(至聖) 2520년 신해(辛亥-1971년) 8월
나주향교 전교_홍남근
총무_유제수 재무_정지회
유도회장_박인규
전의_김희철 이돈원 색장_나형균
장의_정동회 배진식 염동선 이덕우 나종균 김동률 염완섭 나복균 김영수 최길상
　　　이상욱 나명집 정무림 김영환 이문옥 송인수 김용두 이순형 유인명 장남규
　　　이환규 이길남 나환주 김용수 김복영 최일균
다사_김윤택 홍명식 정해면 임승호 나갑운 이동범 박종만 김태석 이교택 노한철
　　　임덕통 임용택 박찬성 최원규 최붕휴 나용균 김영옥 나평균 나종근 유각희
　　　김종현 유인창 이성규 정철환 등

夫人之於善行 隨時隨處 數萬不一 而孝莫大焉 人苟能盡事親之道則 其餘衆善 皆次第事而天下之善歸矣 嗚呼 孝豈可易言哉 本鄉老安面金安洞 居士人 豊山洪承俊字伯源號松山 學生祐璉子 孝友篤行人也 以高麗名賢舍人 洪崖先生后 生有至性 自幼未省事時 能知親之愛 兄之敬 其在事親也 怡愉承順 罔或咈戾 氣色甘旨之供 溫淸之節 尙矣 凡出入飮食 日用動靜 靡一不出於愛敬之道 只知有親而 罔知有身 年未舞勺 以孝著稱鄉黨 其嘗侍疾也 日夜色憂 不交睫 不見矧 不避風雨 不憚水火 東西陸梁 百方救療 願無不致 求無不得 祈斗禱山 靡不用極 疾革 與其伯氏勉齋承天氏兄弟斷指湊血 苟延數日之命 實丁巳八月十九日 而孝子二十歲時也 及當大故 擗踊哀號 叩地呼天 口不水醬 幾至滅性 襲斂襄虞一遵禮制 及葬廬于墓下 日夜號哭 蔬糲延命 口不鞾血 三年如一日 地勢高燥 元無一點鳥喙之水 而忽有一脈淸水 自墓階下石間 湧出不以雨暵而增減 三年不渴何其異哉 至今人稱孝泉 七月望日薦 餘西苽種子 再播于墓階下 而至誠請祝 苽不日成蔓結實成熟 以備八月十八日練祀之需 又何異哉 人稱孝苽焉 其境地絶幽 人不堪居 而有猛獸 夜必來護如家犬 一日夜夢 有一道士來言 母親方患昔苦痛 而良藥在咸平大同面山泰里林基玉處 汝盍往求之 孝子驚覺 漆黑夜深 四面岩壁蒼黃罔措 遂爲虎也 前導行未數餉 走破六十餘里 行過羅山憲兵所分遣前 憲兵李兵植張珍弘等 見其衰経憔悴形貌 將欲査詰 亦被虎也咆哮一喝 而竄逃 不暇行到山泰里 則林老人豫備藥物 而明燭不寐待之 盖有神告者也 孝子再拜 奉藥疾走歸家 日未曙而母夫人李氏 果患眼痛 孝子號泣施藥 眼痛卽差如神厥後林基玉 曁郡屬具慈善 署員金善弘 先後來訪 極口贊歎而去 其間許多奇行異蹟不遑枚擧 而擧其大者 細者可推矣 後十一年戊辰丁內艱 初終凡節 一如前喪 而亦爲廬墓泣血三年 其間虎衛泉湧 一何似前 而糧乏客至缸米自溢 天旱禱山甘雨大作 非天神感應能如是乎 狗猷 趨矣 嗚乎 孝矣 至誠一貫純篤 如洪孝子 則可謂根天貫日而熙往穰來 絶無而僅有也 鄉省長老行必號而不名 雖婦孺輿儓 過其廬 莫不矜式而景慕 如卷中之古人者有以也 斯若人之卓行異蹟 足爲一世之範 百代之法也 國有常典 固宜綽楔宅里而 嗚乎 世道不古 旌褒無階 可慨已也 鄙等居在一鄉 其始終事行悉皆目擊耳聞 而心焉欽艷者久矣 玆敢摭實仰告 惟願 僉尊 齊聲贊揚 俾此罕古篤行不泯於後而庸扶叔季風敎之地 千萬幸甚千萬幸甚 右敬通于
　省內掌管列邑鄉校儒林 僉尊 座下

　至聖二千五百二十年 龍集 辛亥 八月 日

　羅州鄉校 典校 － 洪南根
　總務 － 柳濟水　財務 － 鄭芝會
　儒道會長 － 朴仁圭
　典儀 － 金熙喆 李敦元　色掌 － 羅炯均
　掌議 － 鄭東會 裵鎭式 廉東善 李德雨 羅宗均 金東律 廉琓燮 羅福均 金永秀
　　　　崔吉相 李相郁 羅明集 鄭武林 金暎煥 李文玉 宋寅洙 金容斗 李順炯
　　　　柳仁明 張南圭 李桓圭 李吉南 羅煥柱 金容洙 金福泳 崔壹均
　多士 － 金允澤 洪明植 鄭海勉 任勝鎬 羅甲運 李東範 朴鍾萬 金太錫 李敎澤
　　　　盧漢喆 林德龍 林龍澤 朴贊聖 崔元奎 崔鵬休 羅龍均 金永鈺 羅枰均
　　　　羅鍾謹 柳珏羲 金鍾炫 柳寅暢 李星圭 鄭喆煥 等

答通文
나주향교 유림께 답하다

공경히 답합니다.

전(傳)에 이런 말이 있으니 일가가 인(仁)하면 일국(一國)이 인에 흥하고 일가가 양(讓)하면 일국이 양에 흥한다 하니, 선철(先哲)이 인양(仁讓) 해석하기를 효제(孝弟)로 하시니 효제가 세도(世道)의 융성함과 쇠퇴, 가국(家國)의 다스리고 어지러움에 돌이켜 보건대 중하지 않겠는가.

귀 고을 홍사문(洪斯文) 승준은 순효독행(純孝篤行)하여 귀에 들림이 이미 익숙하였거늘 이에 분장(賁狀)을 받드니 모르는 사이 옷깃을 여미고 공경심이 일어납니다. 그 봉양함에는 기뻐하여 받들고 마음과 몸을 다 온전히 받들며 병드심에는 근심하여 형제가 단지하여 이미 끊어진 목숨을 연장하더니 돌아가심에는 가슴을 치고 땅을 치며 슬피 부르짖으며 입에 물을 대지 않아 뼈만 남아 거의 성을 멸함에 이르고, 전후상(前後喪) 육년을 시묘하여 말하거나 웃지를 않고 반찬과 고기를 들지 않고 샘이 솟아 흐르고 맹수가 와 지켜주며 수박이 두 번 열리고 항아리 쌀이 저절로 불어나며 신인이 약 있는 곳을 가르쳐 주는 이런 것이 어떤 기적이고 어떤 이치이리오. 효에 감응하여 이른 바 아님이 없다. 지난 날을 밝히고 오는 날을 비쳐줌이니 진실로 천백에 한 사람일 따름입니다.

효함에 나라에 떳떳한 법이 없어 마을에 정표를 하지 못함을 한탄하나니 맑은 날이 있을지니 나중에 주자(朱子)께서 출제(出第)하신다면 당연히 뛰어나고 아름다운 행적을 선행편(善行篇)의 앞에 실을지니 내가 짐짓 기다리나이다.

우(右)히 공경히
나주향교 유림 여러분께 답합니다.

신해(辛亥- 1971년) 월 일
전주향교 전교-이은형
제장-이현태. 장의- 장병용 유영선 정운용 임일순 심상진
다사-오익현 이의천 소진기 이순구 박영근 이기형 이재희 임병열 유태희 조성태 등

敬覆 傳有之曰一家仁 一國興仁 一家讓 一國興讓 先哲以仁讓釋之爲孝弟 孝弟
之於世道之隆替 家國之理亂 顧不重歟 貴鄕洪斯文承俊 純孝篤行 雷耳已熟 而玆
承 貴狀 不覺歛袵起敬矣 其在養奉 怡愉承順 志體兼全 病也色憂 兄弟斷指 苟延旣
絶之命 沒也擗踊哀號 口不水醬 柴毀骨立 幾至滅性 前後喪六年廬墓 不言笑不葷血
泉水湧出 猛獸來衛 芝實再熟 缸米自溢 神人指藥 是何等奇蹟 何等異致 莫非孝感
所致 而熙往穰來 固千百一人而已耳 嗚乎 孝矣 國無常典 恨不得旌表門閭 而河淸
有日 後朱夫子出第 當採輯卓行懿蹟 於善行篇首矣 吾姑竢之 右敬答于
羅州鄕校儒林 僉尊 座下

辛亥月日
全州鄕校 典校 - 李殷衡
齋長- 李鉉泰
掌議- 張柄龍 柳永善 鄭雲龍 林日淳 沈尙軫
多士 - 吳翊鉉 李義天 蘇鎭璣 李順九 朴潁根 李機衡 李宰熙 林秉烈 柳台熙
趙誠台 等

우(右)히 공경히 답합니다.
사람에 진실로 효우의 뛰어난 행실이 있어 가히 세상에 법이 됨에 포정
(褒旌)하고 표창(表彰)함이 진실로 조가(朝家)의 성한 법이요, 사림(士林)
의 공평한 의론이라.
삼가 살피건대 귀 고을의 연장(聯狀)은 예부터 드문 효자인인 홍사인(洪
士人) 승준을 표창하자는 일이라. 대개 사인은 풍산 세족 홍애(洪崖) 선생
후손이라. 시체(詩禮)의 가문에 젖어 효도하고 우애함이 일찍이 나타나 향

리의 칭송이 자자하더니 전후상(前後喪) 육년 시묘하기를 주야로 하여 웃지 않고 반찬과 고기를 들지 않으며 읍혈호곡(泣血號哭) 끊어지지 않아 샘물이 솟고 맹수가 호위하며 항아리 쌀이 저절로 불어나고 신인이 약 있는 곳을 가르쳐 주는 등의 이적에 이르니 하늘에 근본 한 효로 천신이 감응하지 않았다면 능히 이와 같겠는가.

홍효자 같은 이는 가히 얼음물 속에 잉어를 잡고 눈밭에서 죽순을 캔 옛일에 비견되니 모든 사편(史篇)에 찾더라도 실로 천백 세대에 한 사람일 따름이다.

오호라, 또한 훌륭하다. 우리가 이웃에 거하여 그 뛰어난 행적을 익히 들은 것이 하루 이틀이 아니다. 첨존(僉尊)께서 지금 천양하여 듦은 가히 그 마땅하다 하겠다.

오직 바라건대 첨존(僉尊)께서는 천유양미(闡幽揚美)하여 풍교(風敎)를 세워 퇴속(頹俗)을 바르게 회복할 것을 도모해주시면 세도의 다행이요 사문(斯文)의 다행이리다.

우히 공경히

나주향교 유림 여러분께 답하나이다.

신해(辛亥-1971년) 월 일
광주향교 전교-박재룡
장의- 나승문 정해영 정경래 최기원 이명수 김병일 유재수 하응운 박종룡 박기태
　　　박남순 임동관 김낙식 고운석 민재식 박하술 최종욱 정상익 안종한 윤용호
　　　이재복 고재오 안종인 오종수 송병두 범준영 박영봉 송옥
다사- 정민식 안용백 고광칠 심한구 이윤행 윤석기 고재석 신일범 정해관 박하만
　　　기세은 등

右敬答事 人苟有孝友 特異之行 可法於世者則 褒而旌之 表而彰之 固朝家之盛
典 士林之公議也 謹按 貴鄕聯狀 卽罕古孝子 洪士人承俊 表彰事也 盖士人以豊山
世族 洪崖先生仉后 濡染詩禮之門 孝友夙著 藉藉爲鄕里之稱 而前後喪六年居廬 畫
夜不言笑不葷血 泣血號哭不絶 以致泉水湧出 猛獸護衛 缸米自溢 神人指藥 等異蹟
其非根天之孝 天神感應而能有是乎 若洪孝子 可以此肩於氷鯉雪筍古事 而求諸史
篇 固千百世一人而已耳 吁亦韙矣 鄙等居接隣壤 其卓行異蹟 稔聞者 非一日而 僉
尊今玆闡揚之擧 可謂得其所矣 惟願 僉尊闡幽揚美 庸圖樹立風敎 挽回頹俗 世道
幸甚 斯文幸甚 右敬覆于
　羅州鄕校 儒林 僉尊 座下

辛亥 月 日
光州鄉校 典校 - 朴載龍
掌議 - 羅承文 鄭海英 鄭敬來 崔基元 李明洙 金炳日 柳在壽 河應雲 朴鍾龍
　　　 朴基泰 朴南淳 林東觀 金珞植 高云錫 閔載植 朴夏述 崔鍾旭 鄭尙翼
　　　 安鍾漢 尹容鎬 李在福 高在梧 安鍾仁 吳鍾洙 宋炳斗 范埈榮 朴永鳳 宋玉
多士 - 鄭潤植 安龍伯 高光七 沈翰求 李允行 尹錫瑃 高在碩 愼日範 鄭海寬
　　　 朴夏晩 奇世殷 等

우문(右文)으로 공경히 답합니다.

효란 모든 행실의 근본이요, 여러 선의 시작으로 이는 진실로 사람이 다 하늘에 타고난 바여서 억지로 하는 것이 아니다. 인자(人子)가 되는 자 누가 그 어버이를 사랑하고 공경하여 자식의 직분을 다하고자 않으리오 마는 예부터 지금까지 효로 이름을 떨친 자 드물게 들림이라. 사책(史冊)에서 찾아보아도 실로 천백 인 가운데 일인이니 어찌 일찍이 지성이 하늘에 근본하고 지성(至性)이 해까지 통하여 고금에 뛰어난 홍효자 승준 같은 자가 있으리오.

천장(薦狀)을 받들고 공경하고 찬탄하여 옷깃 여밈을 겨를 하지 못하나니 천신이 감응하여 샘이 솟고 범이 지켜주며 수박이 두 번 맺고 쌀이 저절로 불어나며 신인이 약 있는 곳을 가르쳐 주는 여러 이적이 자주 일어남은 실로 마땅함이라 족히 괴이할 것이 없다.

오호라 훌륭하다. 홍효자 같은 이는 오두적각(烏頭赤脚-旌閭門을 말함)하여 택리(宅里)에 표해야 함이 만 번이라도 당연하거늘 세도가 이러하여 정포(旌褒)하는 법이 없으니 이는 개탄스러우나 효자에 또한 무슨 더하고 덜함이 있겠는가.

역(易)에 왈, 군자가 말이 선에서 나옴에 천리 밖에서도 응한다하니 귀 고을의 사림이 오늘날 천거함이 누가 즐겨 듣고 즐겨 말하여 함께 소리하여 찬양하지 않겠습니까?

생각건대 말세의 풍교(風敎)에 천만 다행스럽습니다.

우히 공경히

나주향교 유림 여러분께 답합니다.

신해(辛亥-1971년) 월 일

남원향교 전교_ 황용현

유도회장_ 이상의

위성조합장_ 노사원

양사재장의_ 양해상

충연사장의_ 안승학

향교장의_ 양해목 한상순 강두희 김선근 박봉준 조성옥 소봉술 정영근 김수열
　　　　　황의문 이양근 윤병수 장진선 전규태 강대숙 유준기 김기현 조삼훈
　　　　　오군섭 정정조

다사_ 진용 소재술 김영관 이병기 윤승호 최병훈 원종호 우종하 양상욱 이일진
　　　이윤식 등

　右文爲敬答事 夫孝者 百行之本 衆善之始 而是固人皆所以稟得於天 而非勉强爲
者也 爲人子者 誰不欲愛敬其親 供盡子職 而往古來今 以孝名者 罕有聞焉 求諸史
固千百人中一人 而曷嘗見 至誠根天 至性貫日 冠絶今古 如洪孝子承俊者乎 奉狀欽
歎 斂襟不暇 而天神攸感 泉湧虎衛 苽實再熟 缸米自溢 神人指藥 累致等許多異蹟
固其宜也 無足恠焉 嗚乎韙矣 若洪孝子者烏頭赤脚 表闕宅里 不翅萬當 而世道如許
旌褒無典 是庸慨然 而其在孝子 亦有何加損哉 易曰君子言出於善 千里外應之　貴
鄕士林 今日之擧孰不樂聞 樂道 而同聲贊揚哉 窃爲叔世風敎 幸甚千萬 右敬答于
　羅州鄕校儒林 僉尊 座下

辛亥 月 日

南原鄕校 典校 - 黃龍顯

儒道會長 - 李相儀

衛聖組合長 - 盧思源

養士齋掌議 - 梁海祥

忠然祠掌議 - 安承學

鄕校掌議 - 梁海穆 韓祥淳 姜斗熙 金善謹 朴奉準 趙成玉 蘇封述 鄭永根 金壽烈
　　　　　黃義文 李養根 尹炳洙 張鎭琁 田圭泰 姜大淑 柳俊基 金鎭鉉 趙三勳
　　　　　吳浧燮 鄭正朝

多士 - 晋庸 蘇在述 金榮瑾 李丙器 尹承鎬 崔炳勳 元鍾昊 禹鍾夏 梁相旭 李一振
　　　李允植 等

우(右)히 통문에 답합니다.

효는 백행의 근원이라, 능히 지켜 행하는 자 세상에 몇이리오. 고로 예부터 나라에 포상하는 법이 있으니 이는 사림이 공평하게 의논함에 말미암아에서다.

귀 고을 노안면 금안리 풍산 홍승준은 홍애(洪崖) 간(侃)의 후손으로 어려서부터 능히 어버이를 섬기고, 형을 공경하는 도리를 알아 그 어버이를 섬김에는 기뻐하여 받들고, 음식을 공양하고 따뜻하고 시원하게 하는 의절을 한결같이 정성스럽고 공경히 하여 조금이라도 게을리하지 않았으며, 그 병들어 모심에는 북두(北斗)에 빌고 산에 빌어서 지극히 하지 않음이 없어 병이 심함에 단지하여 피를 입에 넣어드려 두서너 날의 목숨을 연장하더니, 대고(大故)를 당함에 미쳐서 한결같이 예법을 따르고 장사를 치른 뒤에 묘 아래 여막을 치고 삼년을 하루같이 지냈다.

지세가 높고 메말라 원래 한 방울의 새가 쪼아 먹을 물도 없었는데 먹을 물이 솟아나와 삼년 동안 마르지 않으니, 어찌 '효천(孝泉)'이라 칭하였다. 7월 보름에 천식(薦食)한 수박[西苽]씨를 묘 섬돌 아래 다시 뿌리고 지성으로 청하였더니 수박이 며칠이 안 되어 넝쿨이 뻗고 열매를 맺고 익어 8월18일 연사(練祀-일년 째의 제사)에 제수로 쓰니 사람들이 '효고(孝苽)'라 칭하였다. 맹수가 밤이면 꼭 찾아와 지켜주기를 개와 같이 하였는데 하루는 꿈에 한 도사가 와 말하기를 네 모친이 병으로 고생하고 약이 함평 모처 모가(某家)에 있거늘 네가 어찌 가서 구해오지 않느냐 하여 효자가 놀라 깨어보니, 깜깜한 밤이라 창황하여 어찌할 바를 모르겠더니, 범이 앞에서 이끌어 60여 리를 달려 약을 구하여 집에 돌아오니 어머니가 과연 눈병을 앓아 효자가 울며 약을 발라드림에 눈병이 바로 나으니, 아마 신의 고함이 있어서이리라.

그 11년 뒤에 내간(內艱-어머니 喪)을 만나서도 초상의 범절을 한결같이 전상(前喪)과 하고 또한 시묘하여 읍혈(泣血) 삼년 하였다. 그 사이 범이 지켜주고 샘이 솟고 함은 한결같이 전과 같고 식량이 떨어졌는데 손님이 옴에 항아리에 쌀이 차 있고 가뭄에 산에 빌자 비가 내려주니, 이 또한 천신이 감응하여 능한 것이다.

아름답고 훌륭하다. 그 사이 허다한 기행 이적을 큰 것만을 드니 작은 것은 미루어 알 수 있을 것이다.

이와 같은 훌륭하고 아름다운 행적을 듣고 경탄을 이기지 못하나니, 고로 이로 답하나니 오직 바라건대 귀 고을의 첨언(僉彦)께서는 이 아름다운 행실이 사라지지 않게 하시어 가르침 세워주기를 천만 바라고 바라나이다. 우히 공경히 나주향교 전교와 유림 여러분께 답하나이다.

공자(孔子) 탄신 2524년 계축(癸丑-1973년) 정월 일 성균관장 성락서

右答通事 夫孝百行之源也 能守而行之者 世有幾人乎 故自古國有褒揚之典 是由於士林之公議也 謹按 貴郡老安面金安里 豊山洪承俊 洪崖侃后 自幼能知事親敬兄之道 其在事親也 怡愉承順 甘旨之供 溫淸之節 一以誠敬而少不懈息 其嘗侍疾也 祈斗禱山 靡不用極 疾革斷指湊血 苟延數日之命 及當大故 一遵禮制 葬後廬于墓下 三年如一日 地勢高燥 元無一點鳥喙之水 而食水湧出三年不渴 人稱孝泉 七月望日 薦餘西苽 種子再播于墓階下 而至誠請祝 苽苗不日 成蔓結實成熟 以備八月十八日 練祀之需 人稱孝苽焉 有猛獸夜必來護如家犬 一日夜夢 有一道士來言 汝母親方患眚苦痛 而良藥在咸平郡某處某家 汝盍往求之 孝子驚覺 漆黑夜深 蒼黃罔措 遂爲虎也前導 走破六十餘里 求藥歸家 母夫人果患眼重痛 孝子號泣施藥 眼痛卽差 盖有神告者也 其後十一年丁內艱 初終凡節一如前喪 而亦爲廬墓泣血三年 其間虎衛泉湧 一何如前而糧乏客至缸米自溢 天旱禱山甘雨大作 此亦天神感應之能也 猗歟韙矣 其間許多奇行異蹟 擧其大者 小者可推矣 如是懿行美蹟聞 而不勝驚嘆 故玆以回喩 惟願 貴郡僉彦 使此美行 毋至泯沒 以樹風教 千萬顒望

右敬答于

羅州鄕校 典校 儒林 僉 座下

孔夫子 誕降二千五百二十四年 癸丑 正月 日 成均館長 成樂緖

卷之四

慕菴孝廬題詠 - 慕菴 卽松山之前號也
모암(慕菴)의 시묘살이를 기리는 시

내 아나니 금안동(金安洞)의 홍효자   我識金安洪孝子

육년 시묘, 천의 괴로움을 겪었으리.   六年廬墓閱千辛

깊은 산 깎아지른 골짜기 아무도 찾지 않는 밤을   深山絶壑無人夜

찬비 매서운 바람에 눈물 흘리며 새벽을 열고   凍雨凄風泣血晨

모든 괴수(怪獸) 몰아내며 범이 지켜주고   百怪驅除馴虎伏

한결같은 정성에 감격하여 샘을 새로 솟게 했네.   一誠感格湧泉新

예나 이제 사람의 상에 거한 자취를 찾아보니   試看今古居喪蹟

뛰어난 행실, 그대 같은 이 드물구려!   特行如君世罕倫

      - 고당(顧堂) 김규태(金奎泰)

아아, 홍효자시여! 사람이 다 칭송하나니   嗟哉洪孝人皆誦

여섯 해 시묘, 만 가지의 괴로움을 맛보았구려.   六載居廬喫萬辛

구학의 울음소리 하늘에 들려 마침내 길이 열리고   九鶴聞天終有路

일성(一星)은 달과 함께 절로 새벽을 밝히리다.   一星如月自明晨

빈 산에 흘린 눈물에 나무가 시들고   空山泣血樹枯死

땅에 신령스러움이 통하여 샘을 새로 솟게 했네.   特地通靈泉湧新

내가 말함은 세속을 경계하고자 함이니   我欲爲辭先警俗

누가 부모 없으리요, 홀로 인륜을 붙들도다.   誰無父母獨扶倫

      - 유주(儒州) 유영(柳泳)

효성의 지극함은 자연히 이뤄짐이라　　　　　　　孝誠至極自然成
마음의 거울은 티끌 없어 해와 같이 밝나니　　　　心鑑無塵與日明
범이 또한 슬픔 위로하여 자주 찾고　　　　　　　虎亦慰情頻現跡
까치는 애통함을 알아 매양 슬피 울었네.　　　　　鵲能知痛每呼聲
덕을 기리건대 높은 산이라도 어찌 더 무거우며　　思德高山何有重
은혜를 갚건대 깊은 바다라도 도리어 부족하리.　　報恩深海反爲傾
충신은 반드시 이 아래에서 얻나니　　　　　　　忠臣必得如斯下
온 나라가 효하면 응당 태평을 누릴지라.　　　　　一國孝之應太平

- 백인재(百忍齋) 김용건(金容乾)

저 한결같은 마음 효로 이루어　　　　　　　　　如彼一心以孝成
삼강이 지극하고 오륜이 밝도다.　　　　　　　　三綱至重五倫明
초목은 높낮게 초췌한 빛을 띠고　　　　　　　　草木高低憔悴色
강산은 오열하여 슬픈 소리를 내도다.　　　　　　江山嗚咽痛哀聲
두견새 울고 꽃이 지며 구름 항상 덮고　　　　　　鵑呼花落雲常滿
범 소리 원숭이 우는 소리에 달은 이미 기울어　　　虎嘯猿啼月已傾
하늘이 이 사람을 냈으니 누가 더불어 미칠 손가?　天出斯人誰與及
여섯 해를 변치 않으니 마음 화평하기만 하구려.　　六年不變意和平

- 복재(復齋) 김종곤(金棕坤)

슬하에 은정(恩情)을 다 이룰 수가 없기로   膝下恩情未盡成
삼년을 슬피 우니 효심이 밝도다.   三年泣血孝心明
비 오는 저녁 나아가 살펴 범과 이웃하고   雨夕趍省隣虎跡
바람 부는 새벽 귀를 기울여 닭울음소리 듣도다. 風晨側耳聽鷄聲
절기마다 나물 과일 거두어 천신하며   節收蔬果拱時薦
몸소 고기 잡고 나무하여 해가 저뭄을 한하여 躬執漁樵恨日傾
만 사람 입에 하늘이 낸 자라 오르기로   萬口宣騰天出者
그대 같은 이, 내 평생 처음 보네.   似君初見我生平

                                              - 나정집(羅正集)

삼년을 시묘 살아 곁을 떠나지 않고   三年侍墓不離旁
아침저녁 한결같이 어머니 곁을 지켜   定省一如在北堂
원통함 깊어 구곡(九曲) 심장을 태우고   寃深九曲心焦火
한 맺혀 흐른 눈물은 상(床)에 가득하도다.   恨結千絲淚滿床
선세(先世)가 인을 베풀고 덕을 심었기에   先世施仁多種德
후손이 효를 다하여 갑절 빛을 내었구려.   後孫盡孝倍生光
누가 그대같이 상례를 다할까?   誰有似君終禮節
명성이 멀고 가까이 다른 고을까지 미치도다. 聲聞遠近及他鄉

                                      - 수성(隋城) 최윤구(崔潤九)

슬피 울며 삼년을 시묘 살아					血泣三年廬墓基
오늘날 사람뿐 아니라 뒷날의 사람도 알리라.				今人不啻後人知
마음이 간절하여 색동옷으로 하루라도 소중히 하고			心切舞衣曾愛日
정성이 깊어 귤을 품고 때의 많음을 감사드리네.			誠深懷橘感多時
가난하나마 안부를 살핌에 까마귀가 날고				草輝省宿烏來矣
검소하나마 공양함에 범이 지켜 주었네.				菽水歸供虎衛之
충절은 도리어 지조에서 구하나니					忠節還求同素操
반송(盤松)의 소나무 우거지고 다시 가지를 뻗도다.			盤松鬱鬱復生枝

- 금사(錦沙) 정우림(鄭遇琳)

그대와 같은 독실한 효 또한 타고 나				如君篤孝亦天成
고을고을 윤리가 이제 밝아지리니,				鄕里從今倫理明
게으름이 어찌 부끄럽지 않으랴?					懶惰寧無含愧色
감탄하나니 가히 명성이 들리는구려.				稱歎可見樹風聲
고기 잡고 나무하여 마을에 드니 푸른 산이 저물고			漁樵入港靑山暮
잠자리를 살펴 당에 오르니 흰 달이 기울어			定省昇堂皓月傾
시묘 3년 항상 눈물을 흘리니					廬墓三年常涕漏
봄이 와도 시든 나무 능히 잎을 피지 못하였네.			春來枯木未能平

- 나주(羅州) 나종옥(羅鍾玉)

금성 땅에 오늘 날 이 효자를 내리셔	錦城此日降斯孝
어둔 세상에 동방의 한 촛불을 밝혔도다.	末路靑邱一燭明
지성이면 감천이라 한 해에 두 번 수박이 익고	至誠有感年重瓜
멀고 가까이 서로 전하여 세상을 경계하리.	遐邇相傳警世情

또,	(又),

거상 육년은 소연(少連)의 뜻이요	居喪六載少連志
밭 갈고 글 읽음은 동소(董邵)의 행실이라	耕讀一生董邵行
만약 사람들로 하여금 보고 흥기(興起)케 한다면	若使人間觀感起
어찌 이 세상에 아름다운 풍속 이루기 어려우리?	何難今世美風成

- 심석(沁石) 봉병국(奉炳國)

하늘이야 이륜(彝倫)을 버리게 안 하시리니	仁天不欲墜彝倫
이 호남에 한 효자를 내셨나.	生此湖南一孝人
적적한 빈 산에 승냥이 범 득실거리는 속에	寂寂空山豺虎裏
아침저녁으로 통곡하며 선친께 절 올리나니.	晨昏痛哭拜先親

- 해정(晦亭) 임인규(林仁圭)

둘도 없는 효성스러움 하늘에 근본하여	無雙性孝根於天
눈물로 보낸 육년 옛 대연(大連)이런가?	泣血六年古大連
시묘살이 정성스런 마음 이렇듯 지극하니	侍墓誠心如此極
기강을 붙들기를 그 오로지 하였구려.	扶來綱紀得其專

- 의관(議官) 김종섭(金鍾燮)

167

삼년을 시묘 살아 선후대를 계승하니   三年廬墓繼先後
하늘과 땅 사이의 한 효자,   天地中間一孝人
금성산 신령의 감격함이 있고   錦岳神靈應有感
골짜기 새와 언덕의 범이 보호하고 이웃하였구려.   澗禽巖獸護爲隣

                                  - 송오(松塢) 임돈규(林敦圭)

이곳에서 삼년을 눈물 흘리니   此地三年淚
시절이 달라도 백세의 향기로 남으리라.   異時百世香
금성산 승냥이 범 우글거리는 속에서도   錦山豺虎窟
살기를 평상시와 같이 하였구려.   居處視如常

또,   (又),

바람을 타고 금성산에 오르니   駕風坐錦城
일 천리 장관일세.   壯觀一千里
몇 현인과 호걸들이 있었을까?   鍾前幾賢豪
또 이곳에 오늘날 홍효자 있었구려.   又今洪孝子

또,   (又),

금성산 마루에 오르니   直上錦城頭
돌 끝이 햇빛에 불타서 녹는구려.   石端灰燼流
가뭄 끝에 내린 이 여름비   旱餘今夏雨
효자가 백성의 근심을 안타까이 여겨서라.   孝子愛民憂

          - 금성산상 홍효자의 거려(居廬)를 방문하여, 시헌(時軒) 홍찬희(洪纘憙)

효성스런 사람은 신이 알고 하늘이 감응하시니　　　　神知天感孝誠人
산 수박이 가을 바람에도 열매를 맺었네.　　　　　　山瓜秋風一顆春
만약 사문(斯文)으로 표준을 삼을 지면　　　　　　　如令斯文爲標準
삼천리 곳곳에 강륜(綱倫)을 회복케 하리라.　　　　三千鰈域復綱倫

　　　　　　　　　　　　　　- 송우(松友) 이창연(李昌衍)

그대같이 천진함에서 나온 정성스런 효　　　　　　惟君誠孝出天眞
예부터 이제까지 몇 사람이나 될까?　　　　　　　古往今來問幾人
여막이 있는 산 서쪽 화사동에서　　　　　　　　　廬在山西花寺洞
늦게나마 방문하니 감회가 새롭구려.　　　　　　　晚時爲訪感懷新

　　　　　　　　　　　　　　　　- 이운연(李雲衍)

말세(末世)에 어떻게 이 사람을 얻었는가?　　　　叔世從何得此人
하늘에 근본한 효 그대에게서 보았오.　　　　　　根天之孝見君眞
서른 날 만에 산수박이 익고　　　　　　　　　　三旬纔過山瓜熟
여섯 해 동안 어버이를 찾는 눈물만이 흘러　　　六載長呼血淚新
메마른 땅에서 샘이 솟음은 옛 기록에도 없고　乾土生泉無往牒
빈 독에 곡식이 불어남에 이웃을 감동케 하네.　空缸增粟感諸隣
날마다 여러 종이에 은정(恩情)을 기록하니　　日傳萬紙遺恩輩
어찌 부끄러워하여 어버이를 생각지 않으랴?　寧不泚顙反慕親

　　　　　　　　　　　　- 손우생(損友生) 신홍렬(辛洪烈)

성품은 바르고 기운이 맑음에   性度貞高氣宇淸
송산의 지극한 효 세상이 그 이름을 알도다.   松山至孝世知名
아침저녁 무릇 일에 몸을 편히 해드리고   晨昏凡事安身節
좌우의 어느 곳에서나 뜻을 받들도다.   左右多方養志情
범이 항상 지켜줌은 시묘의 증험이요   虎衛如常廬墓驗
샘이 뜻밖에 솟음은 하늘이 감동해서라.   泉流非意感天誠
공론에 오르고 경하하는 글이 있으니   公論自在文相賀
장차 나라에 다시 정표(旌表)함이 있으리다.   將有邦家復以旌

                              - 성주(星州) 이종상(李鍾祥)

백행의 큰 근원 효도하고 어진 데서 나오니   百行大源出孝仁
풍산 고택(古宅)의 이 사람일세.   豊山古宅有斯人
여묘 앞을 지켜주는 호랑이는 감동함이 되고   廬前宿虎感爲證
가을 끝에 수박 익으니 거듭 천신하였기에   秋季西瓜重薦新
향리(鄕里)가 칭송하니 한 세상을 깨우치고   鄕里稱頌醒一世
선비들 공천(公薦)하니 천년을 밝힐세라.   士林公薦炳千春
회옹(晦翁)께서 사책(史冊)을 쓰신 날에 있었다면   晦翁史筆同其日
소학의 책 가운데 또한 이름을 나타냈을지니.   小學書中亦立身

                              - 하동(河東) 정순규(鄭淳圭)

하늘이 어진 이를 내리니 성품은 효도하고 청렴하여   天降斯仁性孝廉
마음과 몸을 잘 받들어 쉽고 어려움을 다하였네.   善承志軆易難兼
겨울은 따뜻 여름은 시원하게 함은 보통의 일이요   冬溫夏淸尋常事
범이 지켜주고 샘이 솟음은 세속을 놀라게 하여라.   虎衛泉湧駭俗瞻
장부의 절개는 산과 함께 우뚝 솟고   丈夫松節山同屹
군자의 마음은 스스로를 겸손케 하나니   君子眞心自牧謙
사람의 마음을 감응케 하여 공론이 있으니   感應人情公議在
아름다운 이름, 오래도록 금상첨화일세.   令名長世錦花添

- 계헌(桂軒) 벗 임달재(任達宰)

소나무 아래 훌륭한 가문 세상에 청아하여   松下高門界上淸
풍산과 금산 땅 이름이 걸맞도다.   豊山錦峀地齊名
효심을 지극히 갖추니 천성에 근본해서요   孝心極備根天性
어짊을 널리 행하니 세상을 깨우치도다.   仁道寬行警世情
근검히 꾀하니 집에 법도가 있고   節儉猷謀家有法
부지런히 힘쓰니 섬김에 정성을 다하였도다.   服勤精力事殫誠
범이 찾아오고 샘이 나옴을 사람이 어찌 꾸몄으리?   虎來泉出人焉諛
인사(人士)들의 문사(文辭)가 정표를 대신하리다.   章甫文辭替典旌

- 계하(桂下) 이도순(李濤淳)

소나무 아래 초려(草廬) 금산에 기대어 　　　　　松下草廬背錦山

주인은 지극한 효로 인간에 뛰어난 자일세. 　　主人至孝出人間

부지런하기를 아침저녁으로 하니 집안이 즐겁고 　服勤昕夕家庭樂

봉양하기를 항상 하니 마음과 몸이 한가롭네. 　就養平常志軆閒

범이 지켜주고 샘이 솟음은 하늘이 감동해서요 　虎衛湧泉天必感

어진 마음과 신의 세상의 어리석은 자 없애리라. 　仁心信義世無頑

고금의 윤리가 어찌 다를 손가? 　　　　　　古今倫理何尙異

이를 본받아야 바로 아름다울지니! 　　　　　取法於斯正嘉顔

- 전의(全義) 이교열(李敎洌)

백행의 근원인 효가 한 맑은 데서 나와 　　　　百行源頭一派淸

금성산 소나무 아래 효자가 있네. 　　　　　錦山松下孝慈名

언제나 마음과 몸 받들기를 다하고 　　　　　常時志軆彈心養

상을 만나 정과 법을 갖추고 예를 이루었네. 　艱地情文中禮成

샘이 흐르고 범이 호위함은 참으로 드문 일이요 　泉流虎衛眞稀事

하늘이 감격하고 신이 앎은 지극한 정성으로 서라. 　天感神知日至誠

이 같은 사람! 선행을 겸했나니 　　　　　有若人兮兼善行

장차 나라의 정표(旌表)가 있으리라. 　　　　將令公典特書旌

- 농운생(隴雲生) 이종국(李鍾國)

소나무 아래 몸을 엄히 하고 명예는 구하지 않으니　　　　松下莊身名不莊
그 아름다운 덕은 남쪽 지역을 뒤흔드네.　　　　　　　　以其令德擅南壇
어버이를 섬기는 정성 지극하여 세상에 떨치고　　　　　事親誠至聞斯世
상을 맞이하는 슬픔은 저 하늘을 감동시키네.　　　　　送死哀過感彼蒼
범이 여막을 지켜줌은 참으로 특이함이요　　　　　　　虎衛廬前眞特異
샘이 섬돌 옆에서 솟아 절로 흘렀구려.　　　　　　　　泉生階右自流湯
주문공(朱文公)이 만약 구원에서 돌아오신다면　　　　文公若起九原下
24인의 효자에 한 명을 더 하시리다.　　　　　　　　二十四人添一詳

- 경암(敬庵) 오명근(吳明根)

시묘살이 육년을 하루같이 하니　　　　　　　　　　　侍墓六年如一日
금수 또한 감동하고 범이 자주 지켜 주었네.　　　　　走飛亦感虎衛多
만약 이 도를 능히 미루어 따른다면　　　　　　　　　若將此道能推及
나라를 다스리는 경륜이 멀리에 있지 않으리.　　　　治國經綸不在退

- 만송(晚松) 하응운(河應雲)

사람의 도는 옛이나 이제나 효가 먼저니　　　　　　　人道古今孝是先
송산거사 어버이 봉양함이 그러함일세.　　　　　　　松山居士養親然
육년 시묘에 샘이 솟고 범이 지켜주며　　　　　　　　六年廬墓泉源虎
그릇에 쌀이 불고 가문 날에 비를 내려 주셨네.　　　一器籲糧旱雨天
뜻을 헤아려 잘 받드니 그를 일러 순(順)이라 하고　　承志善從其曰順
정성스럽고 부지런하니 누가 능히 이에 나으리오?　　誠身勤服孰能賢
퇴폐의 물결 속 우뚝 솟은 기둥 홍씨 가문　　　　　頹波屹柱洪門立
지극한 행실 흠 없어 여러 입으로 전해지네.　　　　至行無瑕衆口傳

- 남운(南雲) 나장균(羅章均)

나를 낳으시느라 애쓰신 부모님 은혜　　　　　　生我劬勞父母恩

몸을 마치도록 이 한마음 잊기 어려워　　　　　終身難忘是丹元

하늘이 무너지고 땅이 꺼지는 원통함을 어찌하며　天崩地坼冤無奈

나무의 정적을 바람이 뒤흔드는 것 어찌 원망하리.　樹靜風搖勢豈怨

시묘살이 육년에 은정(恩情)을 다할 수 없고　　廬墓六年情罔極

집에 있는 오늘날 효심은 근원이 깊기에　　　守家今日孝尋源

범 또한 감동하여 항상 와서 벗하였구려.　　　山君亦感恒來友

맹종의 죽순 왕상의 잉어로 맨밥하지 안 하였네.　孟筍王魚不素殮

　　　　　　　　　　　　　－ 농은(農隱) 이기원(李基元)

백년에 하루라도 아끼더니 서까래를 올리고　　百年愛日數椽成

흰머리 나도록 한마음 효도로 밝히니　　　　白髮丹心孝以明

행적은 천년 사(史)에 남아 전해지고　　　行蹟遺傳千載史

이름은 다됨이 없어 대가(大家)라 이르리.　芳名不盡大家聲

아아! 아름답다, 누가 장차 짝하리오.　　嗟哉猗矣誰將伴

듣고 감탄하여 귀를 더욱 기울이네.　　聞者歎之耳細傾

슬퍼하여 사모하기를 6년을 하루같이 하고　哀慕六年如一日

살아서나 돌아가셔 어버이에 극진함이 같았구려.　生前死後極親平

　　　　　　　　　　　　　－ 우죽(又竹) 한철수(韓哲洙)

하늘에서 난 정성스러운 효가 홍씨 문에서 나와　　　　　　　根天誠孝出洪門
말세에 듣기 드문 뛰어난 행실을 가졌도다.　　　　　　　　叔世稀聞卓行存
정표(旌表)를 이루지 못함은 법의 잘못됨이나　　　　　　　棹楔未成皆欠典
입에 올라 사라지지 않으니 오래 전해지리라.　　　　　　　口碑無泯久傳言
강상(綱常)이 서니 사람의 도로 말미암이요　　　　　　　　綱常併立由人道
의리가 분명하니 선비의 의논이 정해지도다.　　　　　　　義理分明定士論
범이 호위하고 신이 돕는 이적이 많아　　　　　　　　　　虎衛神供多異蹟
능히 어리석은 자로 하여금 우매함을 깨게 하리라.　　　　能令頑愚破愚昏

　　　　　　　　　　　　　　　- 정은(井隱) 오양묵(吳瀁黙)

송산, 나의 벗의 효성을 누가 따르리?　　　　　　　　　　松友孝誠誰有追
봉양하고 장사하기를 유감이 없도록 하였네.　　　　　　　養生送死憾無涯
아버지가 위독함에 피를 내어 소생케 하고　　　　　　　　父病灌血命蘇日
어머니 병드심에 애태움으로 밤길을 달렸네.　　　　　　　母病焦心盲啓時
쌀이 독에 넘침은 하늘이 상서로움을 내려서요　　　　　　米溢甕中天降瑞
샘이 묘 아래에서 솟음은 땅이 기적을 주어서라.　　　　　泉盈墓下地呈奇
수박이 두 번 익어 어버이 제사에 쓰니　　　　　　　　　西瓜再熟用親祭
정문은 비록 더디나 응당 세상이 알리다.　　　　　　　　綽楔雖遲當世知

　　　　　　　　　　　　　　　- 경당(敬堂) 최윤환(崔允煥)

금성은 예로부터 이름난 고을로　　　　　　　　錦城自古擅名鄕
홍공 같은 이 있어 세상을 깨우치니　　　　　　有若洪公警世聲
깊은 밤의 세상에 외로운 그림자요　　　　　　黑夜乾坤孤獨影
어두운 천지에 한 줄기 빛일세.　　　　　　　窮陰天地一陽光
오늘날 주문공(朱文公)의 붓이 없음을 한탄하나니　恨無今日文公筆
응당 다른 날 나라의 정표가 있으리다.　　　　應見他年玉陛㫌
사람의 자식 되는 자에게 말하나니　　　　　　寄語人間爲子者
소문을 들었거든 흥기하여 그 정성을 다할지라.　聞風興起盡其誠

　　　　　　　　　　　　　- 만취(晩翠) 박한규(朴漢圭)

효우함이 천성에서 나오니 하늘이 내신 사람으로　孝友出天天出人
허다한 이적 간간이 있을까 한 사람이라.　　　許多異蹟間代人
사림(士林)이 상소하여 인륜을 붙드니　　　　士林綸疏秉彛地
반드시 포장(褒獎)하리니 불후의 사람일세.　　必有褒㫌不朽人

　　　　　　　　　　　　　- 성암 양회순(梁會純)

둘도 없는 지극한 효를 이룬 어진 이　　　　　無雙至孝有斯賢
산골짜기 속에 시묘 살아 육년을 채웠네.　　　峽裡居廬盡六年
신령스런 범이 지켜줌은 지어낸 말이 아니요　　靈虎護身非造說
신비한 삼으로 목숨을 연장함은 진실로 전함이라,　神蔘延壽是眞傳
안자(顔子)의 누항단표는 옛 업(業)에 인하고　顔巷簞瓢因舊業
사씨(謝氏)의 자손들은 옛 물(物)을 이었도다.　謝庭寶樹繼靑氈
모든 고을이 깊이 감동하여 인륜을 붙잡으니　　一鄕深感扶倫德
돌을 세워 이름을 알리고 일을 새기리라.　　　立石褒揚實事鐫

　　　　　　　　　　　　　- 임종한(林鍾翰)

사람으로 백가지 행실에 한 근원이 맑기에　　　　人於百行一源淸
소나무 아래 산기슭에 효자란 명성 있어　　　　松下山樊孝子名
봉양하기를 부지런히 하여 지체를 온전히 하고　　就養服勤全志體
대하고 응하기를 삼가 마음을 다 하도다.　　　　應唯愈謹盡心淸
육년 시묘함에 신이 자주 감동하니　　　　　　　六霜墓際多神感
천년 사(史) 중에 드물게 있는 지극한 정성이라　千載史中罕至誠
범이 호위하고 샘이 솟음을 누가 경하하지 않으리.　虎衛泉流誰不賀
공론이 일어 반드시 정표 하리라.　　　　　　　揄揚公議必云旌

- 눌암생(訥庵生) 이진순(李振淳)

사람이 행하기 어려운 바를 홀로 이루니　　　　人所行難獨特成
육년 거려(居廬)의 자취 기록이 있어 분명하네.　六年居蹟記中明
적막한 여막에 신이 감응하고　　　　　　　　　寥寥侍幕應神感
적적한 빈 산에 피눈물 흘러　　　　　　　　　寂寂空山泣血成
어버이의 뜻을 받들어 항상 쉬지 않고　　　　　養志於親常不止
정성스런 마음 조금도 기울임이 없으니　　　　　誠心以虎小無傾
민자(閔子) 증자(曾子)께서 그러하신 뒤 드문 일로　閔曾然後惟稀事
모든 효자들 두루 본데 이만 같지 못하더라.　　諸孝旋看未共平

- 소재(素齋) 박일원(朴日源)

풍산의 맑은 기운이 공을 내시어　　　　　　　　　豊山淑氣挺生公
순수한 효 하늘에 근본하니 누가 이 같으리오?　　純孝根天孰有同
범이 지켜주고 샘이 솟음은 신이 도와서요,　　　虎衛泉洮神助裡
쌀이 불고 약을 꾼 꿈은 정성을 다해서라.　　　米滋藥夢殫誠中
어질다는 명성은 백대에 전하여 사라지지 않고　仁聲百代傳無墜
지극한 행실은 사방에서 칭송함이 무궁하리라.　至行四隣頌不窮
아름다운 풍속 이와 같아 윤리가 정해지리니　　美俗如斯倫理定
증자(曾子) 우순(虞舜)의 옛 유풍일세.　　　　　曾參虞舜古遺風

　　　　　　　　　　　　- 호은(湖隱) 이형순(李泂淳)

나주는 본시 금성 고을인데　　　　　　　　　　羅州本是錦城鄕
효자 홍공 또한 이곳에서 명성을 떨쳤네.　　　孝子洪公又一聲
추운 뒤에 양춘 삼온(三溫)의 절기요　　　　　寒後陽春三溫節
어둠 속에 해와 달이 사방에 빛나거늘　　　　晦中日月四明光
중한 이름을 비(碑)에 새기나 어찌 돌에 그치랴?　重名碑刻何頑石
큰 절개를 새겨두니 가히 정표가 있으리다.　　大額板懸可命旌
육년 시묘는 세상에 모범이 되고　　　　　　　六載居廬多範世
문을 지켜주는 범은 매양 정성에 탄복하도다.　衛門虎子每嘆誠

　　　　　　　　　　　　- 성명불상(姓名不詳)

백행의 근원지 금성 고을					百行源流爲錦鄕
소문 천리 만방에 퍼지네.					聞風千里萬方聲
강상을 심고 절의를 붙듦은 전영을 드리움이요			樹綱扶節生前影
세상에 규범되고 집에 법이 되니 후광이 온전하리.		範世刑家完後光
자취가 분명하니 죽백(竹帛-역사책)에 오르고			貴蹟分明爭竹帛
천장(薦章)이 이어지니 정려(旌閭)가 있으리다.			薦望次第任閭旌
범이 여막 곁을 지켜주고 하늘이 물을 내니			虎衛廬傍天出水
사람이면 누가 그 정성에 탄복하지 않으리요?			人間孰不歎其誠

- 성명불상(姓名不詳)

홍공의 효의 자취는 나주 고을에 떨쳐지고			洪公孝蹟擅羅鄕
여섯 해 시묘 곡성이 이어졌네.				六載墓居連哭聲
물이 여막 곁에서 나지 않음에 하늘이 솟게 하고		水不廬傍天出湧
약을 찾아 나선 어둔 길을 범이 앞에서 비쳐주어		藥何程晩虎前光
입에 오름이 만번 오르리니 누가 돌에 새기랴?		萬勝由口誰鐫石
사방에서 글이 달하니 가히 정려(旌閭)가 있으리다.		四達薦文可命旌
우러러 받들기 무난함은 백행에 근원해서니			慕仰無難源百行
반드시 탁한 세상을 바꿀 충실함이 있을지니.		必移流世有忠誠

- 춘암(春庵) 이희채(李熙彩)

옹(翁)이시여! 마음 정성스럽기에 거짓을 뛰어넘고　　　翁也心誠超僞品
두터운 행실 효도하고 공손하니 이름이 참되도다.　　　敦行孝悌姓名眞
어버이 봉양하는 모든 절차 주례(周禮)를 쫓고　　　養親凡節遵周禮
시묘의 모든 의식 고인(古人)을 본받았도다.　　　侍墓諸儀效古人
산의 범이 호위함이 몇 세월이요,　　　山虎來衛幾歲月
맑은 샘물이 용솟음은 별 풍경이라　　　淸泉湧出別風煙
이에 만약 나라의 포장(襃獎)의 법이 있다면　　　明時若有天恩襃
정려문 세워 사방에 빛나게 하리다.　　　綽楔突兀耀四隣

- 경암(敬庵) 오명근(吳明根)

나의 형은 푸른 소나무　　　吾兄落落松
들에 한가한 소나무가 아니리니,　　　不是野閒松
우러른 높은 산 위에　　　景仰高山上
동량의 백 자 되는 소나무일세.　　　棟樑百丈松

- 하동(河東) 정순규(鄭淳圭)

가을이 시작되어 나막신으로 수풀을 방문하니　　　肇秋雙屐訪林微
얼굴은 수심에 가득한 채 삼베옷 하나를 입고　　　深墨其顔麻一衣
적막한 공산(空山)을 집과 같이 여겨　　　寂寞空山如屋裏
6년을 시묘하니 옛 이래로 드문 일이네.　　　六年侍墓古來稀

- 서흥인(瑞興人) 김종섭(金鍾燮)

그대 능히 하늘이 준 이륜(彝倫)을 거느리니　　　惟君能率秉彝天
적막한 깊은 산 한 움막에 피어오르는 연기　　　寂寞深山一幕煙
이 뽕밭이 엎어져 물 도랑이 되는 세상을 만나　　　値此桑瀾飜覆浚
사람을 경계케 하니 새해를 이룸 같구려!　　　警時人目似新年

- 영산인(靈山人) 신봉환(辛琫煥)

십리를 가고 가 여러 봉우리를 넘으니   十里行行越數峰
구름이 깊어 가히 잔걸음하지 않을 수 없네.   雲深難可未頻從
뒤에 쌓인 바위는 불상(佛像)과 같고   蹲後層岩如化佛
앞에 푸른 골짜기는 절로 우는 종(鍾)으로   當前碧澗自鳴鐘
만약 여기에 효자가 거한다 하지 않았다면   若匪於斯捿孝子
다 천상에서 내려온 신선의 자취인가 의심하였으리.   摠疑天上降仙蹤
응당 이 산속 시묘의 일   也應峽裏居廬事
한 사심(私心)도 마음에 있지 않아서리니.   一種私心不介胸

- 나주후인(羅州后人) 나종옥(羅鍾玉)

살아서 사랑하며 공경하고 돌아가심을 슬퍼하더니   生斯愛敬死哀感
정성을 다하지 못할까 두려워 사모함 길이 하네.   恐不殫誠感慕長
전상(前喪)에 시묘를 이제 또한 이으니   廬墓前喪今又續
그대 이름 멀리까지 달하리라!   惟君名譽達遐方

- 나주후인(羅州后人) 정우경(鄭遇慶)

하늘이 내신 우리 고을 홍효자   天出吾鄉洪孝子
육년 시묘 울기를 초지일관으로 하셨네.   六年居喪哭如初
뒤에 사람이 만약 이곳을 향한다면   後人若向躬行事
깊은 산속의 한 초려(草廬)를 가리키리니.   爲指深山一草廬

(여묘는 옛날의 제도라. 능히 이 제도를 따르는 자, 예로부터 몇 안   廬墓古之制也能遵
되니 말은 비록 쉬우나 행하기는 실지로 어려운지라. 삼년도 오히   此制者自古無幾言
려 어렵거늘 하물며 육년이나! 내가 정성스런 효가 시종 같음을 보   之雖易行之實難三
고 감동하여 삼가 절하고 시 한 수를 바친다.)   年猶難況乎六年余
                                                          感誠孝終始如一 故
                                                          謹把一絕以贈之

- 손우(損友) 정득채(鄭得采)

깊은 산 어버이 묘를 지키니   深山侍親墓
순수한 효는 하늘마저 감동하네.   純孝感其天
피 눈물 속 육년간 지극하기에   泣血六年極
아름다운 이름 천의 해에 온전하리라.   令名千載全
정성으로 사모함은 문왕(文王)의 도요   誠慕文王道
마음에 약속함은 대순(大舜)의 어짊이나니   心期大舜賢
어질다 이 사람이여!   仁哉此人也
누가 공경치 않으리오?   誰不欽仰焉

            - 주호족손(住湖族孫) 홍우언(洪祐言)

사람의 성품 하늘에서 부여함 아님이 없거늘   人性無非賦命天
매양 사사로움으로 말미암아 천명을 알지 못하네.   每由私己不知天
지금의 시묘는 전상(前喪)을 미루었구려.   行今廬墓推前喪
공경하고 우러르건대 그대 천성을 따름이라.   欽仰吾君率本天

            - 정우(情友) 강정희(姜正熙)

전일에 그 효를 들었고   前日聞其孝
금일에 그 정성을 보았네.   今日見其誠
천성이 절로 지극함이리니   天性自然極
인륜이 다시 세상에 밝으리라.   人倫復世明

            - 김수곤(金繻坤)

둘도 없는 정성스런 효는 하늘에 근본하고 　　　　　　無雙誠孝根於天
피눈물 흘린 금년 옛날의 대연(大連)이리니 　　　　泣血今年古大連
시묘의 정성스런 마음 이와 같이 지극하니 　　　　侍墓誠心如此極
기강(紀綱) 붙듦을 그 오로지 하였네. 　　　　　　扶來綱紀得其專

- 만향재(晚香齋) 김종섭(金鍾燮)

어버이를 섬김에 힘을 다함은 당연한 일이나 　　事親竭力當然事
그 성(性)을 따르기 어렵기에 사사로움을 두나니 　厥性惟難率有私
지나가는 사람이라도 홍군의 효를 들어 　　　　行人聞得洪君孝
마음속 깊이 감동하고 여묘를 찾도다. 　　　　感起中心訪墓廬

- 강원도 강릉 방우(放宇) 유순(劉洵)

이 집의 정성스런 효는 하늘에까지 이르러 　　斯家誠孝格乎天
기이한 자취 여전히 끊기지 않고 이어졌네. 　　奇蹟尋常不絶連
범이 지켜 주고 샘이 솟는 일 가장 일어나 　　最是虎馴泉湧事
왕어 맹순만이 아름다움 전부하기 어려우리라! 　王魚孟筍美難全
강상의 변치 않음 예나 이제나 하늘에서 나와서라 綱常不變古今天
이 효자 소련(少連) 대련(大連)이라 일컬으리니 　此孝堪稱小大連
두 분이 한 집에 있어 더욱 가히 볼만하구려. 　雙美一庭尤可賞
이 형에 이 아우, 아름다운 이름 온전하리라. 　是兄是弟令名全

- 해관(海觀) 송경섭(宋璟燮)

사람 도리에 어버이를 봉양하지 않음이 없거니　　　　　人道無非愛養親
뛰어난 효성은 천진함에서 나왔구려.　　　　　　　　卓然此孝出天眞
정성으로 죽순을 구함이 어찌 홀로 아름다우며　　　　致誠泣竹奚專美
힘을 다하여 얼음을 깸과 응당 같은 이웃이리니　　　　竭力叩氷應接隣
장식된 서까래에 맞이한 달빛이 희고　　　　　　　　裝飾榱椽迎月白
수놓아진 발과 짝한 바람이 새롭구려.　　　　　　　繡文簾箔伴風新
모든 이들 다 칭송하며 경하하거늘　　　　　　　　衆夫指點皆稱賀
이름 남쪽 고을에 떨쳐 아름다움 대대에 미치리니.　　名振南州萬世春
　　　　　　　　　　　　　- 계헌(桂軒) 안재하(安在夏)

그대 금성산의 남쪽에 은거하나니　　　　　　　　吾君隱在錦之陽
반곡(盤谷) 수(壽)한 땅으로 산수가 길어　　　　　盤谷壽康山水長
시묘한 정성스런 마음 세상에 법을 전하고　　　　　侍墓誠心傳世法
백행의 근원 효우를 남쪽 고을에 떨쳤네.　　　　　發源孝友擅南方
때로 내린 상서로움 하늘이 응당 알아서요　　　　　以時下瑞天應識
마른 땅에서 난 샘물 절로 향기롭고　　　　　　　白地生泉水自香
맹수가 자주 와 지켜줌이 오래요,　　　　　　　　猛獸任來護衛久
여막을 둘러싼 산빛은 날로 푸르구려.　　　　　　繞廬山色曉蒼蒼
　　　　　　　　　- 영광인(靈光人) 성석(醒石) 김봉법(金鳳法)

송옹(松翁)을 따라 높이 얼마나 많은 햇가   肩隨松老幾多年

효우와 가정 두 가지를 온전히 하였도다.   孝友家庭兩得全

시묘함에 범이 항상 가까이 하였고   廬墓虎從常在近

가문 날 비를 내리게 함은 전에 없던 일일세.   旱天雨作亦無前

발부(髮膚)를 부모에게 받았거니와   髮膚父母受精日

의대(衣帶)는 성현의 예를 따랐도다.   衣帶聖賢裁禮邊

그 사람을 문병건대 다시 볼 수 있을까?   問病其人何處見

시로써 찬양하나 문득 처연하도다.   以詩讚蹟更悽然

- 파평인(坡平人) 남정(藍亭) 윤기혁(尹奇赫)

범이 지켜준 속에 시묘하며 보낸 여섯 해   虎衛居廬過六霜

신인이 감동하여 식량을 공양하였네.   神人感動供其粮

오늘날까지 만약 정려의 법이 있다면   至今若有旌褒典

나 또한 공을 추천하고 포장(褒獎) 먼저 했을진대.   我亦薦公首表章

- 창녕(昌寧) 동운(桐雲) 조규복(曺圭復)

금안리(金安里)가 있는 금성의 동쪽에   金鞍里住錦城東

효행의 송산 이 옹(翁)이 있어   孝行松山有此翁

큰 가뭄이 극심한데 샘이 솟고   大旱極天泉湧水

육년 시묘에 범이 따랐도다.   六年廬墓虎從風

거처함에 천석(泉石)이 종용하고   棲遲泉石從容裏

덕업은 시서(詩書)를 강구함으로이니   德業詩書講究中

죽어 보내고 삶을 봉양함에 많은 이적들   送死養生多異蹟

길상(吉祥)은 응당 대대에까지 미치리니.   吉祥應自蔭邊通

- 풍천(豊川) 월파(月坡) 임영재(任永宰)

어버이 섬김은 대절(大節)의 가장 큰 근원이거늘 　　事親大節最爲源
두 분 효자 한 집에서 나왔도다. 　　雙孝生於一室門
맹수가 지켜 주는 이적을 전하고 　　猛獸護身傳異蹟
신인이 약을 가르쳐 주는 범륜(凡倫)을 넘어섬이라, 　　神人指藥出凡倫
육년 시묘로 선업(先業)을 이루고 　　六年侍墓竟先業
백세 정표(旌表)로 후론(後論)이 일으키리니 　　百世表旌推後論
이 강상이 퇴패(頹敗)해진 날을 당해 　　當此綱常頹敗日
명성을 듣거든 박부(薄夫), 돈독히 함이 있으리다. 　　聞風幾有薄夫敦

　　　　　　　- 남평인(南平人) 복재(復齋) 문의선(文義善)

내 들었나니 홍효자! 　　我聞洪孝子
여섯 해를 잘 시묘하여 　　六載善居廬
맹수가 길들여져 가축과 같고 　　猛獸馴如畜
솟은 샘물은 마시고도 남네. 　　湧泉飮有餘
천륜이 땅에 떨어졌거늘 　　天彝焉墜地
지극한 행실 가히 정포(旌襃)할지니 　　至行可旌閭
원컨대 용수(龍鬚)의 붓으로 　　願得龍鬚筆
대서(代書)하고 또 특서(特書)하리다. 　　大書又特書

　　　　　　　- 광산(光山) 춘원(春園) 김원익(金源益)

원래 심성은 쾌활하고　　　　　　　　　　　　心性元來快活然

평생 효를 다하니 효성이 온전하네.　　　　　　平生竭孝孝誠全

여막을 지켜준 범 능히 세상을 놀라게 하고　　衛廬猛獸能驚世

약을 가르쳐준 신인 문득 하늘에서 내려옴이리니　指藥神人奄降天

병을 구하려 온갖 일을 잊고　　　　　　　　　救病渾忘千萬事

상에 거하여 수삼 년을 보냈구려.　　　　　　居喪連送數三年

비범한 선덕(善德) 겸하여 모범을 드리우니　非凡善德兼垂範

혁혁한 명성은 가깝고 멀리 전해지리.　　　　赫赫名聲遠邇傳

- 옥천(玉川) 송은(松隱) 조규정(趙圭貞)

송옹의 순수한 효는 하늘에 근본하여　　　　松翁純孝儘根天

아침저녁 시탕하며 겨를 하여 잠자지를 못하였네.　侍湯晨昏未暇眠

상 위에 맛난 고기를 공양하고　　　　　　　盤卓供陳甘毳味

의건(衣巾)은 약 달이는 연기에 찌들어　　衣巾煤盡藥爐烟

풀의 심정은 항상 봄에 있어 은혜를 갚게 하고　草心恒在春恩報

손가락의 피는 부모의 수명을 연장케 하네.　指血能令父壽延

사모하기를 종신토록 하여 나무에 바람을 한탄하고　孺慕終身恨風樹

평생 육아편(蓼莪篇)을 읽지 못하였도다.　平生讀廢蓼莪篇

상을 만나 땅을 치고 하늘을 부르며　　　　遭憂叩地又呼天

시묘하여 상을 마치도록 풀밭에서 잠들었네.　廬墓終喪草土眠

여섯 해 슬프게 읊음에 신을 감격케 하고　六祀哀號感神鬼

사방의 마을과 떨어져 사람의 자취가 끊기어　四隣隔絶息人烟

오이가 늦가을에 열매를 맺어 제사에 공양하고　瓜成晚實因供祭

곡식이 빈 항아리에 가득해져 상식을 드리며　粟滿空瓶賴煮飦

맹수가 따르고 샘은 절로 솟았나니　　　　猛獸扈從泉自湧

나라의 포장(褒獎) 마을 앞에 서리니.　棹楔那旌宅里前

- 족종(族從) 홍우상(洪祐相), 일명 남근(南根)

187

공의 지효(至孝) 천성으로 이루어 公之至孝自天成
병에서 회생케 함은 지극한 정성을 가져서라. 病致回甦有極誠
나라의 포장이 없음은 천고의 한이 되나 尙欠恩褒千古恨
모범이 되어 고을마다 길이 이름이 전해지네. 範模鄉里永傳名
　　　　　　　　　- 나주(羅州) 후송(後松) 나평균(羅枰均)

다시 이 땅에 도씨(都氏)의 효 없더니 更無玆土都家孝
하늘이 송산을 내시어 세상의 도를 새롭게 하시네. 天出松山世道新
백세에 끼친 풍속 세속을 동화시키고 百歲遺風同化俗
육년을 시묘함 어버이를 잊지 못해서 六年侍墓不忘親
신인이 약을 가르쳐 주어 수명을 연장케 하고 神人指藥因延壽
맹호가 따라 다녀 이웃이 되었나니 猛虎隨行偶作隣
예의 동방에 들린 좋은 소식으로 禮義東方消息好
허다한 기적이 과연 그 참이라네. 許多奇蹟果其眞
　　　　　　　　　- 밀성(密城) 후산(後山) 박병용(朴炳容)

효자 본디 성품이 깨끗하기로 孝子元來性潔淸
허다한 기적 하늘을 감격시켜 이루었기에 許多奇蹟感天成
전해들은 칭송에 다 놀라니 傳聞讚誦人皆駭
땅에 떨어진 강상을 홀로 스스로 밝혔구려. 幾墜綱常獨自明
당세의 나라에 표범이 되고 當世邦家爲表範
천년 사적에 아름다운 이름 실리려니 千秋韓史載芳名
정려하고 포장(褒獎)함이 참으로 권장함이니 棹楔褒揚眞勸獎
모든 선행은 이 가운데 나리라. 諸般善行此中生
　　　　　　　　　- 탐진후인(耽津后人) 호은(湖隱) 최철원(崔哲遠)

송옹의 효는 정히 크고도 커 　　　　　　　　松翁孝思正恢恢

여섯 해의 시묘 또한 장하구려. 　　　　　　　六載居廬亦壯哉

맹수가 몸을 나타내 밤에 이르고 　　　　　　猛獸現身當夜至

신인이 쌀을 공양함이 때로 있었네. 　　　　神人供米有時回

흰 땅에서 맑은 샘이 솟음을 경탄하고 　　　驚嘆白地淸泉湧

푸른 하늘에서 가뭄에 비가 옴을 확신하네. 　確信靑天旱雨來

늘어진 영산강 회수(淮水)와 비교되어 　　一帶榮江淮水視

부시(賦詩) 모두 동생(董生)이라 칭송하네. 　賦詩咸誦董生材

　　　　　　- 나주인(羅州人) 용암(勇庵) 임종배(林鍾湃)

품행이 본디 순수하시더니 　　　　　　　　品行本來純粹然

처음부터 끝까지 효심을 온전히 하였네. 　　始終一貫孝心全

시묘살이하는 동안은 응당 세상을 잊었고 　居廬其日應忘世

병을 구하던 때는 거의 하늘에 빌어 　　　救病當時幾禱天

신 또한 가르쳐 줌이 천백의 일이요, 　　　神亦指揮千百事

범이 능히 지켜줌이 수삼 년이려니 　　　　虎能保佑數三年

송옹의 공적이 이렇듯 장하기에 　　　　　松翁紀績如斯壯

가히 아름다운 이름 길이 전해짐을 알겠네. 　可識芳名永遺傳

　　　　　　- 함양인(咸陽人) 남강(南江) 박문호(朴文鎬)

학문과 견문이 풍부하여　　　　　　　　　　　　　教學見聞豊富然

비범하시더니 효 또한 온전히 겸하셨네.　　　　　非凡孝德亦兼全

당당한 지조는 능히 세상을 울리고　　　　　　　堂堂操行能鳴世

혁혁한 정성 또한 하늘을 감동시켰네.　　　　　赫赫精誠亦感天

병을 구하려 임상에 시중듦이 십여 달이요　　救病臨床十餘朔

여막에 거하여 시묘함이 여섯 해라　　　　　　居廬侍墓六周年

봉양하고 상을 치름에 기적이 많았나니　　　　養生送死多奇蹟

명성은 역사에 전해지리라.　　　　　　　　　　別有名聲史上傳

- 단양인(丹陽人) 송촌(松村) 우전해(禹全海)

효제 송산은 성(性)의 참을 거느려　　　　　　　孝悌松山率性眞

세상 사이 일등 가는 사람일세.　　　　　　　　世間一等有斯人

명승 산수 능히 함께 즐겁고　　　　　　　　　　名區泉石堪同樂

누항단표 또한 가난을 견디나니　　　　　　　　陋巷簞瓢亦忍貧

래자(萊子)의 색동옷에 춤을 춤이 어찌 부러우며　萊子彩衣何足羨

왕상(王祥)이 잉어를 구함만이 가히 인륜이 되리.　王祥氷鯉可爲倫

가문 하늘에 비가 내리고 여막에 범이 오니　　旱天雨作兼廬虎

고금에 더불어 짝할 이가 없을지라.　　　　　　古往今來莫與隣

- 진주인(晉州人) 벽은(碧隱) 김정규(金禎奎)

공의 효성 하늘에서 심어져서 　　　　　　　　　惟公孝性植於天
주혈(注血)하고 시묘살기를 어린 나이에 하여 　　　　斫指居廬自弱年
항아리가 이미 비었거늘 누가 쌀을 쌓았을까? 　　　　橐已告空誰貯米
우물이 말랐거늘 홀연 물이 솟았네. 　　　　　　　　井無不涸忽生泉
구월 가을 서리에 수박이 익고 　　　　　　　　　　九秋霜畝瓜成熟
백리 밤길에 범이 앞서고 뒤서며 　　　　　　　　　百里星程虎後先
이적한 사람의 힘으로 이름이 아닐지니 　　　　　　異感終非人力致
비로소 신의 이치 밝음을 알겠다. 　　　　　　　　　始知神理正昭然

　　　　　　　　　　- 문화인(文化人) 유석(維石) 유겸중(柳謙重)

효우의 고가(古家)에 두 옥(玉)의 뿌리 　　　　　　孝友古家雙玉根
일생에 한 형제가 아름답기 세상에 드물거늘 　　　一生幷美世難存
모든 행실 효로 말미암아 신이 감격하고 　　　　　百行由本多神感
많은 사람 소리 함께 하여 의논을 일으키네. 　　　萬口同辭尙物論
있고 없음을 말함에 뜻과 몸을 받들고 　　　　　　曰有曰無循志體
차고 더움을 여쭤 깨고 주무시기에 알맞게 하였네. 　問寒問燠適晨昏
내 붓을 뽑아 서까래 마냥 크게 　　　　　　　　　抽來我筆如椽大
남방제일문(南方第一門)이라 쓰려 하노니! 　　　　欲寫南方第一門

　　　　　　　　- 전주인(全州人) 청고(靑皐) 유학수(柳鶴秀)

191

송옹의 독실한 효는 천진함에서 나왔기에　　　　　　　松翁篤孝出天眞

그 해를 떠올려봄에 눈물만 새롭구려.　　　　　　　　追憶當年淚更新

나아가 봉양할 방위(方位)가 없어 몸에 맞게 하고　　就養無方惟適體

음식 공양함에 힘을 다하여 가난을 혐오치 않았네.　饋供隨力不嫌貧

거려하며 묘에 곡하니 짐승이 감응하고　　　　　　　居廬哭墓應諸獸

피눈물 흘려 소생케 함은 신을 감격케 해서라　　　泣血見甦感格神

가뭄에 비 내리고 가을에 익은 수박 등의 일　　　旱雨秋瓜如許事

이제를 헤아리고 예를 상고한데 몇 사람이나 될지?　酌今稽古幾多人

　　　　　　　　　- 함양인(咸陽人) 오헌(悟軒) 박동주(朴東周)

옹, 이 분은 희(羲) 황(皇) 세상의 사람으로　　　　　翁是羲皇上世人

하늘에 근원한 지효(至孝) 신인을 감격케 했네.　　根天至孝感神人

세 때 묘를 찾음에 순수한 마음 무르익고　　　　　三時展墓純心老

여섯 해 시묘살이로 피눈물 흘린 사람.　　　　　　六祀居廬泣血人

동생(董生) 강극(江革)의 중간 선비요　　　　　　董生江革之間士

맹순(孟筍) 왕어(王魚)에 짝할 아름다운 사람.　　孟筍王魚匹美人

육아(蓼莪) 풍수(風樹)에 죽도록 어버이를 사모함　蓼莪風樹終身慕

마땅히 남쪽 고을 제일의 사람일세.　　　　　　　行誼南州第一人

　　　　　　　　　- 진주인(晉州人) 후수(後睡) 정환순(鄭煥舜)

예로부터 효자 항상 있지 않음이니　　　　　　　　古來孝子不恒有

천만 사람 중에 겨우 한 사람일세.　　　　　　　　千百人中僅一人

하늘이 동방의 윤기(倫紀)가 떨어짐을 위하여　　天爲東邦倫紀墮

두터이 송효자 내셔 크게 인을 일으키네.　　　　篤生松老大興仁

　　　　　　　　　- 진주인(晉州人) 해은(海隱) 형시백(邢時佰)

범이 효자의 여막을 지켜주고 샘이 절로 솟으니　　　虎衛孝廬泉自涌

천신이 감응하여 송옹을 보살폈도다.　　　天神感應佑松翁

맹종이 설순을 찾고 왕상이 빙어를 얻으니　　　孟宗雪筍王氷鯉

천년에 세 사람 함께 통하도다.　　　千載三家一揆通

　　　　　　　- 전의인(全義人) 양곡(暘谷) 이경호(李慶鎬)

송옹은 타고난 천진함을 거느려　　　松翁稟賦率天眞

효우의 말미암음이 인으로부터이라　　　孝友由來出自仁

샘물 여막 앞에서 흐르고 범이 지켜주며　　　泉汕廬堦虎從護

허다한 기적은 사람을 감탄케 하여라.　　　許多奇蹟感歎人

　　　　　　　- 진주인(晉州人) 남곡(南谷) 정도선(鄭燾宣)

화엄(華嚴)에서 한번 헤어진 뒤 해가 지났구려.　　　華嚴一別動經年

시 읊기를 봄가을 함께 강연(講筵)하였네.　　　風詠春秋共講筵

순수하신 효 공 같은 인물 보기 드물기로　　　純孝如翁吾罕覯

일꾼이며 아녀자들까지 입에 올려 전해지네.　　　輿儓婦孺口碑連

　　　　　　　- 진주인(晉州人) 취송(翠松) 정기영(鄭基永)

넘치는 비 거친 파도 큰 세계를 휩쓸어　　　淫雨荒波大界淪

하늘과 땅이 뒤집히고 강륜이 사라져　　　玄黃飜覆沒綱倫

하늘이 지극한 효자를 내셔 어진 풍속을 진작시켜　　　天生至孝仁風作

어찌 샘이 솟고 범이 몸을 호위해 주었나니.　　　何怪泉漩虎護身

　　　　　　　- 진주후생(晉州後生) 죽당(竹堂) 정현재(鄭炫宰)

본디 효자는 하늘에서 나오기로   元來孝子出乎天
송옹의 시묘하신 해를 생각해 보건대   追憶松翁侍墓年
신이 도와 범이 따르고 샘이 절로 솟아   神佑虎從泉自湧
어진 집안에 끼친 복록은 끝이 없으리다.   仁門餘祿浩無邊

                    - 진주후생(晉州後生) 시우(時雨) 정상균(鄭尙昀)

명가의 후예로 주인이 어질어   名家後裔主人賢
한 가지 흠 없이 모든 일 온전히 하기에   一事無疵百事全
아침저녁으로 살피며 하루라도 소중히 하여   定省晨昏誠愛日
마음과 몸을 봉양하니 효 하늘의 근본이셨네.   養兼志體孝根天
솟은 샘은 신이 도와 동방에 울리고   湧泉神助鳴東國
여묘를 범이 지켜주니 만년의 귀감일세.   廬墓虎巡鑑萬年
훌륭한 행실 정포(旌褒)에 아름다이 항상 보존하고   懿行旌褒嘉尙在
사림 곳곳에서 말하여 서로 전하네.   士林處處語相傳

                    - 함평인(咸平人) 가은(稼隱) 이재숙(李載璹)

송옹의 효행 가장 뛰어나거늘   松翁孝行最爲賢
어지러운 세상 어떻게 보전할 수 있었을까?   叔季如何得保全
엎드려 이 땅에 부끄럽지 않고   俯不怍於斯下界
우러러 저 하늘에 부끄럼 없었네.   仰無愧矣彼蒼天
닭을 삶아 좋은 음식 공양하며 항상 날을 보내고   烹鷄供旨常多日
풀을 엮어 시묘함에 여섯 해를 보냈나니   結草居廬六送年
어찌 왕상 만이 홀로 아름다움을 오로지 하랴?   奚必王祥獨專美
소문을 들어 읊고 찬탄하며 서로 전함일세.   聞風詠嘆也相傳

                    - 유해(遺海) 공재수(孔在秀)

挽詞
고인(故人)을 애도하는 글

평생 천성(天性) 쫓기를 절로 하셔   生平率性自天然

효우하고 화목함을 온전히 하였네.   孝友睦嫺無不全

하룻밤 사이 신선이 되어 학을 타고 떠나시니   一夜化仙乘鶴去

천의 슬픔 만의 한탄, 눈물만 이어주는구려.   千愁萬恨淚先漣

- 나주인(羅州人) 임종달(林鍾達)

효라, 홍효자시여!   孝哉洪孝子

진실한 효자 하늘이 내시고   誠孝出於天

상제(上帝)께서 현량 부르기를 급히 하시니   帝詔賢良急

어쩌리요, 신선으로 화하심을!   無何化羽仙

- 광산인(光山人) 김태석(金太錫)

황천에 돌아가서는 한가한 세월이리라 　　　　歸泉聞歲月

세상에 나와서 풍상을 겪었기에 　　　　在世閱風霜

응당 선경(仙境)으로 떠났을지니 　　　　應知仙景去

상산(商山)의 네 신선에 한 사내 더 해졌으리. 　　　　四皓添一郞

아직은 살았으나 절반은 죽은 이내 몸 　　　　半生半死是吾身

아주 이별했으나 황천에서 다시 상봉하세. 　　　　永別黃泉更相逢

누가 알았으리 뜻밖에 송산이 떠나실 줄을 　　　　誰知意外松山去

육년 시묘 행하기를 변치 않으셨네. 　　　　六載居廬不變行

조문객이 구름같이 사방에서 모이나니 　　　　弔客如雲會四方

이 가을 누가 창상(滄桑)의 변함을 알았으랴? 　　　　今秋誰識變滄桑

　　　　　　　　　　　- 분성(盆成) 김종곤(金椶坤)

어렸을 때 공께 인사를 드렸는데 　　　　幼妙之年拜我公

순수하고 온화하심 옛 사람 풍이시더니 　　　　溫醇和氣古家風

여섯 해를 피눈물로 여묘를 살아 　　　　六霜淚血陪廬墓

한 조각의 마음에 시종일관하셨구려. 　　　　一塊腔丹保始終

본디 어짊에 수(壽)한다 하니 실제로 믿겠고 　　　　驗信元來仁壽域

또한 여가에 학문하신 공(工)을 알겠네. 　　　　了知餘事學文工

만장 제문 행장 묘갈명이 다 효자라 칭하니 　　　　誄哀狀德咸稱孝

이 사람을 따라 짝하기는 드물리다. 　　　　從此人間罕比同

　　　　　　　　　　　- 진주인(晉州人) 정복규(鄭福圭)

넓고 넓은 국량은 백 사내의 으뜸으로 하여 　　　　軒昂氣宇百夫防

효도와 우애하는 가풍을 이곳에 떨치셨네. 　　　　孝友家風擅一方

알기 어려운 게 하늘 뜻인가, 공을 빨리 앗아가니 　　　　難知天理奪公速

상여 앞에 포복(匍匐)건대 눈물이 잔에 가득하구려. 　　　　匍匐輀前淚滿觴

　　　　　　　　　　　- 하음(河陰) 약제(若齋) 봉필주(奉弼周)

효는 사람의 모든 행실의 근원이라　　　　　　　　　孝是人間百行源

공께서 힘을 다하고 마음을 다하셨네.　　　　　　　惟公竭力盡丹元

다만 지금은 가사(家史)에 실려 보존되었으나　　　　祇存此日箋家史

다시 다른 날에 정려를 내림이 있으리다.　　　　　更有他時表國恩

만 폭의 제사(題詞)는 모든 이 뜻을 담고　　　　　萬幅題詞齊衆意

한잔의 술은 외로운 넋을 위로하나니　　　　　　一杯進酒慰孤魂

일생을 어버이 사모하고도 잊기 어려워　　　　　終身思慕猶難忘

저 흰 구름 타고 구원(九原)을 따르셨구려.　　　　乘彼白雲從九原

　　　　　　　　　　　　- 모헌(慕軒) 최남진(崔南鎭)

부음이 이르니 과연 꿈인지 생시인지?　　　　　訃到不知夢也眞

그대 어찌 급히 옥경(玉京-천상)의 몸이 됐는가?　君何遽作玉京身

시묘 살은 여섯 해 하늘이 그를 도왔고　　　　　居廬六載天其祐

약을 백방으로 구한데 범이 또한 신령스러웠다.　求藥百方虎且神

떨어지는 달빛은 빈 들보에 어둠과 섞이고　　　落月空樑混漆夜

찬 연기는 겨울 난 풀에서 봄을 더디게 하도다.　寒烟宿草謖靑春

편히 쉴 곳은 정하였는지?　　　　　　　　　　牛眠之地占耶否

향불 천년토록 복인(福人)에게 피리다!　　　　香火千年有福人

　　　　　　　　　　　　- 순천인(順天人) 박종훈(朴鍾勛)

송의 효가 응당 남국에 떨치리니　　　　　　　松孝家應振南國

하늘에 근본한 정성스런 효는 상천에 밝도다.　根天誠孝上天明

육년 시묘에 기이함이 많아　　　　　　　　　六年廬墓多奇異

호위한 범과 솟은 샘물은 세상에 드물지라.　衛虎湧泉罕世名

　　　　　　　　　　- 하음(河陰) 춘사(春史) 봉만기(奉萬沂)

이 세상 정히 군자가 없을 진데　　　　　　　　此世正難君子人
내가 헤아리니 여기 공이 참일세.　　　　　　我儀圖則是公眞
어버이 상을 만나서는 예에 알맞고　　　　　丁艱內外皆稱制
공경히 친하고 성김을 접하여 자주 어짊을 쌓았네.　寅接親疎累積仁
병마는 어찌하여 침범함이 이리 지독한가?　二竪如何侵忽劇
기둥 사이의 달빛 이로 인하여 꾼 꿈이 자주로다.　兩楹從此夢頻因
공은 돌아가셨으나 오히려 앞에 소나무 있어　公歸猶有前松在
그늘 대대에 미쳐 만고에 푸르리라.　　　　餘蔭深藏萬古春

　　　　　　　- 양암(養庵) 손제(損弟) 오병일(吳炳鎰)

효성이 뛰어나기에 어버이 묘에 움막을 지었네.　孝誠卓絶廬親墓
당세에 뛰어난 명성을 날림이 팔십 해로　　當世擅名八十秋
학을 타고 신선됨이 왜 이리 빠르신고?　　駕鶴參仙是何速
상여소리 문득 발함에 슬픔을 이기지 못하니라.　薤歌忽發不勝悲

　　　　　　　- 월성(月城) 벗 경당(敬堂) 최윤환(崔允煥)

순효가 문득 하늘로 오르셨다 놀라움 들리니　愕聞純孝遽升天
보배로움 쌓기를 평생 보전함이 온전하였구려.　蘊玉平生保至全
하루 아침에 손이 흰 쌀이 불어남에 놀라고　一旦賓驚滋白米
삼년을 사람들이 단샘이 솟음을 기이하다 여겼도다.　三年人異涌甘泉
수박을 심은 가을날 누가 익기를 재촉하였을까?　種瓜秋日誰催熟
약을 구하는 깊은 밤 범이 앞에서 호위하였도다.　求藥深宵虎衛前
맹순(孟筍) 왕어(王魚) 만이 어찌 아름다우리.　孟筍王魚豈專美
청사에 싣건대 무엇을 이보다 먼저 하랴!　載諸靑史孰爲先

　　　　　　　- 영산인(靈山人) 춘강(春岡) 신홍렬(辛洪烈)

하늘이 송산을 내시어	天降松山子
무너져 가는 기강을 붙드셨네.	植扶頹紀常
봉양함에 능히 몸과 마음을 겸하였고	養能兼志體
잠자는 곳에 따습고 시원함을 알맞게 하여	寢必適溫凉
병듦에 곁에서 모시어 먹고 자는 것을 잊으며	侍疾忘眠食
근심하는 빛이 그윽하여 웃거나 걷지를 못하고	色憂不矧翔
새벽이며 저녁으로 대신하고자 함을 비니	晨昏禱願代
신이 병을 구하는 방법을 가르쳐 주었네.	神鬼指良方
형제가 함께 주혈하였고	弟兄俱灌血
잠깐 사이라도 무망(无妄)하기에 힘썼다.	瞬息效无妄
초상과 장사에 슬픔과 예를 다하여	喪葬盡哀禮
황황하여 물과 장조차도 먹지를 못하였네.	皇皇不水醬
시묘를 살아 여섯 해를 마치도록	居廬終六祀
주야로 아버지 어머니를 불러	晝夜呼爺孃
샘이 마른 땅에서 솟아나고	泉從白地涌
범이 여막을 지켜 주며	虎衛塋廬傍
가을에 수박이 때아니게 익어	秋瓜不時熟
제사 지내는 상을 향기로움이 갑절이라	祭卓倍增香
최질(衰絰)에 불쌍히 울며 비 오기를 빌어	衰絰泣禱雨
가문 하늘에서 한 들판에 비가 쏟아지게 하였나니	旱天霈一疆
그 나머지 많은 이적	其餘多異蹟
낱낱이 들기에 능히 겨를 할 수 없을 정도일세.	枚擧未能遑
맹종의 눈 가운데 죽순과 왕상의 얼음 속의 잉어	孟筍王氷鯉
아름답거니 가히 부족함이 없구려.	猗歟可頡頏
옛날 나의 모친상에	昔余母喪日
옹께서 마침 입술이 곪았으되	翁適患脣瘡
육십 리 험한 길을	二舍崎嶇路
발이 붓도록 왕림하여 위문해 주셔	繭梅枉問喪
감사함을 가슴에 새겨	感銘在肝腸

자나 깨나 능히 잊지를 못하였는데   痞寐不能忘
뜻하지 않게 비보를 들으니   不意承蘭報
흐느껴 눈물이 아랫옷에 홍건하도다.   歔欷淚滿裳

        - 진주후인(晉州後人) 운초(雲樵) 정재환(鄭在煥)

지극한 효 하늘에 근원하여 더불어 짝할 이 없기로   至孝根天莫與儔
아이며 길가는 자 익히 외고 아름답게 여기네.   兒童走卒誦咸休
여섯 해 여막 곁을 범이 와서 벗하고   六霜廬側虎來馴
만 길 넘는 바위 고개에 샘이 솟아 흘러   萬仞巖巔泉湧流
영약을 멀리 구함에 기읍(箕邑- 함평)에 밤이 깊고   靈藥遠求箕邑夜
수박을 거듭 올려 제사지냄에 이미 가을이라   瓞瓜再薦象筵秋
뒷사람이 만일 선행록을 이어 편수한다면   後人如續善行錄
응당 공으로 하여금 머리에 처하게 하리다.   應使夫公處上頭

        - 족손(族孫) 우남(又南) 홍복희(洪復憙)

금성의 어젯밤에 전인(前人)의 몸으로 변하니   錦城昨夜幻前身
감탄하나니 백행의 근원, 사방 마을이 슬퍼하네.   感嘆行源慟四隣
단지하여 소생케 함은 옛일을 따랐고   血指得蘇從古罕
신인이 쌀을 공양함은 천진에서 나왔음이니   神人供米出天眞
효자를 묻을 산도 무거운 듯 하고   葬埋孝子山如重
뢰사(誄詞)가 이어짐에 해마저 찌푸리고자 하네.   陸續誄詞日欲嚬
떠나신 후라도 아름다운 이름 사라지지 않을지니   去後令名應不朽
말세에 강륜(綱倫)을 일으킴이 되리라.   爲言叔世起綱倫

        - 진산인(晉山人) 강린(姜璘)

효자가 떠나셨다 하니 모든 날이 쓸쓸하다. 　　孝子云亡白日寒

여섯 해 시묘 신산함을 맛보았네. 　　　　　六霜廬墓喫新酸

바람 드는 아궁이에 땅이 새 샘을 공급하고 　　風餐地湧泉供給

노숙함에 하늘이 범을 보내 안심케 하였네. 　露宿天教虎來安

늙어 온전하여 돌아감은 사람에 있기 드물고 　大耋全歸人罕覯

종신토록 어버이를 사모함 세상에 보기 어려우리. 終身孺慕世難看

병상에서 부음을 받아 문상이 늦었으니 　　病床承訃綿鷄晩

유명하심마저 저버려 집을 우러러보며 탄식하네. 辜負幽明仰屋歎

- 진양인(晉陽人) 정철환(鄭喆煥)

슬프다, 우리 송산이시여! 　　　　　　　　嗟我松山子

사람은 사라지되 일은 가히 전해지리니 　　　人亡事可傳

온화하신 덕성 옥과 같고 　　　　　　　　溫溫德似玉

한결같은 정성 하늘까지 통하도다. 　　　　斷斷誠通天

상 치름이 전후 여섯 해 　　　　　　　　喪値後前歲

슬퍼함이 대소련(大小連)과 같도다. 　　　哀如大小連

범이 와 거처함을 지켜 주고 　　　　　　虎來衛坖室

산 높은 곳에서 맑은 물이 솟으며 　　　　巓闢湧清泉

쌀이 혹연 불어나 동이를 채우고 　　　　米或衍盈罄

수박이 두 번 익어 제기에 올렸나니 　　　瓜重熟薦籩

기뻐하고 찬탄함은 고을을 휩쓸고 　　　　悅歡傾邑里

노래하고 기림 시마다 넘쳐 　　　　　　歌詠溢詩篇

선은 복을 인연함은 하늘의 이치거늘 　　　福善惟天理

어진 이 앗아가니 귀신의 잘못인가! 　　　奪賢奈鬼愆

백 사람에 누가 가히 대신할 수 있을까? 　百身誰可贖

통곡컨대 눈물이 이어지도다. 　　　　　慟哭淚漣漣

- 족손(族孫) 성남(城南) 홍석희(洪錫憙)

뜻밖에 송노인께서 돌아가셨다 함을 들었나니   意外忽聞松老逝

하늘이 독실한 효자 한 백성을 내리셨네.   天生篤孝一遺民

여막이 외롭되 범이 오히려 이웃이 되고   廬孤虎尙爲隣補

우물이 멂에 샘이 바야흐로 섬돌에서 나왔네.   井遠泉方出砌屑

왕상 맹종의 연원을 이을 이 어떤 선비인가.   王孟淵源更何士

민자(閔子) 증자의 정백(精魄)의 어짊 같기만 하니   閔曾精魄亦似仁

누가 능히 아름다움을 들추고 착함을 나타내리.   誰能彰美揚其善

문득 후생이 어버이 섬김을 알게 하도다.   是便後生知事親

- 울산인(蔚山人) 벽농(碧農) 김상진(金相晋)

효의 사적(史籍)에 오늘날 이르되 공이 계셔   孝史如今日有公

몸을 마치도록 한결같이 두 분을 사모하여   終身一慕兩堂功

생전의 마음과 몸 받듦을 갖추어 빠뜨림이 없고   生前志體俱無闕

죽은 뒤의 정과 예 또한 두루 통하였네.   死後情文亦備通

신미(神米) 지천(地泉)의 기적은 감동케 하고   神米地泉奇是感

신과(新瓜) 야호(夜虎)의 기이함 더욱 궁구케 하네.   新瓜夜虎異尤窮

예로부터 모든 행실 이에 근원하나니   古來百行源於此

홀로 윤강을 세워 바람에도 끄덕치 않게 하도다.   獨樹倫綱不墜風

- 파평(坡平) 윤요중(尹堯重)

여섯 해 동안의 시묘는 효가 천진스럽고   六經霜雪孝天眞

옛 도를 지킨 평생 다른 세상 사람일세.   守舊平生異世人

공은 가셨으나 쌓으신 크고 많은 업   公去積餘多大業

아름다운 글이 되어 사책(史冊) 가운데 새로우리.   長令彤筆史中新

- 광산(光山) 도헌(道軒) 김중천(金重千)

효자께서 돌아가신 부음이 고르지 않아   孝子言歸訃不均

이날에야 전해 들으니 아픈 마음 갑절이네.   傳聞此日倍傷神

푸른 하늘이 혹, 수함이 욕이 될까 염려하셨음일까.   蒼天倘念壽多辱

숙세(叔世)로 더욱 어진 이 잃음을 탄식하나니   叔世尤歎眞失仁

고을의 순풍은 사람의 화함이 크고   梓里淳風人化大

묘려의 기적은 입으로 전해짐이 새로워   墓廬奇蹟口碑新

영전에 곡하나니 슬픔을 어찌 말리요.   靈前一哭悲何已

저 구름 낀 산을 바라보며 눈물 자꾸 흘리네.   瞻彼雲山灑淚頻

          - 경주인(慶州人) 최선진(崔善鎭)

전후의 시묘에 세월이 더디구나.   前後廬居歲月遲

남쪽의 인사 분명히 알았네.   南州人士所明知

팔순의 수를 누려 응당 유감이 없고   八旬享壽應無憾

길이 남을 아름다운 이름 의심하지 않으리니   長世令名必不疑

포장이 무슨 관계리요, 나라의 법전이 그릇됐거늘   棹楔何關非國典

자손이 가히 생각하니 가측(家則)을 지키리다.   子孫可念守家規

상일(喪日)에 곡하지 못함은 세속의 일에 빠져서   臨期未哭嫌於俗

한 조사 읊으나 또한 때늦음이 부끄럽구려.   一誄還慚亦晚時

          - 원주인(原州人) 월파(月坡) 이홍림(李洪林)

산수가 정령을 모아 효자를 내시어   山水鍾靈孝子人

평생을 어버이 사모함이 범인과 다르나니   一生孺慕異凡人

시묘함에 범이 지켜 줌은 하늘이 감응해서거늘   侍墓虎衛天應感

일흔여덟 나이에 학을 탄 신선이 되었네.   七十八年乘鶴人

          - 행주인(幸州人) 성곡(省谷) 기세은(奇世殷)

금성의 석덕(碩德) 천진하시기만 하기에　　　　　　　錦城碩德率天眞
오랜 친구들 보고듣기를 친히 함이 많았네.　　　　　宿契曾多聞見親
한 효자를 행함에 이미 부합되고　　　　　　　　　一孝字爲行已符
팔순의 세월 책을 읽어 보냈나니　　　　　　　　　八旬年是讀書人
물외의 한가함에 자못 뜻을 두었고　　　　　　　　物外幽閑頗適意
세상의 영욕에 관계하지를 않았네.　　　　　　　　世間榮辱不關身
늙어 오늘날 돌아가심 마저 하니　　　　　　　　　耆老如今零落盡
여생은 눈물 속에 상심은 갑절이네.　　　　　　　餘生涕淚倍傷神

　　　　　　　　　- 시산인(詩山人) 중암(中菴) 허기락(許基洛)

효자시어, 응당 오랜 수를 누릴 줄 알았는데　　　　孝子知應享高壽
문득 전해진 흉보는 사람을 놀라게 하네.　　　　　遽然凶報使人驚
빈 항아리에 불은 쌀은 신이 도와줌이거늘　　　　空缸滋味神來助
마른 땅에서 솟은 샘 누가 도와서 이루었을까.　　白地湧泉誰佑成
가을 날 수박을 심어 제사에 공양하고　　　　　　秋日種瓜供祭薦
가문 하늘 비를 빌어 민심을 위로하였다.　　　　　旱天祈雨慰民情
하늘이 무슨 일로 옹을 빨리 앗아가셨을까?　　　彼蒼何事斯翁奪
티끌 세상에서 벗어나 옥경에서 편하게 하심이리.　欲脫塵愁安玉京

　　　　　　　- 진주인(晉州人) 만송(晩松) 하응운(河應雲)

효자께서 하늘을 부르거늘 날이 쓸쓸하다.　　　　孝子呼天白日寒
여섯 해 여묘에 신고의 어려움이려니　　　　　　　六霜廬墓幾辛艱
부음이 홀연 이르러 탄식하며　　　　　　　　　　訃車忽到堪惆悵
회고컨대 올해 따라 파리했던 모습 떠오르는구려.　回憶當年憔瘁顔

　　　　　　- 진주후생(晉州後生) 남하(南下) 정동렬(鄭同烈)

하늘은 어찌 착한 사람에게 수를 주시지 않으신가?　　　天何不與善人壽

고금의 강상에 다만 이 한사람이라　　　古今綱常獨一人

나무를 붙잡고 부르짖음에 샘이 또한 솟고　　　攀樹號聲泉亦溶

여막에 거하여 눈물 흐름에 귀신 또한 슬퍼하네.　　　居廬哀淚鬼還嚬

아름다운 이름 삼년 해가 적적하고　　　芳名寂寂三秋節

세상의 꿈 일흔여덟 살이 비었구려.　　　世夢空空七八辰

풍월을 읊으며 돌아와 땅에 술을 붓나니　　　風詠歸來相酢地

모두 홍효자를 슬퍼하며 하늘 가를 바라본다.　　　共傷洪孝向荒濱

- 전주인(全州人) 성암(省菴) 이기영(李起永)

큰 별이 문득 떨어지니 세상이 놀라네.　　　大星忽隕世人驚

공에게 이 행실이 있을 줄 생각지 못했나니　　　不意此公有此行

손가락을 끊은 위급한 때 효성을 드리고　　　斷指危時呈孝性

시묘를 산 여섯 해 슬픈 정을 다했구려.　　　居廬六載盡哀情

가을에 수박이 익어 지극한 은혜 갚음 거듭하고　　　秋瓜成熟至恩重

가뭄에 비를 오게 함은 하늘의 도움이 분명하리니　　　旱雨作來天佑明

우러르건대 송산의 남은 공덕이 두텁기에　　　欽仰松山餘蔭厚

장차 백세에 가히 이름이 전해지리.　　　將爲百世可傳名

- 밀성(密城) 인암(忍菴) 김재권(金在權)

산의 신령이 모아 어진 이를 내셔 　　　　　　　嶽靈鍾萃降仁賢

수도함이 평생 솔성(率性)하기를 온전히 하였네. 　　　修道平生率性全

샘이 솟고 수박의 단맛 메마른 땅에서 나왔고 　　　泉湧瓜甘從白地

범이 지켜주고 신의 도움 푸른 하늘이 감동해서라. 　虎扈神庥感蒼天

시묘하며 욺이 천일 여요, 　　　　　　　　　　居廬泣血餘千日

사모하여 몸을 마치니 팔십 해라. 　　　　　　　孺慕終身八十年

불후의 아름다운 이름 청사에 실리고 　　　　　　不朽芳名靑史在

입에 오름이 자자하여 나라에 전해지리다. 　　　口碑藉藉省邦傳

　　　　　　　　　　- 함양인(咸陽人) 송계(松溪) 박열호(朴烈鎬)

回甲題詠
만 60세 생일을 축하하는 시

내 그대를 위하여 축원건대	我欲爲君頌
축원 또한 다른 말이 아니나니	頌亦無他辭
부귀는 모두 사모하는 바나	富貴衆所慕
넘치면 위태롭기 짝이 없고	盛滿恐易危
신선은 옛 이야기에 나오나	神仙古有說
허황되어 가히 기약할 수 없나니	冥邈不可期
단지 바라는 건 천의 길이 소나무로	但願千尺松
굳세어 추위에 굴하지 않는 자세일세.	堅持歲寒姿
또 바라자면 자손들 오순도순	又願聚藻鳧
길이 집안이 성할 지며	永得一家肥
재앙은 다 얼음이 녹듯 사라지고	灾沴皆氷銷
복은 연못에 물이 불 듯 하기를!	福祥如澤滋
사람들이 인효(仁孝)한 자라 이르니	使人謂仁孝之人
그 보답 이와 같은 이치를 의심할 것이 없도다.	其報如此理不疑
도도한 저 어리석은 자	滔滔者彼頑
듣고 혹 행실을 고칠지라.	聞之或改爲

- 효당(曉堂) 김문옥(金文鈺)

옹께서 일찍이 효자란 이름 있어   斯翁早有孝哉名
이에 그 뛰어난 정성을 말해보려니   兹欲言其範外誠
약을 구하기 여러 해 신이 꿈에 나타나고   求藥多年神顯夢
의원을 찾는 깊은 밤에 범이 따랐도다.   問醫深夜虎從行
언 나무에서 꽃이 다시 핌을 가히 탄식하고   堪歎凍木華仍發
마른 샘에서 물이 남이 또한 괴이하다.   且怪乾泉沈復生
덕을 노래하고 경하를 드리나니   頌德之餘兼賀慶
뜰 가득한 자손들 대대로 영화 누리기를!   滿庭玉樹世敷榮

                              - 매당(梅堂) 조상기(趙相紀)

효자란 이름 예로부터 몇 사람이나 전해질까?   孝名從古幾人傳
지극한 정성을 다한 어진 자 여기 있네.   極致深誠有此賢
육년 시묘하며 떠나신 부모를 그리니   六載居廬追遠慕
빙어 설순의 아름다움이 어찌 옛날만의 일일쏘냐?   氷魚雪筍美奚專
나는 본래 학문이 없고 또한 행실마저 거치거늘   我本無文亦麤行
사람을 찬양키로 어찌 감히 헛된 말을 꾸미랴?   讚人何敢造虛辭
단지 듣건대 어진 자 목숨을 얻는다 하니   但聞仁者得其壽
그대 위하여 남산(南山)의 한 옛시로 축원하리.   爲頌南山一古詩

                              - 동초(東樵) 유종근(兪鍾根)

높은 이름 귀에 들린 지 여러 해이라   高風灌耳已多年
백 리 길 수연을 축하하려 다다르네.   百里西成赴賀筵
퇴폐해진 풍속 이제 물 흐르듯 하거늘   頹俗卽今如水下
바라건대 공의 신선 같은 행실 길이하시기를!   願公長作地行仙

                              - 평양(平陽) 박종삼(朴鍾三)

하늘에서 바람 불어 금산의 양지쪽에 이르고　　　　　　天風吹到錦山陽

물고기 살찌고 벼 익어 가을 향기 마을에 가득　　　　　魚稻秋香足壽鄕

문득 바라보니 뭉게구름 천 자나 일고　　　　　　　　忽看霱雲千尺起

어디선가 날라 온 학의 노랫소리 길게 울리도다.　　　何來鶴笛一聲長

속세에 신선의 자리 나니　　　　　　　　　　　　塵容差列瞿仙座

온화한 기운 군자의 집에 물씬 나도다.　　　　　　和氣偏生君子堂

위하여 글을 짓고 잔을 들어 바라보니　　　　　　　爲寫稱觴替觀井

가장 어여쁜 아들이 옹의 곁을 지키도다.　　　　　　最憐鸞鳳看翁傍

- 호산(湖山) 박성주(朴晟朱)

화갑이 돌아 온 7월 하늘　　　　　　　　　　　　華甲重回七月天

벼와 고기 살찌니 즐거운 해로다.　　　　　　　　稻魚肥大樂康年

샘이 독실한 효자를 쫓아 여막 아래에서 흐르고　　泉從篤孝流廬下

범이 깊은 정성에 감동되어 묘 앞을 지켜주었다.　虎感深誠衛墓前

모두 삼붕(三朋)을 축원함에 상서로움 또한 이르고　衆頌三朋祥亦至

길게 구여(九如)를 읊음에 복이 응당 온전하다.　　長吟九我福應全

풍산의 오랜 집안 신이 도우며　　　　　　　　　豊山舊族多神佑

자손들은 만수무강하기를 축원하네.　　　　　　寶樹恭呈萬壽筵

- 신와(信窩) 최규준(崔圭浚)

남극노인(* 수명을 맡은 별)이 밤에 빛을 내고　　南極老人夜有光

수풀 시원한 바람 또 서늘함을 알리네.　　　　　林梢又是報新凉

영산강 가을 물은 가득 푸르러　　　　　　　　　榮江秋水盈盈碧

효자를 칭송하는 잔에 미치도다.　　　　　　　　爭及君家孝子觴

- 김영찬(金永贊)

나는 늙고 어리석어 족히 자랑할 것이 없으나 白首癡頑未足誇
공과 같은 덕은 옛사람의 짝이 됨으로 如公德配古人多
원컨대 이 날을 맞아 축원함이 분분하니 願將此日紛紛頌
천 길이 되는 긴 끈으로 해가 기울음을 묶어두리라. 千尺長繩繫日斜

- 위경환(魏京煥)

금성산 맑은 기운 그대 집에 모여 錦山淑氣萃高門
복되기에 옹께서 한 마을을 열었도다. 清福如翁闢一村
남극의 수성(壽星) 길게 비쳐 주고 南極壽星長照耀
집안에 따사한 햇빛 기운 성하도다. 滿堂暾日正氳氲
뛰어난 효와 의는 신의 감격을 부르고 堂堂孝義徵神感
들끓는 명성은 세상의 의론을 일으키네. 嘖嘖聲名聞世論
이 태어난 날을 만나 응당 아픔 갑절이려니 值此弧辰應倍痛
육아(蓼莪)의 편 속에 눈물자국만 그윽하구려. 蓼莪篇裏淚留痕

- 죽천생(竹川生) 김영주(金榮柱)

육갑이 두루 돌아 세월이 깊은데 六甲周廻歲月深
아직 귓가에 어버이 음성 쟁쟁하네. 尚今在耳兩親音
지나간 해에 시묘살이는 정성스런 효로 들리고 往年侍墓聞誠孝
이날에 은혜 보답하는 지극한 정성 드러나 是日酬恩露至忱
기상은 봄바람이 만물을 조화롭게 함이요, 氣像春風調物態
정신은 가을 달이 하늘에서 비쳐 주듯 하구려. 精神秋月際天心
일가로서 무슨 말을 번거롭게 하리오? 一枝花樹何煩說
축하하는 아름다운 말 여러 사람이 읊나니! 祝賀嘉言衆口吟

- 수운족인(水雲族人) 홍정식(洪鼎植)

검붉은 눈의 밝음은 달과 같고   紺曈明似月
굳센 머리의 자줏빛은 서리를 머금었구려.   勁髮紫含霜
얼마나 처음에 뜻을 펼쳤을까?   幾奮桑蓬志
또 기국(杞菊)의 잔을 들도다.   且停杞菊觴
애쓰신 어버이 이미 멀리 있는데   劬勞親已遠
아이가 어버이 사모하듯 뜻 치달아   孺慕意偏長
어진 자 오래 산다 하니 공이 능히 누리는구려.   仁壽公能飽
육십 세 되어 갑절로 빛이 나나니.   鐵花倍有光

                                              - 송촌생(松村生) 박노홍(朴魯鴻)

송령(松齡) 학발(鶴髮)에 등은 구리쇠 같으니   松齡鶴髮脊如銅
단련하기를 시묘 사는 여섯 해 동안 하였네.   練自居廬六載中
감동이 신명과 통하여 세상을 놀라게 하고   感徹神明驚世目
이어 선덕을 기려 가풍을 진작시켰네.   聿推先德振家風
상서로운 바람 섬돌에 부딪쳐 난초 향기 퍼지고   祥飆拂砌蘭香潑
즐거운 뜻으로 상(床)을 함께 하니 형제 화목하네.   樂意聯床棣萼紅
복은 다 어질고 효도한 자를 따라 이르나니   福履皆從仁孝至
함께 글 읽고 또한 다시 백년을 함께 하세.   琳房又是百年同

                                              - 만포생(晚圃生) 박해우(朴海佑)

들었나니 오늘 날의 홍효자   聞今洪孝子
지극한 행실 하늘을 감동시키네.   至行感仁天
밤에 범이 여막 곁을 지켜주고   夜虎衛廬側
맑은 샘물이 묘 앞에서 솟았네.   清泉湧墓前
강호에 명성 절로 퍼지고   江湖名自播
장수하심은 복이 응당 온전해서라   壽考福應全
이 구로일(劬勞日-생일)을 만나서는   逢此劬勞日
자손에게 경계하여 축하연을 막는구려.   戒兒停賀筵

                              - 석하(石荷) 권홍수(權鴻洙)

영산강 물은 곤곤하고 금성산은 길게   榮江滾滾錦山長
간세(間世)의 기운이 모여 독실한 효자를 냈구려. 間氣鍾生篤孝郎
견고한 폐(肺), 단단한 심장은 금석에 단련되고   鏗肺苦心鑄金石
붉은 얼굴 푸른 머리털은 풍상에 연마하였네.   丹顔綠髮鍊風霜
금일에 포장(褒獎)의 법이 없음을 한하나니   恨無今日蒙褒典
다만 남극성만이 목숨의 잔을 비쳐주네.   獨有南星照壽觴
부인은 싹싹하고 아이들은 여럿이라   寶瑟冷冷鸒鵠列
어진 사람의 집은 자손 대대로 응당 번창하리라! 仁人家世也應昌

                              - 고당(顧堂) 김규태(金奎泰)

어진 자는 반드시 오래 산다 하거늘	仁者必壽
오늘 아침에야 믿겠구려.	信今朝
남극성 빛이 특별히 집을 비쳐 주나니	南極星光特照家
여섯 해의 시묘는 책에서도 보기 드물지다.	六載廬墓罕簡策
가히 한탄하는 바는	所可恨兮
주문공(朱文公)의 붓이 없음이라,	文公筆無有
옛날 순수한 효에 개와 닭마저 화하였기에	昔日純孝鷄狗化
고을의 아녀자들이라도 익히 함께 알도다.	鄕邦婦孺諗共知
형제가 늙어서도 독실이 우애하고	弟兄白髮友于篤
조상의 무덤에 제사 지내는 향기가 아름답다.	父祖靑山苾芬香
씩씩한 두 아들 색동옷으로 춤추고	駪駪二驥斑舞席
손자들 쑥쑥 자라기에 훌륭함이 틀림없네.	桐竹苗苗優以期
어질다! 그 덕의 짝으로	賢哉其德之配
남편의 행실을 따르니	遵行夫子之行
맹광(孟光)의 처만이	孟光之妻
반드시 옛날 아름다움을 다하지 않으리.	不必專美於古
보건대 저 도도한 세상	視彼滔滔世路
욕심은 하늘까지 넘치고	人欲浪滔天兮
인륜이 무너지니	彝倫斁如
공의 일을 듣거든	聞公之風
가히 공경하고 가히 깨우칠지니	可敬可警兮
명성을 영세에 심었도다.	樹風聲於永世

- 송하(松下) 이승규(李承奎)

기자(箕子)의 오복과 화봉인(華封人)의
삼축(三祝)이 한 몸에 모였으니,   箕五華三叢一身

비로소 큰 복은 선에 말미암을 깨달았소.   始覺胡福必由善

오십에도 어버이를 찾음 대순(大舜)을 본받았고   五十孺慕學大舜

늙도록 더욱 우애함은 강굉(姜肱)에게서 보았네.   老益友于視姜肱

이자(二子)가 화사하여 향기 뜰에 가득하고   二子花開香滿庭

금슬은 어우러져 아름다움을 연주하니   琴瑟諧調奏節亮

인간의 참 즐거움이 아닐 손가!   人間眞樂不外此

어지러운 세상 부귀를 어찌 족히 논하랴?   叔世富貴何足論

철수(鐵樹)가 올 가을 비로소 봄을 누리니   鐵樹今秋始敷春

술잔을 주고받으며   兕觥交錯兮

다투어 궁(九如)의 노래로 축원하네.   爭祝九如頌

세상 사람들은 금일의 경사를 부러워하나   世人徒羨今日慶

전날 덕을 쌓아 얻은 바를 알지 못하며   未知前日鍾德之所獲

금일에 또한 쌓은 덕을 논하나   設論今日又鍾德

뒷날까지 미칠 음덕을 헤아리지 못하리라.   後來餘蔭未豫測

원컨대 온 세상의 도도한 자로 하여금   願使擧世滔滔者

공의 명성을 들어 절로 거울삼아 경계하기를!   試聞公風自鑑戒

- 심석(沁石) 봉병국(奉炳國)

육년 어버이 무덤 지키기를 게을리 하지 않으니   六年不惰侍親墳

감동컨대 어찌 세상이 알아주지 않음을 혐오하랴?   孝感何嫌世未聞

나머지 일 또한 깊이 경하하기에   餘事又多深敬服

글로나마 장수하기를 빌며 서풍에 부치노라.   緘詞祝壽寄西風

- 우천(愚川) 박해룡(朴海龍)

회갑을 축하하는 술잔이 무르익고

피리와 거문고 어울러 맑은 소리 퍼지네.

이미 군자께서 인(仁)을 힘써 행함을 알았고

바야흐로 자손들이 날을 아끼는 정성을 보았네.

긴 대나무의 상쾌한 바람은 호연의 기운과 같고

찬 연못에 비친 달은 깨끗한 마음을 논함이라,

미진한 몸은 다행히 한 친족이 되어

화목함이 무성키에 진정(眞情) 노래하나니!

盛祝甲年盃酌深

管絃秩秩動清音

已知君子行仁力

方覩賢兒愛日忱

脩竹爽風擬浩氣

寒潭霽月論澄心

微軀幸際同宗列

睦義油然眞意吟

　　　　　　　- 후남족손(後南族孫) 홍복희(洪復憙)

군자의 집 온화한 기운이 깊어

난초 향취요 옥구슬 소리로다.

부부는 날이 따뜻하여 금슬이 즐겁고

손자는 봄의 생기로 재롱이 귀엽다.

평탄한 길이라야 잘 달리는 말을 보존하고

한가히 거함에 흰 갈매기 노는 마음 지키리라.

이 복록 어짊으로 말미암았음을 알겠나니

잣나무가 기뻐하는 마음 모두가 이어 노래하네.

君子宅中和氣深

芝蘭其臭玉其音

齊眉日暖友琴樂

繞膝春生舞彩忱

坦道應存良驥地

閒居護守白鷗心

也知退祿由仁得

柏悅情懷綴漫吟

　　　　　　　- 성남족손(城南族孫) 홍석희(洪錫憙)

돌아온 갑일(甲日) 먼저 갑일에 태어났음 생각하니　　　　後庚回憶先庚生
응당 육아편의 어버이를 그리는 정 간절하다.　　　　　　應切蓼莪感慕情
소반에 드리는 요도(瑤桃)는 장수를 더하시고　　　　　盤獻瑤桃遐壽益
꽃이 핀 철수(鐵樹)에 서광이 밝기를!　　　　　　　　　花開鐵樹瑞光明
하늘에 근본한 효우 사람들이 다 공경하고　　　　　　根天孝友人皆式
몸에 간직한 온공(溫恭) 세상이 이름을 알도다.　　　　持巳溫恭世識名
세 번 뫼와 능(陵)같이 장수하기를 빌며 잔을 올리고　三祝崗陵盃酌進
뜰에 나아가 춤추는 색동옷이 경쾌하다.　　　　　　　趨庭戲舞彩衣輕

- 족질(族姪) 홍춘식(洪春植)

애애한 화기는 집안에 가득하고　　　　　　　　　　　藹然和氣滿堂深
회갑의 날 모두가 덕을 기리는구려.　　　　　　　　　弧日亭亭頌德音
몸은 효행을 겸하니 아름다운 풍속을 이루고　　　　身兼孝行美風化
머리엔 의관을 갖추니 옛 나라의 참마음일세.　　　　頭戴衣冠古國忱
남극 신령스런 별은 상서로운 빛 드리우고　　　　　南極靈星呈瑞彩
쌍계정(雙溪亭)의 맑은 달에 한가한 마음 기르도다.　雙溪霽月養閒心
부부가 함께 즐겁고 아이들은 색동옷으로 춤출 새　床琴偕樂庭斑舞
뫼와 능 같기를 빌며 시를 읊는구려.　　　　　　　祝以崗陵詩以吟

- 매헌족질(梅軒族姪) 홍동식(洪東植)

덕을 기르고 인 닦음이 늙어 더욱 깊음은   養德修仁老益深

오늘 같은 쇠한 세상에 듣기 드문 소리라   如今衰俗罕聞音

하늘은 맑고 겸하여 또한 아름다운 계절이요,   天晴兼又屬佳節

자식은 효도하니 능히 꾸밈없는 정성일세.   子孝能無餙喜忱

누가 일생을 다 꿈이라 하였던가?   誰道一生都是夢

비로소 이날에야 오래 살려는 마음을 알겠다.   始知此日亨退心

편이 넘치도록 장수를 기리는 벗과 손들이 있거늘   溢篇頌禱友賓在

졸작을 어떻게 내놓고 읊기나 할는지?   拙語何曾付浩吟

- 행주(幸州) 기노장(奇老章)

풍산의 좋은 가문 익히 들었나니   豊山華閥飽聞深

하물며 또한 이곳 주인 덕을 좋아하기에   況又主翁好德音

뜻 받들기를 부족함이 없이 하니 자식된 도리요,   養志不羞爲子道

시묘 삶을 능히 하니 어버이 섬기는 정성이라.   居廬能達事親忱

자손의 재롱에 봄빛이 익고   蘭庭彩舞濃春色

형제의 책장에 사랑하는 마음 활짝!   棣院淸墳暢愛心

부를 사양하나 몸은 기자(箕子)의 오복을 겸했나니   辭富身兼箕五福

오늘 아침 시를 읊어 축하코자 함일세!   今朝欲賀以詩吟

- 창녕(昌寧) 조규표(曺圭杓)

갑일(甲日)이 거듭 도니 몇 번 달이 뜨고 졌을까?   花甲重回幾月深

고을 마을이 함께 덕을 기리고 노래하도다.   鄕隣咸頌德家音

목숨은 어진 자를 따른다 하니 그대가 먼저 얻었고   壽從仁者君先得

경사는 선한 집에서 받나니 아들들 또한 아름답다.   慶受善家子亦忱

금슬이 어울리니 부부가 함께 늙음이 즐겁고   琴瑟聲中偕老樂

훈호(塤箎)의 곡조에 형제가 함께 기뻐하는 마음   塤箎曲裏共歡心

때때옷 차려입고 재롱떠는 난 향기 그윽한 뜰 위에   斑衣彩舞蘭庭上

다투어 축하하는 시를 짓고 차례를 기다려 읊네.   爭獻賀詩次第吟

- 동강(東岡) 이정호(李禎鎬)

강과 산이 아름다워 나주(羅州)라 칭하니   江山形勝稱羅州

좋을세라! 이 석인(碩人)이 사는 곳   好是碩人邁居區

풍년 들어 따사한 바람에 벼 곡식이 익고   樂歲佳風稻粱熟

가을 하늘에 상서로운 기운 남극성이 비추네.   秋天瑞氣極星流

한결같은 마음, 의를 행하니 모두가 기리고   一心行義多餘頌

독실한 효 시묘 삶을 누가 더불어 짝하리오?   篤孝居廬旱與儔

난정(蘭庭)에 긴 봄향기 집에 가득하니   蘭庭長春香滿室

비로소 복과 선이 말미암음이 있음을 알겠다!   始知福善有本由

- 창천인(昌川人) 이영규(李泳奎)

아름다운 나무에 서쪽바람 부딪치는 7월 하늘에　　琪樹西風七月天
신선의 즐거움을 누리니 태평의 해일세.　　仙家享樂太平年
은혜를 베풀되 자신을 잊으니 청빈이 따르고　　施恩忘己淸貧苦
행실은 돈독하고 마음을 보존하니 효우가 온전하다.　　敦行存心孝友全
상서롭기를 빌며 학의 그림 전하고　　頌禱迎祥傳鶴畵
장수하기를 바라 구연(龜蓮)을 올리는구려.　　壽徵協吉上龜蓮
조금이나마 아나니 벗의 복을 기뻐하는 손님들　　稍知栢悅尋常客
이 미진한 나의 뜻을 적어 어진 이를 축하하나니!　　敍此微衷賀逸賢

- 미면인(未面人) 이종영(李鍾榮)

공의 선한 행실 같음은 이 세상에 드물기에　　如公善行罕今世
하늘이 보답하여 마땅히 여록(餘祿)이 길으리라.　　天報寔宜餘祿長
색동옷으로 춤추는 곁에 손이 또한 축하하고　　彩舞筵邊賓亦祝
비쳐주는 남극성은 빛을 더 하도다!　　照臨南極倍增光

- 만송(晚松) 하응운(河應雲)

갑일(甲日)이 거듭 도니 세월이 깊어라.　　花甲重回歲月深
소소한 백발은 거반 신선이구려.　　蕭蕭鶴髮半仙音
무릎 아래에 재롱떠는 아이들 색동옷으로 춤추며　　弄雛膝下斑衣舞
집 앞에 피리 부는 자손들 정성스럽기만 하네.　　吹笛堂前子孫忱
극성이 남쪽 하늘에서 비쳐 눈썹이 크도록 장수하고　　極宿南天眉大壽
축하하는 잔 북해에 넘쳐 효자 마음 기리네.　　賀觴北海孝全心
오늘의 화목한 기운 종친이 즐겁기로　　今朝和氣宗親樂
상 위에 아름다운 시를 짧고 길게 읊도다.　　案上瓊詩少長吟

- 청안후인(淸安后人) 이중환(李中煥)

회갑인 오늘 아침 뜻이 새로울진대   周甲今朝意轉深

굽이 진 산수에 마음을 아는 친구 적을세라.   曲中山水少知音

육아(蓼莪)는 어버이 생각에 아픔 갑절하고   蓼莪倍切思親恨

규곽(葵藿)은 임금을 그리는 정성 잊기 어려워   葵藿難誼望美忱

늙도록 인연을 맺어 함께 해를 지키고   白髮有緣同守歲

청춘은 꿈과 같거늘 오직 마음을 보존하였네.   青春如夢惟存心

어느 해나 처음 먹었던 뜻을 능히 이룰 수 있을까?   何年克遂懸弧志

술을 앞에 대하니 절로 읊음 나오는구려.   樽酒對前自漫吟

                                             - 심석(沁石) 봉병국(奉炳國)

육전 천도(天桃)가 이슬에 젖고   陸煎天桃滴露盤

선명히 앉아 있는 모습 신선이 내려왔구려.   鮮明坐儀降仙隣

젊고 늙어 즐거움 함께 하니   青衣白髮共歡樂

영광이 가득하고 백세까지 젊기를.   滿地榮光百歲春

                                             - 족질(族姪) 홍관식(洪官植)

卷之五

書札
안부와 소식을 전하는 편지글

병든 저로서 궁벽한 곳에 거하여 세상과 더불어 서로 잊었더니 뜻밖에 친척 분이 먼 곳에서 오셔 소매에서 편지를 꺼내줌에 반복하여 읽기를 세 번을 하니, 이에 한 해 동안 뵙지를 못했던 마음이 위로가 됩니다.

삼가 살피건대 화창한 날에 여러 일가의 건강이 좋으시고, 진실로 뜻을 이루기를 바라나이다. 아우는 오래된 병이 떨어지지 않고 다른 병마저 겹쳐 날마다 약 신세를 지니 부탁드린 것이 이에 늦어지는 민망스러움을 어쩌리오. 나아가 우러르건대 반환선생(盤桓先生) 유집(遺集)은 손을 정결히 하고 엄숙히 읽으니 백세의 뒤에 가르침을 받드는 듯합니다. 글을 부탁하시나 부탁을 듣기에 알맞은 사람이 아니니 어쩌리까? 대대로 좋아함이 있어서 감히 굳게 사양하지 못하여 비루함을 헤아리지 못하고 그릇되게 글을 보내니 그대께서 뒤에 붓을 대어 뜻에 알맞게 함이 어떻겠습니까? 교정(校正)의 정성은 '오유(悟裕)'와 더불어 대략하였기로 틀린 곳이 없지 않을 듯하니 널리 살펴 고쳐주시기를 바라나이다. 정신이 혼미하고 손이 떨려 갖추지 못하고 답하니 헤아려주시기를 바랍니다.

갑인(甲寅- 서기 1914년) 4월 아우 오계수(吳繼洙) 재배

病伏窮廬與世相忘 匪意華宗遠枉 袖致寵翰 圭復三數 是慰周歲阻仰之懷 謹審清和 僉體動止候 以時葆重 實協區區仰祝 弟宿崇未祛 客證層生 日事刀圭 責願此遲苦悶奈何 就仰 盤桓先生遺集 濯手莊讀 如承謦咳於百世之下 而文字之託 託非其人何哉 在世好有不敢固辭 故不揆陋拙 畵葫以呈 賢后幸示增刪 務得稱意如何 校讐一款 與悟裕畧爲編定 似無不錯謬 廣詢而行之 是仰神眩手戰 謹不備追謝禮僉下照

甲寅 四月 弟 吳繼洙 再拜

예를 생략하고 말합니다. 시묘 삼년에 슬퍼하기를 예에 넘도록 하니 정성스런 효가 천성에서 나와 향당(鄕黨)이 공경하고 심복(心服)하나이다.

이 같은 숙세(叔世-말세)에 오형(吾兄)이 아니라면 누가 이 같이 하겠습니까?

옛날 나의 모효재(慕孝齋) 선조의 일을 들어 알고 그 뒤에 그와 짝할 자가 있음을 들을 수가 없었는데, 이제 오형(吾兄)에게서 대효(大孝)를 직접 보았나니, 매일 접하여 말하는 고을의 사우(士友)가 항상 서로 칭찬이 그쳐지지 않는 즈음에 혜소(惠疏- 服中에 있는 상대의 편지)가 문득 우편으로 배달되어 나의 집에 이르러 두 손으로 받들고 보니 폭에 가득한 말씀이 정이 넘치지 않음이 없나니 기쁨과 더불어 감격이 아울러 일어납니다.

삼가 살피건대 중양(重陽- 9월)의 절(節)에 담복(禫服)의 몸을 잘 지키고 지탱한다 하시니 진실로 우러르나이다. 생각건대 말씀하신 가운데 서로 만나기를 멀리 하지 말자 가르침에 감히 명을 받들 뿐 아니니 마땅히 겨를을 내어 서로 만나도록 하겠습니다. 잘 헤아려주시기를 바라며 다 갖추지 못하고 삼가 글을 올립니다.

기미(己未- 서기 1919년) 9월8일
아우 정순규(鄭淳圭) 배상

省禮言 廬墓三年哀毀踰禮 誠孝出天 鄕黨欽服 如此叔世 若非吾兄誰能如是乎 昔我慕孝齋先祖之事 聞而知之 其后無聞有儔矣 今於吾兄目見大孝 每日接語 鄕中士友常相稱歎 不已之際 惠疏忽自郵便來墜塵箱 雙手盥讀 滿幅辭意 莫非情注所及 欣與感並 仍謹審重陽 禫服體上連衛萬支 實協葵悃 弟省率如前 是幸 第所示中相從不遠之敎 敢不惟命 可當隨暇 相從矣 以此諒下焉 餘不備謹謝

己未 九月八日 弟 鄭淳圭 拜上

예를 생략하고 말합니다. 전날 밤의 꿈에 형과 더불어 함께 단란하게 놀았더니, 생각지 않은 소식이 문득 이르니, 이에 꿈이 헛된 일 만이 아님을 알았습니다. 이와 같이 미천함으로 어떻게 이 혜존의 문안을 받으리까? 송구스럽고 부끄럽습니다. 하물며 이제 서리가 이미 내림에 슬픈 느낌이 기필코 새로운 듯합니다.

삼가 궁금하건대 요즘 복중(服中) 시여(侍餘-어버이가 있는 상대의 호칭)와 형제분께서는 건강하시기를 정성을 쏟아 빌기를 마지않습니다. 아우는 -부모님- 살펴드리기를 겨우 보존하니 부족한 꼴을 족히 말로 설명하지 못하겠습니다. 어언 해와 달이 지나가서 문득 종상(終祥- 삼년상)이 지났기로 감탄하기를 그칠 수 없습니다.

오호라! 3년을 시묘함에 일신의 외로움으로 추운 겨울 눈보라 치는 속에 추위가 뼈에까지 이름을 알지 못하고 삼복 무더운 여름 심장까지 뜨겁게 함을 피하지 않으며, 깊은 밤 아무도 없는 산을 범이 걸터앉아 있음을 두려워하지 않고 억센 비가 날을 이음에 우레가 진동함을 거리끼지 않으며, 조석으로 통곡하고 밤낮으로 부르짖어 읊이 무덤 아래 끊어지지 아니하니, 사람으로 하여금 눈물을 뿌리지 않게 함이 없으니, 본디 하늘이 낸 효성이 아니면 누가 능히 이와 같으리오? 효이시여! 효이시여! 우리 형의 순수한 정성과 독실한 효는 유림의 추천에 그칠 뿐 아니라 반드시 나라에 포전(褒典)이 있으리다. 오직 존체를 천만 보중하시기를 바랄 뿐입니다.

바로잡아주신 가르침은 감당하지 못하겠으나 또한 감히 잊으리요? 저의 내종형 정문숙(鄭文淑)씨와 더불어 종형 정남규(鄭南奎)씨와는 혹 서로 보고 가까이 하며 잘 있겠지요? 요행히 보면 바빠서 따로 안부를 적지 못하니 이 뜻을 함께 전해주시기를 간절히 바랍니다.

나머지의 많은 말은 글로 가히 다하지 못할 새, 삼가 다 갖추지 못하고 예를 올립니다.

기미(己未- 서기 1919년) 9월 23일
아우 김영석(金榮錫) 재배함

省禮言 前夜之夢 與吾兄共作團欒遊矣 料外遞音遽至 乃知夢不虛事也 以若疎踐
之蹤 何以致此惠尊之問 悚悚愧愧 況今霜露旣降 悽愴之感 必如新矣 謹詢比來 服
中侍餘 棣軆連得珍嗇遠外憧憧不任向迲之祝 弟省事粗保 踐劣之狀無足言喩 於焉
日月流邁奄經終祥云 聞不勝感歎而 嗚呼 三年居廬 一身孤露 嚴冬雪風 不知寒到於
骨 三伏炎日不避熱中於心 深夜空山 不畏虎狼蹲居 急雨連天 不憚雷霆震暴 朝夕之
痛哭 晝夜之號泣 不絶於墓下 令人莫不揮淚 本非出天之孝 孰能如此 孝矣哉孝矣哉
吾兄之純誠篤孝 非徒儒林之薦壓 必有朝家之褒典 惟冀 尊軆千萬保重耳 回射之敎
不敢當而 亦不敢不望矣 鄙之內從兄鄭文淑氏 與從兄鄭南奎氏 倘或相面而近得平
安耶 何幸見之則 忙未各幅修候 此意雷照切仰 餘千萬非書可旣 暑此謹不備 謝疏禮

己未 九月二十三日 弟 金榮錫 再拜

얼마 전 헤어졌으되 오래된 것만 같음은 정의가 얕고 깊음에 관계돼서
일 따름일지니 몇몇 사람이나 이와 같으리오?

삼가 봄날 2월이 되어 시중(侍中-부모가 계시는 상대의 호칭)과 형제께
서는 여전하신지요? 우러르기를 만만(萬萬)으로 하나이다.

아우의 몸은 그런 대로 편안하니 이는 분분한 일에 천만다행이요, 소위
글 읽는 일은 내가 있는 시골에 적당한 곳이 있어 다행히 헛되이 보냄을 면
하고 있습니다. 이를 헤아려서 쓸쓸히 기다리지 말게 해주시면 어떠할지
요? 나머지는 뵙고 펴기로 하고 다 갖추지 못하고 글 올립니다.

신유(辛酉-서기 1921년) 2월 28일
아우 정관원(鄭款源) 절하고 올림

邂別如舊 都關情誼之淺深而已 幾乎人人若是哉 謹未審春日載陽 侍中棣軆度一
如面時否 仰漾萬萬 弟親候粗寧 是則分事之萬幸而 所謂讀業鄙邊方有適處 幸免浪
度 此諒下而 勿爲孤待如何 餘在續後面敍 不備書禮

辛酉 二月念八日 弟 鄭款源 拜上

일가라 하여도 나누어지니 함께 하기가 이렇듯 어렵습니다. "산매화가 꽃망울을 터트릴 즈음 방문하리라."의 소식은 유독 고인(古人)이 수레를 타고 이름만의 일이 아닐진대 이제 그렇게 하지 못함은 단지 인품이 서로 미치지 못해서가 아니요, 이번 겨울은 자주 눈보라가 쳐 사람을 웅크리게 하고 일변 봄바람이라도 아직은 일러 우리가 만나는 즐거움이 이로서 늦어지기만 하나니, 서쪽을 바라보니 슬프고 단지 절로 일가를 그리는 탄식이 나올 뿐입니다. 살피지 못하건대 효자가 맛있는 음식을 봉양하고 형제의 정절이 항상 화목하여 즐기나니, 가만히 생각건대 아침저녁으로 살피고, 색동옷을 입고 기쁘게 해드림에 그 지극함을 쓰지 않은 바가 없으니 효행으로 남에게 본받게 함이 어찌 다른 사람의 미칠 바겠습니까?

족손(族孫)은 홀어머니께서 건강하고 편안함을 잃지 않아 기쁘나 또 한편으로 두렵기가 한이 없습니다. 다만 공양함이 소홀하여 몸을 공양함도 오히려 어렵거늘 하물며 뜻을 받듦에야? 일가 중에 우리 대부(大夫) 같은 자를 의칙(儀則)을 삼으면 진원(陳元)의 깨달음처럼 감화의 효험이 없지 않을지나, 나의 사람됨이 비루하여 지킴이 견고하지 못하고, 마침내 하우(下愚)의 벗어나지 못함에 돌아가 매양 밤중이면 일어나 앉아 등에 땀이 흐름을 깨닫지 못하나이다. 나아가 뵙고 싶은 뜻은 일어나지 않는 날이 없으나 세상의 일이 그러함이라, 뜻을 이루지 못하거늘 마침 인편이 있어 대략 글을 실은 데 인사를 다 갖추지 못합니다.

신유(辛酉 - 서기 1921년) 동짓달 22일 족손(族孫) 기면(起冕)이 재배함

花樹分葉 同根難講 然際玆山梅放意 寒驢訪消息 不獨專歸於古人乘奇格而 今不得續者 非但人品之不相及 目今大冬風雪 令人縮額 一變春風無時可覩則 序倫之樂 用是遲緩耶 西望伏悵 只切甫四之歎耳 伏不審 孝廚 奉旨之餘 棣體節如時惟湛 竊想 晨昏之盛 彩雛之悅 無所不用其極 永錫爾類豈人耶及哉 族孫偏慈慖無失寧 喜懼無量 而但供養疏薄 口體猶難 況於志意所 同根中思得如吾大父者 以爲儀則則 陳元之悟 不無感化之效 而質旣汚下 守之不固 竟歸下愚之不移 每中夜起坐不覺汗 背趨拜之意 靡日不勤而世故然耶 有志未遂而適見有便梗槪替達不備候上

辛酉 至月 二十二日 族孫 起冕 再拜

종옥(鍾玉)이 머리를 조아리고 두 번 절하며 말하나이다.

뜻하지 않게 선대부인의 흉변(凶變)을 당하여 이제 봉양할 수 없음을 우리 사이에 마땅히 알림이 있었을진대 혹시 전달이 안돼서인지? 비록 부음을 접하지는 못했으나 듣고 지극히 놀라고 슬퍼 어찌 달려가 위로하지 않으리오 마는 세상 일에 얽매인 바가 바로 정을 펴지 못하니 예에 더욱 송구스러울 뿐입니다. 공손히 생각건대 효자의 마음이 순수하고 지극하기로 사모 듯함을 그 어찌 감당하여 이겨내리오. 효를 하다 효를 상함은 옛사람도 경계하는 바이니 변함을 따르고 슬픔을 절제하시어 먼 곳에서나마 보내는 정성에 부응하소서! 나머지는 조문을 가 뵙기로 하고 다 갖추지 못하고 삼가 글 올립니다.

무진(戊辰 - 서기 1928년) 12월 21일
아우 나종옥(羅鍾玉) 절하고 올림

鍾玉頓首再拜言 不意凶變先大夫人奄棄色養 吾儕之間 宜有訃及而 儻或喬沈否 雖未承計 聞極驚悑而寧不奔慰 世故所拘 卽未伸情 於禮尤悚耳 恭惟孝心純至 如慕如心 其何堪勝 以孝傷孝 古人所戒 循變節哀 以副遠誠 餘將匍匐不備謹狀

戊辰 十二月二十一日 弟 羅鍾玉 拜上

기면(起冕)이 예를 생략하고 재배하며 말 올리나이다.

우로(雨露)가 만물을 자라게 함에 모든 자태가 꽃을 터트려 아름답습니다. 사람의 정으로 마땅히 감상하고 즐거움을 말할지나, 효자에 있어서는 모두 눈물을 흘리는 곳으로, 장차 부모를 보고 싶은 마음이 어찌 없겠습니까? 엎드려 생각건대 효자 형제분의 건강은 어떻습니까? 백(伯)과 계씨(季氏)의 제대부(諸大夫)들께서 다행히 상효(傷孝 - 致喪에 슬픔이 지나쳐 건강을 해침)에 이르지나 안 하셨는지요!

효자는 궤도 아님에 거하여, 잣나무가 시들고 풀이 오래 삶이라도 하늘이 주심이니 가히 경하드립니다. 다만 슬프다 하여 정대로 바로 행하는 것은 또한 예로부터 경계함이 있었으니 바라건대 모름지기 절제하고 억제함이 어떻겠습니까?

족손(族孫)은 일찍이 보통의 행실의 사이에도 다다르지 못하거늘 하물며 이 하늘을 감동시키는 높은 행실에야? 그 뿌리가 깊어 감화됨이 응당히 남과 다를지나 마침내 변화되지 못한 것은 기세(氣勢)에 얽매여서 그러한가 봅니다. 결연히 흠모하고 우러르나이다.

어머니의 건강은 그대로 하심은 조금이나마 위로가 됩니다.

눈이 녹음에 마음은 '화사(花寺)'의 고요한 곳에 머무르나 궁벽한 집은 어지러워 이때에 더욱 심하니 빨리 도모코자 합니다.

다 갖추지 못하고 글 올립니다.

기사(己巳-서기 1929년) 3월 13일 족손(族孫) 기면(起冕) 올림

起冕 省禮再拜白 雨露乳物 群態敷榮 以人情 宜作賞樂語而 在孝子則 摠是感淚處 如將見之之思 安得已哉 伏惟孝棣體候 何以支康 伯及季氏 諸大夫 幸不至傷孝耶 孝居不軌 栢枯草宿 天賜可賀 而但進情徑行 亦有其戒 幸須節抑若何 族孫曾見不到 常行之間 況此感天之異行乎 其在固根之地 觀化應與他自別 而終未移者 氣勢所拘 者然耶 結然欽仰 慈候之稍遣 小可寬懷處 盡雪 心本花寺之幽靜 而窮廬白紛 此時 尤甚 惟欲速圖 不備疏上

己巳 三月十三日 族孫 起冕 疏上

그때,

노형의 방문을 접하니 항상 공경할 뿐이요, 또 몸둘 바를 모르겠습니다. 생각건대 국화가 익는 절기에 형은 건강을 유지하고, 모든 일에 걱정거리는 없는지요? 우러르기를 구구히 하여 낮밤으로 놓아지지 않습니다.

아우의 노모는 그저 연명하심이 오직 다행이나 자식된 나의 몸에 이르

러 오히려 아픈 구석이 있으니 나이 탓이요, 병은 아닙니다. 어찌 일이 많고, 어찌 바쁜 것이 많으리요 마는 더욱 빚을 받으러 사방에서 이름에 나로 하여금 가슴을 뜯고 세상을 숨게 하고자 하며 애를 태움이 다합니다. 사람 사는 것이 혹 이같이 또한 욕되기도 하는지? 울음이 나오지 않고 도리어 웃음이 나옵니다.

'악양(岳陽)'에서의 약속은 이를 어찌 등한히 하리요 마는 형편이 나에게 맞지 않는지라, 머리를 돌릴 여유도 없는데 하물며 다리를 놀려 나가 놀리오. 매양 노형 분들과 더불어 이 달 저 달을 기약하다가 마침내 이루지 못하니 내가 무슨 면목이 있으리오. 못남이 가히 부끄럽고 또 송구스럽고 송구스럽습니다. 형께서 널리 아량을 베풀어 용서해주시기를.

이 달 그믐에 이 뜻을 해남(海南)의 정형(鄭兄)을 만나 전하리니 이 때 와 주시기를 바랍니다. 뵙고 모신 뒤에 삼가 다하지 못한 말을 올리리다.

임오(壬午- 서기 1942년) 10월22일
아우 이동범(李東範) 절하고 올림

時承
老兄委訪 恒敬此縮 伏惟菊老 兄體衛建 小大節俱無恙否 爲仰區區 日夕不懈 弟
老母僅延 惟幸而至於身子 尙有戚戚之容 時也非病也 何多事也 何多忙也 尤傷徵常
四至 使我欲裂欲辟 心肝焦盡 人生或何如此亦辱 欲哭不可 還笑且冷 岳陽佳約 是
何等好事而勢不假我 攪頭無日 況抽脚出遊那 每與 老兄輩 期於此月彼月 終爲未果
此何人斯 碌劣可愧 且伏悚伏悚以 兄弘量寬恕如何 今日近晦 此意傳于海南鄭兄 此
際停駕惟望 拜留侍後便 謹不備狀上

壬午 十月二十二日 少弟 李東範 拜上

무릇 선이 있으면 나타나고 덕이 있으면 번창하리니, 나타남은 남에게 있고 번창하는 것은 내게 있으니, 나타나고 번창함이 또한 나의 행실에 있으리다. 이제 그 선을 가진 자 누구이며, 이제 그를 나타내고자 하는 이는 어떤 사람인가? 형이 이미 선을 가졌기에 아우가 나타내고자 함이요, 형이 이미 덕이 있음에 형은 반드시 번창하리니 이것이 부럽습니다. 세상을 같이하여 벗을 숭상함에 형을 놓고 누구를 취하리요? 그러므로 매양 몸을 떨쳐 나아가고자 하나 이 속루(俗累)에 빠지고, 뜻은 있으나 나아가지 못함이 많고 또 오랩니다. 그 태산과 북두(北斗)를 사모하는 마음이 강한(江漢)보다 깊기에 이에 삼가 정을 전하고자 감히 한 시(詩)와 한 서문(序文)으로 그 선을 나타냄이나 그러나, 내가 남과 같지 못하여 어찌 감히 그 선이며 그 덕의 비슷한 것이라도 형용하리요? 오직 형의 극진한 선과 극진한 덕을 욕되게 할까 두려우나 가만히 생각해보건대 세상에 삶에 고향을 함께 하여 의를 다지고 사귐을 맺어 자연히 서로 미더움이 있으니, 이 무엇을 번거롭게 하리요? 저 금성을 바라본대 상서로운 구름이 흐르고, 한 생각만이 간절합니다. 일찍이 정을 의지하고 회포를 풀려하였으나 월지사(月池祠)의 일과 및 나의 문제로 서로 얽매이어 이대로 여기까지 이르렀습니다.

이 한창의 봄에 존체(尊體), 도에 젖어 얼마나 선을 즐겨 행하는지요? 그러하시기를 우러러 축원합니다. 아우는 자안동(自安洞)에 거하면서부터 마음은 급하고 하는 일은 번잡하여 한가함이 없으니 '자안(自安)'이 도리어 이름과 실지가 같지 못함이 부끄럽습니다. 어느 때나 뵈올는지요? 이곳에 머물러 다 갖추지 못하고 삼가 글을 올립니다.

무자(戊子- 서기 1948년) 정월 그믐날
아우 정순규(鄭淳圭), 자안신사(自安新舍)에서

夫有善則揚之 有德則昌之 揚之在人 昌之在我而 揚之昌之 亦在我耳 今有其善者 伊誰也 今欲揚之者 何人也 兄旣有善 弟欲揚之 兄旣有德 兄必昌之 是爲欽頌者也 相世尙友 舍 吾兄而取誰也哉 故每欲抽窮就正而 汨於塵累 有志而未就者 多且久矣 仰其山斗之懷 深於江漢故 乃謹欲爲寄情 敢以一詩一序 爲揚其善 然余以無似者 安敢形容 其曰善曰德之彷彿乎哉 惟恐忝 吾兄之盡善盡德也 竊惟世居同壤 講義結交 自有相孚 是何用挖煩 瞻彼錦城 靄雲悠悠 一念惝惝 曾擬寄情攄懷而 月池祠役 及身累 互爲絆縶 因仍至此耳 時維孟春 尊體凝道幾行樂善哉 爲之遡仰至祝 弟自居自安洞 心蹶務煩無暇 自安旋慚名實不符也 顔厚如之何 留此不備謹狀

歲戊子正月晦日 弟 鄭淳圭 -自安新舍

지난 납월(臘月) 초에 보내주신 편지를 열흘 사이에야 비로소 받들어 보았습니다. 또 지난 보름에서 스무날 사이에 오신다, 일러주어 날이 되기를 기다렸나니, 이제 가히 눈이 시릴 정도입니다. 무슨 까닭이 있어서인지요? 이후에 도리어 뵐 수가 없으니 잊지 못함을 어찌 말로 하겠습니까?

삼가 묻건대, 봄이 되어 형제분 모두 건강하시며 집안은 두루 좋으신지요? 우러러 소식 듣기를 원합니다. 아우는 예전 대로이니 천만 다행입니다.

일러주신 뜻은 삼가 다 살펴봤는데 저의 쪽의 혼사 문제는 짐짓 결정하지 못하였으나 그 일이 잘되도록 한 번 간선(看善)해 주시기를 부탁드립니다. 길을 나서기가 싫지 않기로 여태껏 이에 이르렀습니다. 형 또한 정하지 못하였을진대 뜻이 있으시면 한번 왕림하셔서 작정을 함이 어떨는지요? 아우 또한 간절히 뵙고 싶으나 오랫동안 몸이 건강치 못하여 이에 여의치 못하니 심히 답답합니다.

마침 광주(光州)에 연락이 닿아 편지로 할 말을 대신하니 용서해 주시면 어떻겠습니까?

여식의 집안은 무고한지요? 나머지는 오래지 않아 뵈어 인사 올리기로 하고 대략이나마 삼가 예를 올립니다.

신묘(辛卯-서기 1951년) 2월 7일 김원구(金元龜) 절하고 올림

客臘初出惠函 旬間始爲奉覽 而又示去望念間 跫音之有 故庶企日來 今則可謂眼寒 有何故而然耶 伊後還阻 耿耿何言 謹詢殷春 棣體上連護萬旺 寶覃均慶 漾漾願聞 弟依前樣 是幸是幸 示意謹悉而鄙族宅婚事 姑未定而勸其 一番看善 行路不容易 因循至此云則 兄亦未定而有意 則一次惠臨 酌定若何 弟亦切有一擧拜 長在身不健 未玆以如意 甚鬱甚鬱 適有光府信便 玆以紙上語替言 恕是若何 女息家無故耶 餘在非久 面排略草謹禮

辛卯 二月初七日 金元龜 拜上

비록 지난번 잠깐 뵘으로 위안이 되었으나 도로 헤어진 슬픔만이 깊은데 나무의 바람이 여름을 알립니다. 존체 더욱 건강하기를 바라마지 않습니다. 아우의 용렬함으로 무슨 말을 하리요?

귀 선조의 반환(盤桓) 선생 사우(祠宇)를 지으심은, 그 뒤 어떻게 진척됐는지요? 형의 출중한 자질로 어려움을 무릅쓰고 이론을 물리치고 다년간 겨를 하지 못했던 일을 하셨으니 사림(士林)이 기뻐하고 우러르나이다.

귀문(貴門)에서 형 같은 분이 세상에 나왔으니 "천 칸의 집을 지어서 유수(流水) 고산(高山)과 만년을 함께 한다."의 옛말 같음이 어찌 오늘을 준비한 말이 되지 않으리오. 나의 선조 관수헌(觀水軒) 휘 정신(鼎新)께서는 송수옹(宋睡翁)과 더불어 같은 해 진사를 지내, 수옹이 홀로 서궁(西宮)에 배알하는 날에 나의 선조는 방(榜)에 응하지 않고 돌아옴에 수옹이 준 시는 2백인 중에 제일의 글귀요, 또 당시 명현 달사(達士)의 관수헌(觀水軒)에 차운(次韻)함이 있는데, 그중에 귀 선조 반환(盤桓) 선생의 글이 있는 연고로 이를 적어 보내드립니다. 희(噫)라, 가문이 쇠하고 복이 적어 우리 선조는 마침내 드러나지 못함에 조금 빗나가게 된 한을 이루니 탄식한들 어쩌리요?

귀 고을 하동(河東) 정씨(鄭氏) 우랑공(佑郎公)은 즉, 나의 선조의 외가인데 우리 족보에 사조(四祖)가 빠진 고로 이 또한 번거로움을 드리건대 정씨 보첩(譜牒) 가운데 별지에서 휘 함(啣)을 등사(謄寫)하여 보내주시면 어떻겠습니까? 간절히 청하나이다.

아우가 귀 고을에 있을 때, 선인을 위하여 계를 만들었는데 그 계 이름이 '영류계(永類契)'입니다. 석전(石田) 이선생(李先生)이 특별히 서문을 지어주었는데, 지난 6.25 사변 때 우리 집이 쑥밭이 되어 선대의 귀중한 문자(文字)가 다 없어지게 됨에 이(李)선생의 글도 또한 없어짐에 이르렀으니 보존하지 못한 송구스러움을 금할 길이 없습니다.

바로 나아가 뵙고 이선생의 문집에서 등사하여 쓰려고 하였으나 몸이 뜻과 같지 아니하여 이럭저럭 오늘에 이르렀습니다. 틈을 내어 석전 이선생문집(石田李先生文集) 가운데 훌륭한 글을 베껴 보내주신다면 어찌 만

가지 영광이 아니리요? 널리 헤아려 주시기를 바랄 뿐입니다.

병신(丙申 - 서기 1956년) 4월 일 이준호(李浚鎬) 절하고 올림

雖慰頃者暫時之奉唔 還深旋別之恨 槐風報夏矣 尊祉益體馳念不已 弟庸碌爰喩
貴先祖盤桓先生祠宇之經營 其後如何進陟耶 兄以出類超群之資 冒艱難排異論 辨
此多年未遑之盛擧 士林欣仰 似貴門如兄者世出 若爲如此千回構 流水高山共萬秋
豈不爲準備語哉 鄙先祖觀水軒主諱鼎新 與宋睡翁司馬同年而 睡翁獨拜西宮之日
鄙先祖則 不應榜而歸 自睡翁贈詩 有二百人中 第一人之句 又有當時名賢達士之觀
水軒次韻 其中有貴先盤桓先生之贈 故玆以錄呈矣 噫門衰祚薄鄙先 終未得襃 遂成
小左之恨 歎歎奈何 貴鄕河東鄭氏佑郞公之誠包 卽鄙先外而 鄙之家乘 四祖缺如 故
玆亦仰煩則 自鄭氏家譜牒中 依別紙諱啣謄送如何 抑有額手仰請者 弟之在貴郡時
爲先人有設契事而 其契名永類契也 自石田李先生特賜序文之 去六二五事變當時
吾家板蕩 先世貴重 文字盡歸烏有 李先生大筆 亦歸無有 不禁瞿然 旋卽趨拜 自李
先生集中謄出爲料 身不如意 時縷到今矣 間寫石田李先生文集中右文字而送之 豈
非萬紫生光耶 仰企之耳 餘爲企幷祈護照

丙申 四月 日 李浚鎬 再拜

준(濬)은 머리를 숙여 두 번 절하고 말하나이다. 준의 죄가 많은데 스스
로 죽지 못하고 화가 선고(先考)에 뻗침으로 가슴을 치고 뛰대 오장(五臟)
이 무너지며, 땅을 치고 하늘을 불러보아도 소용없기로 일월(日月)이 머무
르지 아니하여 문득 한 달 장(葬)이 지나고, 혹독한 벌로 죄지음이 괴로워
삶의 온전함을 바랄 수 없더니, 이 날에 은혜를 무릅써 궤연(几筵-영위)을
받듦으로 그나마 눈을 뜨고 숨 쉼을 지키나이다. 제가 존경하고 사랑하는
이의 위문 보내주심을 무릅쓰니 슬픔이 지극하여 정성의 보냄을 마지않
습니다. 호소할 데가 없고 떨어지고 끊어짐을 이겨내지 못하겠습니다.

삼가, 소(疏-상중의 편지)를 쓴데 어지러워 차례대로 못하고 삼가 글을
올립니다.

경자(庚子 - 서기 1960년) 7월 9일 고애자(孤哀子) 김준(金濬) 삼가 올림
홍생원(洪生員) 앞

濬稽首再拜言 濬罪逆深重 不自死滅 禍延先考 攀號擗踊 五內分崩叩地叫天 無所
逮及 日月不居 奄踰襄奉 酷罰罪苦 無望生全卽日蒙 恩祇奉几筵 苟存視息伏蒙 尊
慈俯賜 慰問哀感之至 無任下誠末由號訴不勝隕絶 謹奉疏荒 迷不次謹疏

庚子 七月初九日 孤哀子 金濬 謹疏 洪生員 座前謹空

흥진(興鎭)이 머리를 숙여 재배하고 말 올리나이다.

한 달 전 형의 집에 많은 날을 체류하였으니, 비록 병으로 인하여 그렇게
됐으나 아우의 분수를 헤아려보건대 영화 입음을 더욱 어떻게 감사드리
리요? 아우는 본디 못난 천한 자질로 명구(名區-상대의 사는 곳을 높여 부
름)에 들어가서 한편으로는 아양(峨洋)의 곡(曲)을 함께 하고, 한편으로는
풍영(諷詠)의 회포(懷抱)를 나누려 했으나, 불행히 천한 몸이 병이 있어 능
히 오랜 바람을 이루지 못하고 외람되이 형의 물심양면 도와줌을 받고 겸
하여 영윤의 시종일관 정성 베풀어 줌을 입으니 진실로 덕문고가(德門古
家)의 유풍(遺風)을 깨달았나니, 고마움을 가히 말로 하지 못하겠습니다.
또한 더구나 고붕(高朋)인 봉심석(奉沁石) 형과 연일 자리를 함께 함에야!
더욱 우러러 경하함을 금하지 못하겠습니다.

아우는 또한 아들의 병이 달이 넘도록 황차 고생스럽고 낫지를 않으니
심히 민망하고 심히 민망하나이다. 지어주신 약대(藥代)를 지금까지 보내
드리지 못하니 송구스럽기 짝이 없습니다. 헤아려주시기를….

우러러 노형 형제분이 항상 건강하고 많은 복 입기를 비나이다.

계묘(癸卯-서기 1963년) 윤4월 8일
아우 송흥진(宋興鎭) 재배함

興鎭 頓首再拜 言
　月前 兄宅多日滯留 雖緣吟病之致而 弟揆分榮幸 尤何等慰賀也 弟素以無似賤質
路入名區 一以酬 峨洋之曲 一以敍風詠之懷而 不幸踐軀有疾 未能遂夙昔之願 猥蒙
吾 兄物心救護 兼承令胤始終款洽 儘覺 德門古家遺風也 感佩不可言矣 而又兼 高

朋 奉沁石兄 連日聯榻者乎 夜來益不禁仰賀也 弟又有子病月餘 況苦尙未快霽 心悶
心悶 第仙丹代訖未奉呈 尤不勝悚惶 或賜恕諒否 餘仰乞 老兄樣體候 以時茂膺百福

癸卯 潤四月 八日 弟 宋興鎭 再拜

한 가을에 남사정(南莎亭) 계모임 때 뵙고 총총히 이별을 하였더니 아직
도 슬플 뿐입니다. 엎드려 생각건대 11월의 절기라 존체 더욱 건강하기를
사뢰기를 지극히 하나이다.

족손은 집안이 항시 편안치 못하여 번뇌를 말로 표현하지 못하겠습니
다. 송구스럽건대 말씀하신 '유당록(遊堂錄)'은 어수선한 중에 본초(本草)
를 잃어버려 그 보내주신 정에 민망함을 가히 말로 다하지 못하겠습니다.
용서를 해주실지? 만일 인편이 있으면 다시 등초(謄草)해서 보내주시기를
엎드려 바라고 바라나이다. 다 갖추지 못하고 삼가 글 올립니다.

병오(丙午- 서기 1966년) 동짓달 21일
족손 석희(錫憙) 재배함

仲秋 南莎亭契會時 恩恩拜別 尙今伏悵耳 伏惟陽復之令 尊體候以時益康 伏頌之
至 族孫家奈恒多未寧 煩惱不可言狀耳 就悚 下敎遊堂錄懭擾中 遺失本草 其於下情
悶不可言 倘賜下恕 如有信便 更爲謄草 行送 下示 伏望伏望耳 伏祝起居護重 不備
謹狀上

丙午 至月 念一日 族孫 錫憙 再拜

저번에 저를 찾아주실 줄은 생각지 못하였습니다. 형편에 쫓기어 급히
이별을 고하니 그 슬픔이 어찌 그쳐지겠습니까? 우러러 생각건대 요즈음

형의 거동은 불편함이 없으시며 가족은 모두 안녕하신지요? 귀 족(貴 族) 승갑(承甲)은 그 사이 과연 집에 돌아왔는지? 궁금하기 짝이 없습니다. 아우는 여전히 그대로일 뿐입니다.

살피건대 부탁하신 '송산기(松山記)'는 비록 감당하지 못하겠으나 형이 시키심을 가히 사양할 수만 없는 까닭으로 부끄러움을 무릅쓰고 보내 드리니 어떠한지 잘 헤아려 주시면 어떻겠습니까? 나머지는 뒤로 미루고 삼가 글 올립니다.

정미(丁未-서기 1967년) 섣달 10일
아우 김재석(金載石) 배상

向者 惠訪寔出不圖 而勢也所拘 據焉告別 其悵曷已 仰惟比者 兄體度動止 至不爲勞裂所損 渾儀均仗否 貴族承甲甫 間果告復而歸家耶 區區不任 弟一樣而已第情囑松山記 顧雖不敢 於兄役 不可以不文辭故冒厚構呈 恕領如何 餘在源源謹上

丁未 臘月十日 弟 金載石 拜上

전날 선장(仙莊)에 갔다가 공교롭게 길이 엇갈려 뵙지 못한 것이 진실로 안타깝습니다. 비록 기다렸다 만나고 오고 싶었으나 다른 사람에게 동각(東角)에서 기다리라 약속하였는데 사위 집 같기에 더 머무르지 못하고 몇 자 적어 책상 위에 두었습니다. 또 현합부인(賢閤夫人)께서 애써 만류하심을 입었으나 부득이 낮이 되어 소낙비가 내림으로 형의 집에서 비로 갇히면 나를 기다린 자에 약속을 못 지킬까 두려워 대략 일을 현합부인께 고하고 길을 나서 겨우 노안(老安)을 절반도 이르지 못했는데 소낙비가 또 쏟아져 비에 젖어 '고동(古洞)'의 정자(亭子)에 피하였다가 반시간 가량이 지나 조금 그친 후에 계속 걸어 노안 승차장으로 와서 동각에 이르러 하룻밤을 잤습니다.

그 이튿날 친산(親山) 아래에 이름에 친구가 억지로 끌뿐 아니라 비가 그치지 않고 매양 오락가락하기를 열흘 동안이나 하고, 더위를 또한 먹으니 22일에 이르러서야 집에 돌아왔는데 아직까지 낫지 않고 날마다 약 신세를 지니 민망하기 그지없습니다.

이럴 즈음 혜서(惠書)를 접하니 폭에 넘치는 정겨운 말씀이 손을 맞잡는 것에 덜하지 않으니 동안 그리워함에 조금 위로가 됩니다. 친구의 베풀어 줌이 이와 같이 두터운데 하물며, 형이 강녕하다 하니 하늘이 효자를 돌보지 않으면 그 누구에 하겠습니까? 경하드리기를 마지않습니다.

가을쯤에 한번 오신다하여 미리 자리를 깨끗이 하였으나 오실 날을 가히 국한하지 못하겠고, 병을 앓아 길을 나서기가 어려움에 모두 형이 헤아려주실 것만을 믿고 단지 '권(眷)'과 '안(安)' 두 자를 거느려 나를 아껴주신 형께 삼가 답장 올립니다.

기유(己酉- 서기 1969년) 4월 4일 아우 김재석(金載石)

向行仙庄 巧致參商 實爲悵缺 雖欲留逢而歸矣 使人約待於東角 如婿家故未留 記
名置諸尊案 而亦蒙 賢閤夫人勤挽 不得已中午而驟勢方濃 恐其滯雨於 兄庄 失信於
待我者 故略告事由於 賢閤夫人而發程 亦到老安未反驟雨亦下冒雨 少避於古洞之
亭 半時頃少霽後 速步老安乘車 至東角 一宿其翌至親山下 爲知舊强挽 不惟此也
霖勢每作逗遛十日 暑感亦襲 至二十二日歸巢 尙爾未快日事刀圭 自悶無已 際承 惠
狀溢幅情話 不下於相握 稍慰萬懷 故人之賜如是其厚耶 矧乎兄候康寧 天不相孝子
而其誰也 慰賀不已 秋間一枉之示 預切掃榻 呼不可限而吟病運氣難於蜀道 都付吾
兄黙商而 只將眷安二字 奉爲愛我者道謹謝狀

己酉 四月四日 弟 金載石

어르신과 같은 효행은 예로부터 몇이나 되는지? 나라 사람이 익히 알되 세상 돌아감이 바른 행실을 업신여기고 포장(褒獎)하는 법마저 없으니 한 탄이 그쳐지지 않습니다. 만약 가언(嘉言) 선행이 세상에 전해지지 않고 사라지면 후세에 누가 어르신의 이제의 탁행(卓行)과 이적을 알리요? 이에 시생(侍生)이 분노를 이기지 못하고 망령되게 어르신의 전(傳)을 졸작이나마 드리나니 보고 버리시기를 천만 엎드려 바라나이다.

　요즈음 덥고 찬 날씨의 차가 심하여 엎드려 몸을 진중히 하고 잘 조섭해 주시기를 비나니 저의 정성에 부응해 주소서! 나머지 예는 다 갖추지 못합니다.

임자(壬子 - 서기 1972년) 8월 26일
사돈 양진우(梁鎭禹) 재배하고 올림

伏惟

丈丈罕古孝行 使幾乎 國人稔知 世運葹貞 旌褒無階 恨嘆不已 若以嘉言善行 不傳
於世而泯沒則 後世誰識丈丈之當日卓行異蹟也 於是侍生 不勝私憤 敢妄丈丈之傳
拙構以上 覽後揮棄 千萬伏望 近倘暄冷乖宜 伏乞以時 珍攝 俾副微忱 餘不備禮上

壬子 八月二十六日 査生 梁鎭禹 再拜上

　매양 서울을 바라보고 우러러보고 그리워하던 즈음에 답장을 받고서 읽고 또 읽으니 정이 더욱 깊어져 종이가 닳음도 깨닫지 못하였습니다.

　삼가 꽃이 향기를 서로 뿜냄에 객중(客中)에 건강하시기를 바라기를 구구히 하고 또 비나이다. 나는 부모를 모시고 형제의 일로 바쁘니 모든 인간의 일이 분수가 있으니 어찌 임의대로 하기를 바라리오? 정형(鄭兄) 오태(五台)가 오신다 하니 또한 만날 기회이나, 이르고 늦음이 또한 나의 분수로 어찌 조급해 하리요? 그러나 내가 생각키에 요행히 만일 일찍 돌아오신다면 눈앞의 곤경은 면하리니 공상을 해보건대 가히 우습고 우습습니다. 정형이 서울에 돌아오기로 한 날이 어느 때인지 듣지 않으셨는지? 때를 알지 못하니 민망스럽습니다. 저의 바람은 두 분께 평생의 은혜를 저버리지 않는 것뿐입니다. 나머지는 뒤에 잇기로 하고 인사를 갖추지 못합니다.

음력 3월 11일 김숙현(金淑鉉) 배상

每倚京華 仰想之際 拜承惠復 讀而復讀 情尤深重 不覺地毛 謹拜審花事爭香 旅中
體候如常更安 慰仰區區且頌 生省役前棣外 行盡提就 摠人間萬事 都在於分數 而何
望任意哉 鄭兄五台之行 亦期會也 早晩亦是吾之分數也 豈有心連症耶 然以愚念幸
如早還則 可免目下之困境矣 間生空想耳 可呵可呵 鄭兄之還京 期日那間得聞否 未
知時日自悶也 生之所願者 兩位之不負平生恭祝耳 餘在續后 不備謝禮

陰三月十一日 金淑鉉 拜上

삼가 묻건대 이때에,

몸을 가져 기거함에 보배스럽고 왕성하신지요? 그러시기를 빌어 마지
않습니다.

존(尊)선생의 유집(遺集)은 이제 겨우 인쇄에 넣어 비록 이르고 늦은 차
이는 있으나 이번 일은 기대함이 있나니 진실로 그 정성의 이름이 아니면
어찌 이룰 수 있었으리요? 서(序)와 발(跋)을 쓰라 하시니 대대로 친분의 맺
음이 두터운 터라 글하지 못 한다 사양하지 못하고 감히 못난 붓을 들으니
송구스러움이 정히 깊습니다. 바야흐로 분질(分秩)함으로 이미 수 삼십 리
길을 행함에 바쁘리니, 궤안(几案)에 남겨두었다가 보내주시기를 바랍니
다. 다 갖추지 못하고 공경히 살펴주시기를 바라며 삼가 안부를 올립니다.

갑삼(甲三) 3월 20일 정운오(鄭雲五) 절하고 씀

謹詢辰下
經體動止珍旺 區區不任 祈禱之悃就
尊先生遺集 今纔入梓 雖有早晏之差 此擧有待 苟非 誠到 那以成之頼敎序跋 世契
之篤地 莫以不文非人辭 却敢下瞀蔑之筆 悚汗政深 方以分秩已作 行數舍地臨發 草
草留案祈達 不備敬乞 亮細謹候上

甲三 念日 鄭雲五 拜手

題實記後
실기 후의 감회를 적다

역(易)에 이르기를 하늘을 세우는 도는 음(陰)과 더불어 양(陽)이요, 땅을 세우는 도는 유(柔)와 더불어 강(剛)이요, 사람을 세우는 도는 인과 더불어 의라 하니, 이는 삼재(三才-天地人)의 도를 밝힘이다. 대개 하늘이 덮고 땅이 실어 사람이 그 사이에 나서 능히 천지의 도에 순한 고로 "사람이 만물의 영장이 되어 셋에 참여한다." 함이다. 그러나 사람 또한 물(物)이라, 사람이 인의의 도를 행함을 알지 못한 즉 무릇 물과 더불어 어찌 다르리오?

대저, 인은 사랑으로, 사랑은 어버이를 사랑하는 것보다 큼이 없는 고로 전(傳)에 이르기를 "효는 인을 하는 근본이라." 하고, 또 이르기를 "효는 백 가지 행실의 근원이라." 하니, 어찌 헛된 말이겠는가? 무릇 사람의 이 세상에 삶이 누가 부모가 없으리오. 아버지가 아니면 나지 못하고 어머니가 아니면 자라지 못하니 큰 덕과 깊은 은혜는 천지와 더불어 준하거늘 사람으로 낳아주고 길러주는 은혜를 알지 못하면 어찌 가히 사람이라 하리요?

오호라! 하늘이 우리 동방에 복을 주지 않으심인가? 사직이 변하여 가옥이 되고 강상이 땅에 떨어져 임금을 몰라보고 어버이를 버리는 자 많으니 이를 가히 탄식하도다.

가만히 생각해 보건대 풍산 홍옹 승준씨는 임금이 없는 세대에 나서 두 어버이를 봉양함에 어둘 때 자리를 정해드리고, 새벽이면 살피고 지체(志體) 받들기를 마음과 힘을 다하니 이는 살았을 제 섬기는 보통의 일이요, 어버이가 병듦에 약을 달이며 정성을 다하고, 병이 심함에 임하여서는 손가락 깨물기를 다반사로 하였으며 천명은 어찌 할 수 없어 외간(外艱- 아버지 喪)을 만남에 미쳐서는 예를 다하여 유감이 없도록 하고, 묘의 곁에 여막을 지음에 빈 항아리에 쌀이 가득히 넘치고, 단 샘물이 곁에서 나오며, 어머니가 안질로 백약이 무효인지라 자나 깨나 근심하니 문득 꿈속에서 신령이 약 있는 곳을 알려줌에 거리가 오십여 리거늘 놀라 일어남이 10월4일 밤 삼경으로 즉시 길을 나서니, 때가 바야흐로 비온 뒤라 검은 구름이 하늘에 가득함에 산길이 캄캄하여 지척도 분별하지 못하거늘 범이 앞에서 인도하여 어려움이 없이 약을 구하여 집에 돌아가니 밤이 지나고 바야흐로 새벽빛이 들고 있었다. 나아가 약을 드리니 어머니의 병이 바로 차도가 있었다. 이것이 천우신조의 실증이요, 후에 내간(內艱- 어머니 喪)을 만남에 예를 다스리고 마음에 슬퍼하기를 한결같이 전상(前喪)과 같이하고 또한 시묘하여 이때 가뭄이 심함에 단비가 쏟아지고, 범이 와 밤이면 지켜주니 하늘이 낸 효자가 아니면 능히 이와 같으리오.

해와 달이 가서 옹의 나이가 여든이라 원기가 있고 병이 없어 매월 삭망이면 선친의 묘를 배알하고 살피기를 차나 더우나 게을리 하지 않았다. 차(嗟)홉다! 몸을 마치도록 효를 사모함을 옹에게서 보았도다. 왕상(王祥)이 얼음 속에서 잉어를 얻음과 맹종(孟宗)이 눈 속에서 죽순을 구함이 어찌 다만 오로지 옛날에만 아름답겠는가? 옹의 뛰어난 행실의 사람의 도를 다함 같음은 우러러 하늘에 부끄럽지 않고, 숙여 땅에 부끄럽지 않아 사람으로 셋에 참여하여 백세에 본보기가 되니 위대하고 장하도다!

옹은 나보다 네 살 어른으로 늦게 사귐을 허락하고 아껴주기를 아우같이 하여 간절히 선을 권하여 보탬 됨이 과다하거늘 나귀의 나아가지 못하는 것과 같음을 어떻게 하리요? 나의 보잘것없음 같음으로도 또한 자식이 되어 능히 뜰에 나아간 날에 정성을 다하지 못하고, 또한 상중과 장사 지내는 기간에 유감이 없지 않으니, 늙어 흰머리가 나도록 풍수(風樹)의 아픔이 간절하도다. 날마다 옹의 효려일기(孝廬日記)와 및 나라 안 석덕(碩德)이 찬양한 기서(記書), 시문(詩文), 공평(公評)을 받들어 읽음에 소나무가 무성함을 측백나무가 기뻐하는 정을 금할 수가 없어 참람함을 잊고 옹의 실적의 대강을 서(序)하여 우러러 칭송하나니, 글은 말을 다하지 못하고 말은 뜻을 다하지 못하기로 시로 읊건대,

효옹께서 자취를 감춰 운림(雲林)에서 늙어

지난날 시묘 육년을 정성으로 하셨네.

그 언덕을 바라보니 회포가 얼마간 간절하여

이 서리와 이슬을 밟으니 감응이 깊도다.

몸에 털 하나 손상함이 없이 낳아주신 은혜를 온전히 하고

의관을 고치지 않아 성인이 경계하심을 지켰네.

홍수가 하늘까지 넘친 이 같은 세상에

우뚝 솟아 하늘이 준 성품을 보존하였네.

경술(庚戌- 서기 1970년) 3월 일
정다운 벗 밀양(密陽) 박종은(朴鍾殷)이 삼가 글함

易曰 立天之道曰陰與陽 立地之道曰柔與剛 立人之道曰仁與義 此俱明三才之道
也 蓋天覆地載 人生於兩間 能順天地之道 故曰 人爲萬物之靈而參三焉 然人亦物也
人而不知行仁義之道 則與凡物奚異哉 夫仁愛 莫大於愛親故 傳曰 孝爲仁之本 又曰
孝爲百行之源者 豈徒然哉 夫人之生 世孰無父母 非父不生 非母無育 大德深恩 與
天地準 人而不知之生育之恩 豈可曰人乎哉 嗚呼 天不祚吾東 社變爲屋 綱常墜地
後其君而遺其親者 滔滔皆是 可勝惜哉 竊惟豊山洪翁承俊氏 生當無君之世 而奉養
二親 晨昏定省 志軆之養竭盡心力 此侍堂日之常事也 親瘠侍湯盡誠 臨革裂指 如茶
飯事 天命無奈 及丁外艱 盡禮無憾 而廬于墓側 馨米盈溢 甘泉側出 慈氏眼疾 百藥
無效 寤寐憂之 忽夢中神靈 來告藥處 距離五十餘里 驚起則 十月四日夜三更也 卽
時發程 時方雨後 黑雲滿天 山路昏黑 不變咫尺 有虎導前無難求藥 而返家時夜方曉
進之而慈疾卽差 此天佑神助之實證也 後丁內艱 易戚一如前喪 而亦廬墓時旱太甚
祈禱而甘雨注下 虎來夜衛 非出天之孝能如是乎 日月逝矣 翁年八耋矍鑠無恙 每月
朔望 拜省先墓 寒暑不惰 嗟哉 終身慕孝 於翁見之矣 王祥之氷鯉 孟宗之雪筍 奚獨
專美於古哉 如翁之特行 極盡人道而 仰不愧於天 俯不怍於地 人而參三焉柯則 於百
世矣 偉歟壯哉 惟翁之於余 四年以長 晚而許交 愛之如弟 切偲責善補益夥多 而奈
磨驢陳跡何 如愚之無似 亦人子也 不能盡誠於趨庭之日 且不無憾於喪葬之期 而老
白首悔切風樹之痛矣 日奉讀翁之孝廬日記 與邦內碩德之贊揚記序詩文公評 而自
不禁栢悅之情矣 忘僭而序翁之實蹟之大槪 以仰頌焉 書不盡言 言不盡意 繼之以詩

孝翁潛跡老雲林 曩昔居廬六載忱 瞻彼邱墟懷幾切 履玆霜露感應深 無傷軆髮全
生惠 不改衣冠守聖箴 洪水滔天如許世 巍然獨保秉彝心

庚戌三月 日 情友 密陽 朴鍾殷 謹稿

實記發刊祝辭
송산실기 발간을 축하하며

나주는 효향(孝鄕)이라 이 아름다운 이름을 떨친 속에는 풍산 홍씨 송산 휘 승준이 계셨으니 공은 하늘이 내린 효자로 평소 부모에 대한 정성스러움이 극진하더니 정사(丁巳)년 8월에 엄친(嚴親)이 돌아가시자 금성산 남쪽 기슭에 시묘를 살으시고, 무진(戊辰)년 섣달에 모친이 돌아가시자 다시 시묘를 행하시니 사람들이 감동하여 효자라 부르고 지사(志士) 명유(名儒)들을 비롯하여 촌부들까지도 위문함이 이어졌다.

그의 지성은 하늘에 이르고 미물까지 동(動)하게 하니 독에 쌀이 불고, 범이 양약을 구하도록 인도하고 산새들이 품에 깃드는 등 이적 또한 많았다.

이러한 거려의 기록들과 명현들이 찬한 글과 시들을 공의 자(子) 갑식보(甲植甫)가 모아 정리해둔 것을 그의 자(子) 록희(琭憙) 군이 책으로 내어 자기의 아이들에게도 알려주고 싶다하니 이는 겸손한 말이라 어찌 한 가문의 일에만 그치겠는가. 이는 세상의 풍속을 아름답게 함이요, 우리 고을의 경사스런 행사이다.

효는 백행의 근본이라, 요(堯) 임금이 순(舜) 임금에 선위함에 순임금이 천하를 다스려 태평성대를 이루니 이는 효의 정성을 미루어 만물을 대하여서이다. 요즘은 세상이 변하여 성인의 가르침을 울타리 가에 버려진 물건쯤으로 아는 자 많아 염려스럽거늘 이는 버려진 물건 중에 보물을 찾은 감격스러움이라.

사실 나는 공을 직접 뵌 적은 없었으나 익히 효행을 들어 금성산을 바라보면 어느 쯤에 시묘 살았던 공을 떠올리며 사모하던 터라 "이 고을 향교 전교(典校)로 축사가 있지 않아야겠느냐?" 하고 일언(一言)을 술할 것을 청하니 내가 글을 쓸 자격이 되는지 송구스러움에 땀이 등을 적시나 사양만을 못하고 감히 몇 자 적나니 거듭 효자 '송산홍공실기'가 발간됨을 앙축하는 바이다.

경자(庚子- 서기 2020년) 봄 나주향교 전교(典校)
송하(松下) 고광수(高光洙) 경서(敬書)

跋文
송산실기를 펴내면서

송산 조부님이 작고하신지 어언 반세기가 돌아오는 시점에서 거려(居廬)의 기록과 여러 명현들이 찬(贊)한 글과 시를 묶어 한 권의 책으로 펴내게 되었습니다.

일찍이 선대 어르신께서는 생전에 조부님의 거려일기(居廬日記)의 한글 번역작업을 비롯하여 송산과 관련된 많은 자료들을 수집 정리하여 오셨는데 아쉽게도 출간해보지 못하신 채 타계하셨습니다. 애석한 일이 아닐 수 없습니다.

그런데 12년의 세월이 흘러서야 비로소 '송산실기'가 세상에 빛을 보게 되었으니 저희 후손들로서는 벅찬 감회와 함께 맡겨진 소임과 책임을 다했다는 안도감에 가슴을 쓸어내리게 됩니다.

조부님의 일생을 모두 담는 데에는 부족한 점이 많겠지만 그래도 참으로 감개무량합니다.

조부님과의 추억은 저희들이 너무 어렸을 적에 작고하시어 그리 많지 않으나 어렴풋하고 희미하게나마 정답고 따스한 기억으로 남아 지금도 마음에 사무칩니다. 언제나 허연 수염에 정자관을 쓰시고 두루마기에 흰 고무신을 신고 다니셨는데 단정하고 근엄하시어 한 번도 흐트러진 모습을 보인 적이 없습니다. 한마디로 강직한 유학자이며 올곧은 선비셨습니다.

그렇지만 저희 어린 손주들에게는 한없이 인자하고 자상스런 분이셨습니다. 저희들이 초등학교를 다닐 무렵일 것입니다. 당시는 모두가 가난했던 시절이라 아침밥을 거르고 등교한 적이 있었는데 그것을 아시고 손수 빵과 우유를 사들고 학교에까지 오셔서 손주들이 먹는 것을 물끄러미 바라보시던 모습이 생각납니다. 또 어느 해 여름 하루는 손주들과 어울려 광주 사직공원으로 놀러갔는데 조부님은 사육사 허락을 받고 호랑이 우리 안에 들어가 변(便)을 갖고 나오셨습니다. 호랑이 뼈와 변, 비상 등을 섞어 상처 치료에 좋다는 '영사'라는 환약을 조제하셨는데 아마 조부님은 한의학에도 조예가 깊으셨던 모양입니다.

마지막으로 조부님은 여행 중에 병환을 얻어 광주에 있는 저희들 집으로 오셔서 시난고난 앓으시다가 작고하신 장면도 새롭게 떠오릅니다.

저희들은 성장하면서 선대 어른들부터 조부님 행적에 대해 많은 이야기를 들었습니다. 백조부님께서 가세가 기울어지자 어렵게 사시게 할 수 없다고 당신이 살던 집을 내어드리고 인근에 조그마한 땅을 마련하여 움막을 짓고 밭을 일구며 생활하셨다고 하니, 조부님 형제간의 우애는 매우 돈독했던 것으로 짐작됩니다.

큰고모님 생전에 조부님 시묘살이 때 호랑이를 본 적이 있느냐고 여쭈어보았더니 큰 개만한 호랑이가 할아버지 주위를 맴돌며 다녔다고 하신 말씀도 기억납니다(큰고모님은 9세 때 금성산 자락에서 시묘살이를 하는 조부님의 의복과 음식물을 날랐다고 '애감록'에 기록돼 있습니다).

또한 작은고모님의 말씀에 의하면 조부님께서는 마을에 걸인이 오면 무조건 집으로 데리고 오셔서 따듯한 밥과 국으로 대접했다고 합니다. 작은고모님이 우리도 먹을 것이 없는데 왜 걸인들에게 선심을 베푸느냐고 불평하면 그들이 가장 귀한 손님이라고 혼을 내셨다고 합니다.

한편 조부님은 나주시 노안면 금안리에 있는 쌍계정(雙溪亭)을 문화재로 지정받고자 서울과, 전남 문화재청 등 인사들과 수차례에 걸쳐 공문을 주고받으시고 협의하셔서 쌍계정이 1973년 4월 전남유형문화재 제34호로 지정받게 되었습니다. 쌍계정은 고려 충렬왕 6년 문정공 정가신이 건립하였고 조선시대 신숙주, 김건, 홍천경 등이 대를 이어 강학을 하고 대동계와 향약을 시행하였던 장소입니다.

1973년 조부님이 타계하신 후 저희 선대 어른들은 마을에 송산을 기념하는 '송산정사(松山精舍)'와 '효행기적비(孝行紀蹟碑)' 등을 건립하여 조부님의 효행을 후손들에게 널리 알리고자 애를 쓰셨습니다.

이번에 '송산실기'를 펴내니 이 책이 부디 요즈음 젊은이들에게 빛을 잃어가는 효(孝)와 충(忠)에 대한 의미를 되새기고 실천하는 계기가 되었으면 하는 바람을 가져봅니다.

끝으로 이번에 '송산실기'가 나오는데 많은 도움을 주신 복제(復齊) 봉기종(奉奇鍾)·금곡(金谷) 봉원동(奉源東) 선생님, 편집기획을 맡아준 원동은 선생님, 직장후배 유영기 님, 그리고 항상 격려를 아끼지 않으시는 안민석(安敏錫) 국회 문화체육관광위원회 위원장 님에게도 깊은 감사말씀을 전합니다.

경자(庚子年- 서기 2020년) 5월
손자 홍록희(洪珠憙), 홍익선(洪翊善), 홍국렬(洪國烈) 경서(敬書)

엮은이 소개

홍록희 대림산업㈜ 주택사업본부 상무 (010-5471-7747) rocky@daelim.co.kr
홍익선 ㈜아이더블유 엔터테인먼트 대표이사 (010-2207-6026) mainad@empal.com
홍국렬 송산주식회사 대표이사 (010-3228-6026) kookryul@hanmail.net

시묘일기
孝子松山洪公實記

초판인쇄 2020년 5월 15일
초판발행 2020년 5월 20일

엮은이 홍록희, 홍익선, 홍국렬
펴낸이 이호백
펴낸곳 도서출판 재미마주
        10881경기도 파주시 문발동 520-9 (A동, 3층)
        전화 (031)955-0880 / 팩스 (031)955-0881
        등록번호 제10-1051호 / 등록일자 1994년 10월 20일

도서출판 재미마주는 독자 여러분의 의견을 기다립니다.
E-mail : jaim@jaimimage.com
ISBN 979-11-85996-99-8 03810